雲峰

늙은 나무는 열매를 맺지 못합니다.
늙은 나무처럼 가만히 있으면 어떤 열도 잃어지지 않고,
글을 쓰고 싶으면 마음으로만 그치지 말고 써야 합니다.

무조건 쓰세요!!

꾸준히 쌓아올리는 것은 결코 쉽지 않은 일입니다.
하지만 멈추지 않고 꾸준히 할 수 있다면
분명 어떤 형태로든 결과를 얻을 수 있습니다.
그러니 포기하지 않고 조금씩 앞으로 나가시면 됩니다.
속도에 상관없이.

인기작가

처음 글을 쓸 때의 즐거움과 설렘을 기억하라

끊임없이 읽고 쓰면 길이 보입니다.
자신의 꿈을 써가는 과정을 응원합니다!

월운

외로워도 슬퍼도 웃으며 달려봅시다

오래오래 건필하세요

1,000편도 한 문장부터!

여러분의 꿈을 응원합니다!

언제나 즐거운 글 안에서
행복하게 살아요, 우리 ♥

여러분의 성공은 운명입니다 ♡

행복한 글을 쓰자!!

글은 엉덩이로 쓰는 법!
오늘도 꾸준히 화이팅!

누가 읽어도 감탄할 만큼 대단한 글을 쓰는 것보다 중요한 건,
느리더라도 한결같이 쓰는 꾸준함입니다. 묵묵히 집필하다 보면
좋은 기회, 최고의 타이밍이 찾아 올 거예요!!

웹소설의 모든 것

작가, PD, MD가 말하는
웹소설 불변의 진리

웹소설의 모든 것

작가, PD, MD가 말하는
웹소설 불변의 진리

연필 편집부 엮음

설봉

해경

be인기작가

박기태

월운

백산

김지호

홍유라

이인혜

금은하

SIRIUS

Dips

데이원

저희도 아직 알아가는 길이지만,
그동안 이렇게 걸어왔음을 알려드립니다.
작게나마 도움이 되기를 바라며

-〈웹소설의 모든 것〉 참여자 일동

이야기 산업이 뻗어 나갈 길은 끝없이 광활하다. 어디에도 걸림돌은 없다. 웹툰보다 섬세한 번역이 필요했던 웹소설도 글로벌 시장으로 진출할 준비를 마쳤다. 언어 차이는 이제 벽이 아닌 문이 되어 웹소설 시장은 또 한 번 새로운 도약기를 열어 갈 것이다.

우리에게는 동서양을 막론하고 공감과 감동을 이끌어 내는 매력, 친숙함과 참신함을 절묘하게 충족시키는 스토리가 풍부하다. 이미 전 세계 독자들이 사랑하는 한국 웹소설과 웹툰, 드라마의 인기가 그 증거다. 무궁무진한 이야기의 힘은 계속해서 커질 것이다.

영상이 웹툰을, 웹툰이 소설을 재조명하는 경우가 많지만 대개 웹소설이 웹툰화와 영상화로 이어져 가치사슬을 이루는 근간이 된다. 웹소설은 그야말로 이야기 산업의 원류이자 핵이다. 원천 IP로서 웹소설이 지니는 흥미진진한 서사의 힘을 기르고, 함께 거대한 변화의 파도를 가르며 먼 바다로 나아가고 싶은 독자분들에게 〈웹소설의 모든 것〉을 권한다. 마주하는 걸림돌이 모두 디딤돌이 되는 것을 경험할 것이다.

-네이버웹툰 박제연 실장

하루에도 수십, 수백 편씩 쏟아지는 작품들 속에서 독특한 매력으로 독자의 시선을 끄는 작품이 있다. 참신한 소재와 탄탄한 스토리로 무장하고 도입부터 반짝이는 웹소설이 바로 그런 작품이다. 그중에서 이야기의 기승전결뿐 아니라 회차별 맺고 끊음까지 확실한 연재 소설들이 기억에 남는다. 특히 작가가 '하고 싶은' 이야기를 독자가 '듣고 싶게' 하는 것이 중요한데, 모든 걸 담아내려 하지 말고 덜어내는 훈련도 해야 한다.

작품 하나하나가 남다르게 빛나기를 바라는 마음은 모두가 매한가지일 것이다. 그럴수록 본인이 자신감을 갖고 재미있게 풀어낼 소재로 작품을 만들어 가기를 추천하고 싶다. 인기나 유행을 무시하라는 말이 아니다. 이 시장의 누구든 자신을 버리지 않았으면 한다. 기본기를 갖추되 자기만의 차별화 요소를 가꾸자. 오랜 시간이 걸릴 수도 있고, 도중에 실패를 맛볼 수도 있다. 하지만 그 과정과 시간이 있어야 자기 색깔을 찾을 수 있다. 자신을 믿고 계속 나아가길 바라며, 그 길이 막막하고 외로울 때 이 책을 통해 다른 이들이 어떻게 걸어왔는지 확인해 보는 것을 추천한다.

-카카오엔터테인먼트 김미정 이사

목차

추천의 글 ………………………………………………………… 006

무협

설봉 ……………………………………………………………… 012

해경 ……………………………………………………………… 028

be인기작가 …………………………………………………… 060

판타지

박기태 …………………………………………………………… 076

월운 ……………………………………………………………… 100

백산 ……………………………………………………………… 110

특별부록 1 | 업계 관계자들의 이야기

웹소설, 웹툰을 만나다! ………………………………………… 122

PD와 MD가 말하는 웹소설 …………………………………… 130

현대 로맨스

김지호 …………………………………………………………… 146

로맨스 판타지

홍유라 …………………………………………………………… 166

이인혜 …………………………………………………………… 194

에로틱 로맨스 판타지

금은하 ·· 222

GL

SIRIUS ·· 246

BL

Dips ·· 266

특별부록 2 | 나만의 웹소설 연습장

작품 정보 및 시놉시스 정리해 보기 ·········· 296

에피소드 꾸려 보기 ·························· 298

캐릭터를 바탕으로 시놉시스 짜 보기 ·········· 299

집필 일정 관리하기 ·························· 301

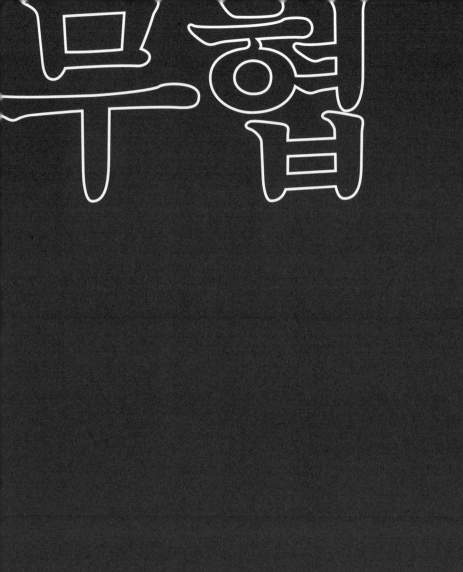

판타지

•

누구나 글을 쓸 수 있다.
그대 마음속 초인들에 대한 환상을
생생하게 풀어내라.

나만의 이야기를
'조리 있게, 재미있게' 풀어내면
좋은 글이 된다

글은 어떤 사람이 쓸 수 있을까? 누구라도 쓸 수 있다고 생각한
다. 실제로 살아가면서 어떤 글이든, 글 한 번 써 보지 않은 사람은
없을 것이다. 매일 편지, 메일, 문자 등등 모두 글을 쓰면서 산다. 그
러면서 정작 본인은 글을 쓰지 못한다고 말하는 사람들이 꽤 많다.

소설도 글을 쓰는 일이다. 별다른 일이 아니다. 다만 '조리 있게,
재미있게'라는 말이 포함될 뿐이다. 조리 있게, 재미있게 말하는 사
람을 보면 '참 말 잘한다'라고 한다. 글도 조리 있게 쓰면 되는데, 이

것은 배우면 된다.

우리는 하고 싶은 말이 있으면 찾아가서 말한다. 글로 써서 전할 때도 있다. 말이나 글로 생각을 전할 수 있다면 소설도 쓸 수 있다. 이것이 평소의 지론이다.

나의 경우, 무협 소설을 많이 읽었다. 그래서 무협이라는 장르를 잘 안다. 잘 아는 분야에 대해 나만의 이야기를 쓰는 것도 재미있을 것 같아서 글을 쓰기 시작했다. 그리고 첫 작품 〈암천명조〉를 낼 때까지 많이 배웠다. '조리 있게, 재미있게'는 나도 지금도 계속 배우고 있는 화두다.

식상한 말이지만 작가로서의 목표는 좋은 글을 쓰는 것이다. 그 외에 다른 게 있을 리 없다.

플롯과 시놉시스,
수시로 짜고 수시로 점검하라

시놉시스를 짤 때는 기존 프로그램을 상당수 사용한다.

플롯을 짜는 데는 마인드맵과 파이널 드래프트, 인물 구도를 짜는 데는 족보 프로그램을 이용한다. 이 중에서도 주로 마인드맵을 많이 사용한다. 컴퓨터 프로그램으로 작성하는 때도 있지만, 여러 색의 볼펜을 늘어놓고 종이에 그려 나가는 것을 좋아한다.

'이번 작품이 끝나면 다음 작품은 무엇을 쓸까?' 작가라면 당연히 고민하는 부분이다. 하지만, 나는 이런 고민을 해 본 적이 거의 없다. 작가들과 잡담을 늘어놓을 때, 이런 이야기가 나오면 농담 삼아서 다음에 쓸 게 스무 개 정도는 된다고 말한다. 사실이 그렇다. 내 컴퓨터에는 '작업 중'이라는 폴더가 있다. '작업 중'의 하위 폴더에는 미발표 작품이 스무 개 정도 있다. 앞으로 발표하겠다고 초반부를 잡아 놓은 작품들이다.

나는 시놉시스를 수시로 짠다. 작품이 끝난 후에 새 작품을 구상하는 것이 아니라, 현재 작품을 집필하는 중에 다른 글에 대한 착상이 떠오르면 즉시 틀을 잡아 놓고 여유가 생길 때마다 보완한다. 그래서 시간적인 여유가 많다.

플롯이나 시놉시스에 연연하는 편은 아니다. 쓰고자 하는 내용의 얼개만 작성해 놓는 편이다. '플롯'이라고 하면 기승전결 혹은 생선 뼈처럼 주요 얼개를 떠올리는데, 이런 방법들이 내게는 맞지 않는다. 그래서 나만의 방법으로 플롯을 만든다.

개략적인 얼개만 짜 놓고, 환경이나 인물 구성도 기본적인 부분만 설정한다. 그리고 바로 쓰기 시작한다. 50페이지 정도 쓰면 인물들의 구도는 거의 확실히 잡힌다. 100페이지 정도 쓰면 사건의 흐름이나 권력, 무공 등등의 세부 사항이 명확히 드러난다.

'무엇을 쓸까?' 하는 부분이 명확하게 잡혀 있다면 이런 글쓰기는 얼마든지 가능하다. 쓰면서 플롯을 가다듬고, 인물도 수정하거나 추가한다. 이런 작업을 틈이 날 때마다 수시로 한다.

'작업 중' 폴더에 있는 글들은 모두 버리는 글이다. 대개 1권 분량,

더러는 3권 분량까지 쓴 원고도 있지만 작품을 가다듬는 데 사용한 도구일 뿐, 발표할 글이 아니다. 그리고 집필 중인 글이 끝나면 하위 폴더를 들여다본다. 그중 가장 마음에 드는 글을 살펴보고 본격적으로 집필구상을 한다. 플롯이나 시놉시스, 인물 설정 등등 모든 것이 정리된 상태이지만, 다시 다듬은 후에 제1장부터 집필을 시작한다.

버리는 글이 무척 많은, 매우 비효율적인 작업방식이지만 내게는 가장 맞는 방식이다.

인물 설정에 집중하면
나머지는 저절로 그려진다

캐릭터를 설정할 때는 최대한 집중한다. 가공의 인물을 탄생시켜야 하기 때문에 신장, 몸무게, 신체특징, 가족환경 등등 보통 사람들이 가졌을 과거를 만들어 준다. 그리고 초고를 쓰면서 상황을 부여하면 성격이 더욱 명확해진다. 탄생한 성격이 마음에 들지 않으면 처음부터 인물 설정 작업을 다시 한다.

이런 작업도 다른 작품을 집필하는 중에 하기 때문에 여유가 많다. 급하게 서두를 필요가 없다. 만족하면 설정하고, 만족스럽지 못하면 나이, 신장, 몸무게…… 모든 것을 다시 적어 본다.

인물 설정에 집중하다 보면 배경이나 문파, 무공 명칭 등은 저절로 튀어나온다.

인물 구도를 정할 때 가장 중요한 사람은 말할 필요도 없이 '주인공'이다. 그리고 '적'이다. 주인공과 대척점에 있는 사람이 있어야 한다. 이 대척점에 있는 사람이 반드시 무공으로 싸워서 이겨야 하는 사람일 필요는 없다. 같은 문파 내에서 시기, 질투를 하는 사람도 대척점이 될 수 있다. 먼저 주인공과 주적主敵, 그리고 다수의 부적附敵을 만든다. 그 후, 적을 상대하는 데 도움이 될 아군을 설정한다.

이런 내용들은 조르주 폴티의 저서 〈36가지 극적 상황〉(Georges Polti, 〈The Thirty-Six Dramatic Situations〉)을 참조로 한다. 지금도 시간이 날 때마다 읽어 보는데, 인간관계를 풀어 갈 때 퍼뜩 힌트를 주곤 한다.

인물 설정이 완성되고, 구도가 만들어지면 그때부터는 인물들이 스스로 움직인다. 작가가 생각하지 못한 방향으로 이야기가 풀릴 때도 있다. 사건이 일어났을 때, 작가의 입장에서 이야기를 풀어 나가는 것이 아니라 설정된 인물들의 성격대로 풀어 나가야 한다. 그래서 '이 사람 아직 죽이면 안 되는데……' 이런 생각을 하지만 소설 속 인물이 해당 캐릭터를 대뜸 죽여 버리는 일도 벌어진다. '이자는 잔인해. 이런 사건에서 적을 살려 줄 성격이 아니야.'라는 생각이 들면 소설 내용이 꼬이더라도 죽인다.

작가는 작품을 쓰는 사람이기 때문에 얼핏 전지전능한 신처럼 여겨진다. 하지만 나는 상황만 부여할 뿐, 창조물의 행동에 개입하지 않는 편이다. 단지 움직임을 따라가면서 기록한다.

버리는 글일지언정
계속 써 나간다

작가라는 직업처럼 일하는 시간이 자유로운 직업도 없을 것이다. 나는 이 특권을 최대한으로 누린다. 집필하고 싶으면 하고, 쉬고 싶으면 쉰다. 집필하지 않고 쉰다고 해서 뭐라고 할 사람이 없다는 점, 이 점이 작가에게는 최대의 장점이다. 너무 쉬는 것은 걱정하지 않는다. 그렇게 오래 쉬어 본 적도 없다. 글을 쓰지 않고 쉬면 내 자신이 스스로 스트레스를 받는다. "글을 써야 하는데……." 하고 말이다.

그래서 일일 목표를 정해 두고 있다. 종이책 출판 양식으로 40페이지, A4 용지로는 20페이지를 매일 쓴다. 집을 떠나 있을 때도 아침저녁으로 시간을 내면 목표의 절반은 쓸 수 있다. 그러니 쓴다.

물론 이렇게 쓴 글 중 살아남는 글은 5, 6페이지 안짝이다. 나머지 30페이지 넘는 분량은 마음에 들지 않아서 버린다. 버리는 글이 아깝지는 않다. 글을 쓰다 보면 내용에 대해 계속 영감이 떠오르기 때문에 쉬지 않고 쓰는 편이다. 이래야 스스로도 스트레스를 받지 않는다.

작가 중에는 글 한 줄을 쓰기 위해서 하루 종일 고민하는 사람도 있다. 실제로 어느 문장이 좋은지 문장 한 구절 가지고 하루 종일 고민하는 작가도 봤다. 이 방법도 매우 좋다고 생각한다. 다만 나는 버리는 글일지언정 계속 쓰는 것이 나에게 맞는 것 같다.

느리게 걷고, 쉬고,
주변을 둘러보라

평소 집필 외 시간에는 산책을 많이 한다. 건강 목적으로 하는 산책이 아니라 동네 구경하는 산책이다. 그래서 매우 느리게 걷는다. 오래 걷지도 않는다. 그저 동네 한 바퀴? 대략 삼십 분 정도 걸린다. 틱낫한 스님의 걷기 명상을 십여 년 전부터 계속하고 있다.

느리게 걸으면 주변을 보게 된다. 나무도 보고 바람도 느낀다. 뜻하지 않게 퍼뜩 한 생각이 떠올라서 십여 페이지를 단숨에 쓴 적도 있다. 이건 덤이다. 영감을 얻기 위해서 산책하는 것이 아니라 쉬기 위해서 산책한다. 느리게 걷는 게 좋다.

엉덩이를 꾹 붙이고
계속해서 자판을 두드려라

글은 엉덩이로 쓴다는 말이 있다. 글이 안 풀린다고 다른 일을 하면 더 안 풀린다. 오히려 글에서 멀리 벗어나기만 한다. 그러니 슬럼프가 와도 계속 책상에 앉아 있는다. 물론 컴퓨터로 오락을 하거나 인터넷을 즐기는 것은 삼간다. 오락처럼 재미있는 일에 휘말리면 하루가 너무 헛되게 흘러간다. 그래서 책을 읽는다.

해야 할 일을 하지 않았을 때 짜증이 나고, 불안하고, 황폐해진다.

설봉

마음속으로는 해야 한다고 생각하면서도 정작 몸으로는 할 일을 하지 않았기 때문에 온갖 복잡한 감정이 생긴다. 최선을 다해서 집필한 날은 몸이 무척 피곤하지만 짜증은 나지 않는다. 불안감 같은 감정이 생길 리 없다.

작가는 자신의 상태를 스스로 관리해야 한다. 챙겨 줄 사람이 없다. 건강 관리는 가족이 챙겨 줄 수 있지만 작업 관리는 오직 본인밖에 하지 못한다. 그래서 글이 풀리든 안 풀리든 무조건 책상에 앉아 있는다. 집필 중인 글이 안 되면 아예 다른 글을 쓸 때도 있다. 다른 작품의 얼개를 짜기도 한다. 슬럼프라고 손을 놓고 있기에는 해야 할 일이 많지 않나. 그러니 무조건 어떤 작업이라도 한다. 엉덩이를 꾹 붙이고 계속 자판을 두들기다 보면 그래도 작업한 것 같은 느낌이 든다. 또 슬럼프라는 생각도 일어나지 않는다.

이렇게 나는 나를 계속 몰아붙인다. 이것이 내가 체득한 나만의 슬럼프 탈출 방법이다.

지금도 기차는 달리고 있다
아쉬운 부분은 빨리 잊고
현재 작품에 최선을 다하라

예전에 4권 분량으로 출판하는 것이 일반화되었을 때는 작품 전체가 완성된 후에야 출간했다. 그러니 수정하고 싶다면 얼마든지 수정이 가능했다.

그러나 지금은 주로 연재 형태로 출간되기 때문에 내용 수정이 비교적 자유롭지 못하다. 특히 후반부에 가서 '이런 설정이었으면 더 재미있었을 텐데' 하는 후회는 어느 작품이든 늘 찾아온다. 후회하지 않으려고 초반에 플롯을 단단하게 잡아 놔도 어김없이 후회가 일어난다.

작품이 완성된 후에 일부를 수정해서 '수정판'으로 공개하겠다고 생각한 적도 있다. 실제로 〈도검무안〉의 경우에는 수정본이라고 해서 유튜브 '설봉 무협소설'에 몇 편을 게시하기도 했다. 하지만 신작 연재를 시작하면 수정판에 연연할 시간이 없다.

그래서 요즘은 그저 웃고 만다. 새로운 영감은 메모해 놓는 것으로 만족하고, 최선을 다해서 현재 작품을 완성한다.

작가로 살아남는 지혜,
'시대의 흐름을 항시 주시하라'

스트레스는 글을 쓰면서 풀고, 건강 관리는 특별히 하지 않는다. 앞서 말한 대로 느리게 걸으며 명상하는 것이 전부다.

생활의 지혜는 아니지만 작가로서 살아남는 지혜라고 하면 시대의 흐름을 항시 주시하는 것이라고 생각한다. 요즘 시대는 변화가 너무 빨라서 그에 따라 글의 특성도 현저하게 달라진다.

문학 작품을 쓴다면 자신이 쓰고 싶은 글을 쓰겠지만, 장르 작가라면 독자와 호흡을 맞춰야 한다. 작품 내용이나 서술 방식은 양보할 수 없어도 글의 흐름은 독자와 맞춰야 한다고 생각한다.

작가로서의 목표?
하루에 써야 할 분량만은 꼭 정해 놓자!

연간 목표, 출간 목표, 종수에 대한 목표는 생각하지 않는다. 한 편당 열 권 이상 써야 해서 사실상 의미가 없기 때문이다.

작가라는 직업은 좋은 점이 참 많다. 은퇴가 없다는 것도 그중 하나다. 이런 특권을 왜 버리나? 쓸 수 있다면 언제까지든 쓰고자 한다. 그러니 종수라거나 분량이라는 말은 아무런 의미가 없다.

다만 하루에 써야 하는 분량만큼은 정해 놓고 있다. 나의 경우는 40페이지다.

무협 장르만의 매력!
일상에서 일어나는 초인들의 이야기,
무협에는 그들에 대한 환상이 담겨 있다

무협…… 뭐라고 말로 표현할 수 없다. 무조건 좋다. 요즘은 무협

보다는 멜로가 대세이지만, 그래도 무협이 좋다.

한의학, 중의학으로 증명된 경혈, 침술, 지압 등은 우리 삶과 밀접한 관련이 있다. 태극권, 당랑권, 팔괘권, 금나수 등 각종 무술도 일상 속에 녹아 있다. 검술, 도법, 창술, 암기술 등등 무협에 등장하는 많은 병기가 실제로 사용되기도 했다.

이와 동시에, 말도 안 되는 무공 속에는 초인에 대한 환상이 담겨 있다. 즉, 일상 속에서 일어나는 초인들의 이야기다. 어떤 사람은 기연으로, 어떤 사람은 수련으로 자기 위치를 차지한다.

이런 이야기를 싫어하는 사람도 있고, 좋아하는 사람도 있다. 그런데 난 무조건 좋다. 그래서 무협을 쓴다.

사실에 기초해 조사하고 그 자료에 날개를 달아라

무공을 제외한 모든 부분은 가급적 사실 조사에 기초한다.

장소 선정은 상당히 쉽다. 예전에 산이나 강, 지형 등을 묘사하기 위해서 사진을 수집한 적이 있는데, 요즘은 구글 지도로 쉽게 찾아볼 수 있다. 단, 명칭만은 예전대로 중국역사지도집을 참조한다. 인명은 〈중국인명대전〉에서 캐릭터에 적합한 이름을 찾아낸다.

복장은 복식사를 수집한 것이 있고, 무공, 불경, 도경, 민간신앙까지 모두 수집해서 읽는 편이다. 한문을 조금 아는 편이라서 중국 원서도 틈나는 대로 읽는다. 〈중국소수민족금기대람〉, 〈걸개사〉, 〈중국명대군사사〉, 〈역대관직연혁사〉 등은 지금도 종종 참조한다.

(위에 언급한 책들은 모두 중국 원서이며, 제목은 그대로 적었다. 지도집은 전 8권이고, 인명대전은 상하 2권, 나머지는 모두 단권이다. 요즘은 인터넷이 있어 굳이 서적을 사 볼 필요는 없으나 도움이 될까 하여 참고차 공유한다.)

무공도 실존 무술에 기초한다. 요즘은 인터넷 정보가 많아서 각종 무술, 검술 등을 검색해 볼 수 있다. 소림사, 아미파, 청성파, 무당파 무술에 대한 정보는 이미 상당량이 게재되어 있다. 동영상을 보고 거기에 날개를 달아서 새로운 무술을 창안, 기술한다. 그래야 캐릭터의 움직임이 생생해진다. 또 아무래도 무협에 기술되는 무공은 실존 무술과는 차이가 날 수밖에 없으니만큼 한계를 정하지 않고 가능한 한 최대한으로 발전시키는 편이다.

무협의 세계 속에서
작가의 창작 영역은 어디까지인가

원칙적으로 무협의 세계관에 한계는 존재하지 않는다. 무협의 배경으로 중원(중국)이 자주 등장하는데, 배경만 중국일 뿐이지 이야기 전개는 중국과 전혀 상관이 없다. 엄밀히 말하면 '중국'이라는 '모르는 나라'를 차용해서 쓴 것뿐이다. 곤륜산에서 무공을 닦았다고 하면 뭔가 있어 보이지 않나? 하지만 요즘은 중국이라는 나라가 우리에게 낯선 곳이 아니다. 70년대, 80년대만 해도 잘 모르는 나라였지만, 이제는 널리 알려진 나라가 되었다. 그래서 요즘은 배경조차도 중국에서 벗어나 미지의 세계를 그리는 쪽이 많아졌다.

무협이라고 하면 배경은 중국이고 무공명칭이나 별호는 사자四字로 기술되며 무공은 단전 중심의 내공으로 전개되는 것이 이야기의 틀이었지만, 요새는 이런 형식조차도 벗어나고 있다. 그래도 전혀 이상하지 않다. 작가가 설정한 세계이기 때문이다.

진정한 한계는 여기서부터 생긴다. 작가가 어떤 세상을 설정하면 그에 맞춘 한계가 정해진다. 지구에서 벌어지는 일을 쓰기로 설정했는데 느닷없이 우주 전쟁이 벌어지는 것처럼 생뚱맞아서는 안 된다는 것, 이런 점만 고려한다면 무협에서 작가의 창작 영역은 무한히 자유롭다고 생각한다.

모든 움직임과 전투를
생생하게 몽상하라

전투 장면을 묘사하는 팁은 따로 없다.

나는 몽상이라는 말을 싫어하지 않는다. 현실에서 벗어나 눈을 뜬 채 꿈속을 헤매는 게 좋을 리 없지만 소설을 쓸 때는 아주 좋다. 내가 만든 주인공이 내가 만든 세계에서 움직이는 것을 상상한다. 꿈을 꾸듯이 몽상한다. 그리고 글을 쓴다.

글을 쓰는 사람이라면 상상이 몸에 배어 있긴 하나 나는 정도가 조금 심한 것 같다. 몽상 속에서 주인공이 움직이지 않으면 글이 써지지 않는다. 그래서 전투 장면을 포함한 모든 움직임을 몽상 속에서 끌어내 본 후에 집필한다.

영웅서사 장르의 근간이자
무한한 가능성을 품은 무림인들의 이야기,
그 묘하고 신비한 세계에 뛰어들어 보라.

해경

악역무쌍, 철혈검신 등

종이와 펜만 있으면
무엇이든 창조할 수 있다

항상 무엇인가 만드는 사람이 되고 싶었습니다. 처음에는 영화감독 혹은 드라마 피디를 꿈꿨었는데, 내가 만들고 싶은 작품을 만들기 위해서는 제작비가 너무 많이 드는 현실적인 어려움이 있다는 것을 깨달았습니다. 가장 돈을 적게 들이면서 다채로운 작품을 많이 만들 수 있는 창작자가 무엇일지 고민하다가 작가가 딱 맞아떨어진다는 것을 깨달았습니다.

작가라는 직업은 종이와 펜만 있으면 자신이 창조하고 싶은 세계를 마음껏 펼칠 수 있다는 것이 큰 장점입니다. 그에 비해 웹툰이나 영화, 드라마는 제작하는 데 상당히 많은 과정이 필요합니다. 작가가 쓰고 싶은 내용이 있어도 현실적인 조건들 때문에 불가능한 지점들도 분명 있을 겁니다. 소설도 그런 부분에서 완전히 벗어날 수는 없지만 그래도 다른 콘텐츠에 비하면 훨씬 제약이 적은 편입니다. 그런 자유로움이 작가를 선택한 가장 큰 이유였습니다.

웹소설 작가로서의 목표는 상위권 붙박이 작가가 되는 것입니다. 독자 모두에게 사랑받는 작품을 쓸 수 있다면 정말 좋겠지만 현실적으로는 쉽지 않은 일입니다. 작가에게는 내 작품을 사랑해 주고 구매해 주시는 독자님들께 꾸준히 만족을 줄 수 있는 작품을 만들어 내는 것이 가장 중요하다고 생각합니다. 이를 위해 무분별한 휴재나 연재 중단을 하지 않도록 부단히 노력하고 있습니다. 제 작품이 상위권을 유지해서 웹툰도 되고, 게임이나 드라마로도 나오는 미래를 꿈꾸고 있습니다.

신인 작가일수록
시놉시스를 철저히 고민하라

저는 작품을 쓸 때 시놉시스와 전체 트리트먼트를 맞춰 놓고 시작을 하는 편입니다. 전체적인 아웃라인이 그려져야 장편 연재에 들어갈 때 일정에 맞춰 내용을 전개하기가 편하기 때문입니다. 물론 작가에 따라 쓰는 방식이 다를 수 있기에 제 기준에서 말씀을 드리는 걸 감안해 주시길 부탁드립니다.

우선적으로는 어떤 장르의, 어떤 콘셉트의, 어떤 주인공이 나오는 작품을 써야겠다고 훅hook을 먼저 잡은 뒤에 이걸 로그라인으로 만들어 봅니다. 이 로그라인 수십 개를 쭉 적어 놓고 마음에 드는 키워드의 조합이 나오면 이걸로 시놉시스를 짜 봅니다.

주인공이 어디서 어떻게 해서 이렇게 됐다, 하는 내용을 구체적인 내용으로 쭉 늘려 봅니다. 이때 중요한 것이 로그라인에 쓴 키워드입니다. 주인공이 회귀자인지, 환생자인지, 빙의자인지에 따라 들어가는 전개 방식이 달라지고, 배경이 명문가인지, 몰락 명문가인지, 암흑 명문가인지에 따라 또 달라집니다. 또 천재인지, 망나니인지, 그냥 엑스트라인지에 따라 또 전반적인 내용이 달라집니다.

앞선 로그라인의 키워드 조합만 제대로 됐다면 시놉시스는 편하게 쭉쭉 쓸 수 있습니다. 그렇게 아웃라인이 잡히면 이걸 세부적으로 조정해서 아카데미물로 갈 것인지, 정통 판타지처럼 갈 것인지, 영지물로 갈 것인지 등의 방향을 잡는 것입니다. 시놉시스 단계에서는 이런 방향성과 콘셉트를 잡는 것에 집중해야 합니다.

이렇게 전반적인 방향이 잡힌 다음에 주요 캐릭터를 설정하고, 전체 예상 분량에 맞게 대략적인 에피소드를 구성해서 세부 트리트먼트를 작성하면 됩니다. 결국 앞부분에서 주인공이 어떤 인물이고 그 인물에 따라 어떤 콘셉트의 내용인지를 제대로 정해야, 뒤로 가면서 초점이 흔들리지 않고 일관성 있게 진행될 에피소드를 정리할 수 있다는 의미입니다.

웹소설을 처음 쓰는 신인일수록 이 부분을 철저히 고민할 필요가 있는데, 일단 되는대로 내용을 쓰고 안 되면 리메이크를 하거나 무책임하게 휴재, 연재 중단을 하는 경우가 너무 많습니다. 무엇보다 처음 전개 지점이 가장 중요하니 이를 지나치게 내던지듯 쓰기보다는 내가 쓰고자 하는 키워드에 맞춰서 처음과 중간, 끝의 전개를 고민하며 체계적으로 집필하는 습관을 갖는 것이 더 좋습니다.

클리셰를 활용해라
캐릭터와 세계관 설정이 쉬워진다

저는 무협과 판타지 카테고리의 작품을 쓰는데, 각 장르를 준비하는 방식이 다릅니다. 무협의 경우는 판타지보다 준비에 유리한 면이 많습니다. 무협이란 장르 안에서 정해져 있는 설정이 많기 때문입니다. 구파일방, 오대세가, 마교, 무공, 무림과 같은 주요 설정들이 이미 존재하기 때문에 이 클리셰들을 활용해서 내 주인공을 어디에 넣을지 정해 주면 세계관을 더 쉽게 설정할 수 있습니다.

이런 설정을 정할 때는 주인공이 어떤 인물일지 고민하는 것이 가장 중요합니다. 내 주인공이 천방지축 캐릭터인지, 진중한 캐릭터인지, 전략적인 캐릭터인지 특성을 고민하고 이를 가장 잘 살릴 수 있는 배경과 설정으로 맞춰 줘야 합니다.

만약 내 캐릭터가 안하무인에 천방지축인데 적수가 없는 먼치킨 캐릭터라고 한다면 이런 인물의 특징이 가장 잘 돋보일 장소를 고민해 봐야 합니다. 은열 작가님의 웹소설 〈무당기협〉의 경우, 사파제일인인 혁련무강이 정파 중의 정파인 무당파의 도동으로 빙의해서 도사 같지 않은 도사의 캐릭터를 만들어 냈습니다. 사파의 최정점인 주인공이 어울리지 않는 정파의 옷을 입고 기상천외한 일들을 벌인다는 괴리감이 재미를 줍니다.

무협은 이런 클리셰를 활용하고, 때로는 비틀어서 재미를 주는 지점들이 많기 때문에 기존의 설정들을 잘 습득해서 어떻게 활용할지를 고민해 보면 흥미로운 소재들을 만들어 낼 수 있습니다.

판타지의 경우, 무협보다는 생각할 범위가 넓은 편입니다. 다만 판타지는 그 안에서도 여러 갈래로 나뉘는데 일반 판타지물과 게임 판타지, 헌터물로 나눌 수가 있습니다. 일반 판타지물은 우리가 흔히 말하는 중세 판타지를 바탕으로 구성된 세계관을 이룹니다. 게임 판타지는 이런 일반 판타지물을 가상현실 게임으로 진행하는 세계관이고, 헌터물은 게임 판타지에서 파생된 것으로 게임에나 나올 법한 몬스터들이 현실에 나타나는 세계관을 갖고 있습니다.

우선 게임 판타지와 헌터물의 경우에는 무협처럼 장르적인 클리셰가 존재하는 편입니다. 게임 판타지는 주인공이 가상현실 게임에 들어가서 일종의 치트키를 얻어 남들보다 더 빨리 성장하는 성장기를 그리는 내용이 많습니다. 헌터물은 게이트가 열리고 그 안에서 몬스터가 튀어나와 사람들을 공격하자 게임 시스템 능력을 지닌 각성자들이 이들을 막는 설정을 바탕으로, 마찬가지로 주인공에게 여러 가지 치트 능력을 부가하여 빠른 성장을 보여 줍니다.

여기에서 중요한 것은 주인공들이 어떤 히든 치트 능력을 얻는가입니다. 흔히 말하는 '회빙환(회귀, 빙의, 환생)'도 이런 치트 능력 설정의 일종입니다. 이때 고민할 것은 내 주인공이 남보다 더 빨리 성장할 수 있는 능력입니다. 헌터물 판타지의 정석이라 할 수 있는 추공 작가의 〈나 혼자만 레벨업〉에서는 주인공이 제목 그대로 혼자서만 레벨업을 할 수 있는 시스템 능력을 얻게 됩니다. 덕분에 헌터로서 최하위 등급이었던 주인공은 말도 안 되는 속도로 강해지며 성장하게 됩니다. 주인공이 어떤 능력을 가질지를 조합하여 핵심 키워드를 정하기만 하면 나머지 설정을 정하는 것은 오히려 쉽습니다.

마지막으로 일반 판타지는 사실 가장 설정하기 어려운 장르입니다. 말 그대로 주인공의 설정부터 국가의 형태, 사용하는 마법의 구조, 사회를 구성하는 종족에 이르기까지 모든 것을 작가가 설정해야 합니다. 물론 일반 판타지 소설에도 다양한 클리셰가 존재하지만 그 클리셰의 범위가 워낙 넓고 버전도 다양해서 세부적인 설정에도 상당히 신경 써야 할 부분이 많습니다.

다시 한번 강조하지만, 중요한 것은 결국 주인공 캐릭터의 능력입니다. 세부적인 세계관 설정에 빠지다 보면 큰 줄기를 잊을 수 있습니다. 내 주인공이 어떤 인물이고 어떤 능력을 가지고 있는지에 가장 집중해야 합니다. 내 주인공이 기사인지, 마법사인지, 아니면 야만전사인지, 암살자인지 등등 많은 선택지 중에서 어떤 캐릭터인지를 먼저 고르고 그에 따라 핵심이 될 수 있는 특징적인 능력치를 부여할 수 있어야 합니다.

이 과정이 무협과 비슷하기는 하지만 더 어려운 점은 판타지가 훨씬 선택의 폭이 넓다는 것입니다. 무협은 주인공이 검을 쓰는 무림인으로 어느 정도 정해진 부분이 있는데, 판타지는 이보다 더 세세한 옵션이 많기에 독자 유입을 위해 고민해야 할 핵심 키워드를 정하는 게 쉽지 않습니다.

만약 내가 주인공을 마법사로 정했다면 그에 대해 또 고민을 해봐야 합니다. 과연 주인공은 어떤 마법사인가? 마법 아카데미의 학생인가, 교수인가? 망나니인가? 천재인가? 보잘것없었다가 치트 능력을 발견한 인물인가? 등등 다양한 콘셉트를 잡고 거기에 맞는 능력치를 부여해야 합니다. 이 과정을 통해 주인공 캐릭터가 구체화되고, 그 캐릭터에 어울리는 배경을 설정할 수 있습니다.

전투 마법사로 만들어서 전쟁터에서 구르도록 할 것인지, 아카데미물로 만들어서 아카데미에 들어가 천재성을 발휘하는 학생이 되도록 할 것인지 등이 이런 지점에서 정해질 수 있습니다. 만약 이런 키워드들이 제대로 떠오르지 않는다면 아직 판타지 웹소설을 쓸 만큼 작품을 많이 안 읽어 봤다는 뜻입니다. 무협과 마찬가지로 상위권 판타지 열 작품을 읽고 트렌드를 살펴보는 것이 좋습니다.

단, 판타지는 무협과 달리 공통 설정들이 곧바로 보이지 않을 수 있습니다. 판타지에서 눈여겨볼 것은 바로 주인공입니다. 주인공이 어떤 능력을 가지고 있고, 그 능력으로 어떻게 위기를 헤쳐 나가는지를 집중해서 보며 감각을 익히는 것이 제일 중요합니다.

목표를 명확히 잡아라
그리고 반드시 지켜라

웹소설 작가가 되기 위해 가장 중요한 것은 아무래도 꾸준한 집필력이 아닐까 싶습니다. 작가마다 집필 리듬이나 목표 분량이 모두 다를 것 같은데 저는 매일 최소 2화 분량(공백 포함 약 1만 자)씩 쓰는 것을 목표로 하고 있습니다.

처음 웹소설을 쓸 때는 적어도 하루에 5,500자를 일주일 동안 매일매일 쓴다고 생각하고 이걸 꼭 지키는 것이 가장 좋습니다. 보통 웹소설은 주 7일 혹은 주 5일 연재를 기본으로 하기 때문에 매일 5,500자를 쓰는 것이 불가능하다면 결코 연재를 이어 갈 수가 없습니다.

매일매일 살다 보면 언제 어떤 일이 생길지 모르니 항상 비축 분량을 채워 놔야 하는데, 그럴 때를 대비해서 하루에 2화 분량인 12,000자 정도를 쓸 수 있도록 계속 '글근육'을 늘려 가야 합니다. 이 정도 분량을 쓰는 것이 불가능하다면 사실상 웹소설 작가가 되기는 어렵다고 생각합니다.

특히나 지망생분들 중에서는 20화 이하의 분량을 계속 썼다가 지우고 다시 리메이크하는 경우가 꽤 있는데, 이렇게 되면 중반에서 후반부의 전개 방식을 익힐 수 없기 때문에 150화 내외의 짧은 분량이라도 완결을 내고 유료화 경험을 가져 보는 것이 더 좋습니다. 그래야 한 작품이 어떤 식으로 구성되는지 빠르게 감을 잡아 250화 이상의 분량으로 확장해 나갈 수 있기 때문입니다.

원론적이지만, 목표를 정확하게 수립하는 것이 매일 글을 써 나가는 원동력이 되는 것 같습니다. 자신의 목표를 수입 혹은 유입, 평가 등등으로 잡아도 좋지만 일단 목표를 세우면 반드시 달성해야 합니다. 예를 들어 이번에는 반드시 50화 이상을 써 보겠다, 혹은 매일 일정 분량을 써서 3개월 안에 120화 이상을 연재해 보겠다는 등의 목표를 명확하게 세우는 것이 좋습니다. 이런 작은 성취들이 모여야 연재의 어려움을 버틸 수 있는 버팀목이 되는 것 같습니다.

에너지를 충전하고
영감을 얻는 방법

여유 시간은 사실 거의 없다시피 하지만 보통은 웹소설을 읽거나 드라마를 봅니다. 조금 시간이 더 난다면 아내와 외출해 맛있는 걸 먹으면서 데이트를 합니다. 리프레시하며 새롭게 집필할 수 있는 에너지를 충전시키는 것이 중요합니다.

슬럼프의 원인을 파악하고
회복탄력성을 키워라

슬럼프는 정말 딱히 대처 방법이 없는 것 같습니다. 아니다 싶을 때는 잘 쉬고, 잠을 잘 자는 것이 가장 좋다고 생각합니다. 혹은 너무 글에 질려서 글을 더 쓰고 싶지 않을 때가 있는데 이럴 때는 오히려 다른 일을 하면서 글과 잠시 거리를 두면 오히려 다시 글을 쓰고 싶다는 욕구가 솟아오르기도 합니다. 저는 창업을 해서 회사도 운영하고 있는데, 글에 질릴 때면 골치 아픈 회계 처리 일을 합니다. 숫자를 보고 있다 보면 글쓰기가 훨씬 낫다는 것을 다시 깨닫고 집필 의욕을 되찾습니다.

다만 이런 부분은 있습니다. 진짜 에너지가 떨어져서 슬럼프가 온 것인지, 아니면 스토리가 막혀서 글을 쓸 수 없는 상태인지를 구분해야 합니다. 후자의 경우라면 그 원인을 잘 따져 봐야 합니다. 스토리가 막히는 대부분의 이유 중 하나는 중반부를 넘어서 결말까지 가는 방향성을 잡지 못하기 때문인데 이건 글에 질리는 것과는 전혀 다른 문제입니다. 앞부분에서 스토리의 전개를 명확하게 정해 두지 않고 그때그때 에피소드 소재를 찾아서 일단 던져두고 보자는 식으로 스토리를 끌어가게 되면 반드시 이런 상황을 마주하게 됩니다.

이럴 때는 차분하게 내 스토리를 처음부터 명확하게 다시 분석해서 막힌 부분을 어떻게 풀어 가야 할지 살펴봐야 합니다. 이걸 제대로 풀지 않고 무작정 슬럼프라고 손을 놓고 있으면 더욱 손이 굳어져서 휴재를 자꾸 하게 되고 연재를 중단하게 되어 버립니다. 가장 좋은 해결책은 하나입니다. '주인공과 대적자가 명확하게 갈등 구조를 이루고 있는가'를 따져 보는 것.

중반부를 넘어가서 글이 막힐 때는 대부분 주인공과 대적자의 관계성이 모호해져 있거나, 대적자가 너무 많거나 혹은 주인공이 여러 명으로 분산돼서 메인 스토리의 진행이 제대로 되지 않고 있을 때입니다. 이런 문제를 해결하기 위해서는 반드시 글의 초점을 주인공에게 집중시킨 뒤 메인 대적자를 정하고, 두 사람의 대결로 집중시켜 메인 스토리 라인을 정리해야 합니다. 이것이 맞춰지지 않으면 결코 슬럼프를 벗어날 수 없습니다.

또 다른 이유로 슬럼프가 생길 때는 내 글에 대한 확신이 서지 않을 때입니다. 글에 대한 확신이 서지 않는 것은 사실 극복하기 어렵습니다. 기성 작가도 이 작품이 괜찮은지, 이 소재가 괜찮은지, 이 에피소드가 괜찮은지 끊임없이 의심하고 걱정하고 힘들어합니다. 론칭 직전에는 한 달 내내 긴장해서 거의 잠을 자지 못했던 경우도 허다합니다.

그럴 때 가장 좋은 방법은 너무 깊게 생각하지 않는 것입니다. 내가 고민한다고 해서 어떻게 해결할 수 있는 문제가 아니라면 그냥 내버려 두고 결과만 보고 판단해야 합니다. 그렇게 해서 결과가 별로 좋지 않으면 문제가 무엇인지를 파악해서 다음번에 잘하면 됩니다. 어차피 창작을 하면서 항상 성공만 할 수는 없습니다. 언제고 실패는 찾아옵니다. 중요한 것은 그 실패를 딛고 빠르게 회복할 수 있는 회복탄력성을 키우는 일이라고 생각합니다.

회복탄력성을 기를 수 있는 가장 좋은 방법은 체력을 키우는 일입니다. 몸이 건강하지 않으면 멘탈도 쉽게 흔들립니다. 반대로 몸이 건강하고 체력이 좋으면 멘탈도 쉽게 흔들리지 않습니다. 실패해도 금세 회복해서 다른 것을 준비할 수 있는 여력이 생깁니다. 만약 자신의 글에 확신이 들지 않는다면 확신이 들 때까지 쓰고, 또 쓰고, 또 쓰면 됩니다. 그렇게 생각하면 차라리 마음이 편합니다. 처음부터 '성공해야지' 하고 스스로를 궁지에 몰면서 창작을 하게 되면 당연히 불안하고 긴장할 수밖에 없습니다. 그러니 항상 여유와 체력을 가지고 창작에 임하는 것이 멘탈 관리에 좋습니다.

원론적인 말이지만 충분한 수면과 규칙적인 식사, 그리고 운동을 꼭 추천합니다. 건강 보조제도 자신의 몸에 맞는 것을 구입해서 꾸준히 먹는 것도 좋습니다. 이렇게 몸과 마음을 만들고 실패를 담대하게 대할 수 있는 준비를 한다면 설사 내 글에 확신이 들지 않더라도 '다시 하면 되지'라는 마음으로 그다음을 향해 더 빠르게 한 발 내디딜 수 있습니다.

중간에 내용을 수정하고 싶다면
'대적자'에 집중하라!

중간에 내용을 수정하는 것 자체를 별로 추천하고 싶지는 않지만 창작을 하다 보면 여러 가지 사정에 의해 그렇게 해야 할 때가 있습니다. 바로, 분량을 늘려야 할 때입니다. 300화 정도로 기획했던 내용이 500화 이상의 장편으로 연재가 지속되어야 한다면 후반부의 내용과 설정에 수정이 필요합니다. 이때 둘 중 하나를 정해야 합니다. 현재 내가 메인 대적자로 정해 놓은 인물로 결말을 낼 것인지, 혹은 다른 메인 대적자를 만들어서 새로운 스토리를 전개할 것인지입니다.

우선, 현재 정해 놓은 대적자로 쭉 스토리를 전개할 것이라면 중간에 들어가는 에피소드를 늘려 가는 방식으로 수정해야 합니다. 이때는 이미 설정해 둔 세계관의 범위를 넘어서지 않는 방향으로 에피소드를 짜는 것이 좋습니다. 즉, 인물이나 소재들을 새롭게 늘리기보다는 이미 존재하는 인물들을 바탕으로 그들의 이면에 대한 이야기를 끼워 넣어서 서브 플롯을 다채롭게 구성하는 방식이 어울립니다.

두 번째는 메인 대적자를 교차하는 것인데, 이 방법은 사실 위험 부담이 존재합니다. 기존에 있던 세계관을 더 크게 확장시켜 1부 끝, 2부 시작 이런 식으로 전개가 되어야 하기 때문입니다. 만약 내가 써야 할 후반부 내용을 위해 200화 이상은 더 확장해야 한다면 이 방식을 선택하는 것이 낫지만 그 이하라면 첫 번째 방식을 이용해서 원래 스토리 라인을 지키는 것이 더 좋습니다. 자칫 세계관이 잘못 확장되면 기존 독자들이 이탈할 위험도 있기 때문입니다.

메인 대적자가 새롭게 등장하게 되면 작품의 세계관이 더 크게 확장되어 새로운 인물, 소재, 에피소드들이 등장할 수 있습니다. 더 풍부한 내용으로 규모 있는 세계관을 만든다는 점에서 흥미를 끌 수 있겠지만 자칫 설계를 잘못하면 기존의 세계관이 붕괴될 위험이 있으니 반드시 설정의 인과성에 오류가 없는지를 잘 확인하는 것이 중요합니다. 혼자서 하기보다는 담당 편집자와 함께 기존의 내용을 정리하고 확장 스토리를 함께 고민하는 것이 오류를 최소화할 수 있는 방법입니다.

전업은 신중하게!
여유가 있어야 창작도 가능하다

억대 연봉을 버는 웹소설 작가들이 매체에 많이 등장하면서 웹소설 작가를 꿈꾸는 지망생들이 많이 늘어난 것은 사실입니다. 저는 웹소설 관련 강의를 진행하고 있기에, 많은 수강생분들과 소통을 하면서 웹소설 작가를 꿈꾸는 분들의 이야기를 들을 기회가 꽤 있었습니다. 그럴 때 제가 강조하는 것은 하나입니다. 절대 웹소설에 올인하지 말라는 것입니다.

만약 직장이 있으신 분이라면 직장을 그만두고 곧바로 전업해서 웹소설을 쓰겠다는 무모한 짓은 절대 하지 않으셔야 합니다. 과감하게 퇴직한 후에 아무것도 안 하고 집에서 글만 쓰면 소설을 엄청 많이, 잘 쓸 것 같지만 절대 아닙니다. 오히려 시간이 많으면 게으름을 피우기 더 좋습니다. 아침에 일어나서 아침 먹고 소설 쓰고, 점심 먹고 소설 쓰고, 저녁 먹고 소설 쓸 자신이 없으시다면 직장 생활과 병행하는 것을 적극 추천드립니다.

단호하게 말하지만 헝그리 정신은 창작에서 존재하지 않습니다. 배고프면 창작 의욕이 나지 않습니다. 신경도 날카로워지고 초조해집니다. 글이 잘 나올 수가 없습니다. 직장 생활을 하면서 꼬박꼬박 받던 월급이 없어지고 남은 돈으로만 버티다 보면 빨리 유료화를 해야 한다는 압박감에 과감하게 글에 집중하기가 어렵습니다. 시간이 흐를수록 이런 압박은 더욱 커집니다.

전업은 유료화를 성공한 후 안정적으로 내 연봉 이상의 수익을 벌게 되었을 때 하셔도 됩니다. 굳이 안정적인 직장이 있는데 그걸 박차고 나와 리스크가 큰 전업 작가를 한다는 것은 스스로를 궁지로 몰 수도 있는 일이라 생각합니다.

단, 이럴 수는 있습니다. 너무 육체적으로 힘든 일이라서 내가 도저히 글을 쓸 체력이나 시간이 되지 않을 때, 이런 경우라면 수익은 적지만 안정적으로 글을 쓸 수 있는 업종으로 이직을 하는 것은 괜찮습니다. 여기서 중요한 것은 집필 시간을 확보했을 때 반드시 글을 써야 한다는 겁니다. 시간이 남는다고 친구들하고 술을 마시거나, 놀러 다니면 오히려 역효과입니다. 글을 써야 한다는 압박감만 남고 제대로 결과는 나오지 않으니 자존감이 낮아져서 성과가 더욱 안 나옵니다.

제가 이렇게 말을 해도 전업을 하겠다고 고집을 부리는 지망생은 꼭 있습니다. 그렇게까지 전업을 하겠다면 굳이 말리고 싶지 않습니다. 모든 것은 본인의 선택이기 때문입니다. 만약 운이 좋게 시간적, 금전적 여유가 생겨서 전업을 할 수 있게 되었다면 반드시 한 질을 끝내서 완결까지 연재를 해 보시는 걸 추천드립니다. 완결을 해 본 작가와 안 해 본 작가의 차이는 정말 큽니다. 처음 쓰실 때는 수익이나 성적 같은 걸 따지지 말고, 일단 유료화를 해서 연재 중단 없이 완결까지 마무리 짓는 걸 목표로 삼아서 해 보셔야 합니다. 이것저것 재고, 생각이 많아지면 완주하기 어렵다는 점을 꼭 명심하시기 바랍니다.

무협

중원을 배경으로 한 무림인들의 이야기!
무한한 가능성을 품은 무협 장르만의 매력

무협 장르는 묘하고, 또 신비한 매력을 가진 장르입니다. 저는 웹소설을 무협으로 데뷔했기 때문에 이 장르에 특히나 애정이 더 깊은 편입니다. 한편으로는, 한국과는 하등 관계가 없는 중세 중국을 배경으로 일어나는 무림인들의 이야기가 어떻게 이리 오랫동안 사랑받았는지 신기하기도 합니다.

무협은 60년대에 번안 소설로 한국에 처음 들어온 후부터 지금까지 그 명맥을 이어 온, 역사가 있는 콘텐츠라고 할 수 있습니다. 70, 80년대부터는 한국 작가들이 직접 무협 작품을 쓰기 시작했습니다. 이 당시 무협을 고무협이라 칭합니다. 고무협의 소설들은 영웅적인 면모를 지닌 주인공이 성장하는 과정을 그린 전형적인 영웅 서사물입니다.

80년대를 지나 90년대에서부터 2000년대 사이에는 신무협 작품들이 대여점을 중심으로 많이 출간됐습니다. 영웅의 성장 서사를 강조했던 80년대 고무협과 달리 90년대의 신무협은 기연과 우연성에 기초한 단선적인 영웅의 이야기에서 벗어나 강호의 주변인들의 이야기를 주로 담았다는 것이 특징입니다. 전쟁에서 돌아온 노병, 사파 출신의 삼류 무인, 점소이 등등 이런 주변인들을 중심으로 무림이라는 비정한 세계를 다양한 시각으로 본 것이 신무협의 특징이라고 할 수 있습니다.

퓨전 판타지와 함께 신무협은 도서 대여점을 중심으로 전성기를 누리다가 대여점 시장이 붕괴하면서 쇠락의 길을 걷게 됩니다. 그러던 중 무협은 단행본 종이책에서 모바일 디바이스로 이전되며 지금의 웹소설 형태로 자리를 잡게 되었습니다.

사실 무협에서 웹소설보다 한발 더 먼저 인기를 끈 것은 만화, 웹툰 쪽입니다. 2000년대를 지나 네이버 웹툰이 자리를 잡고 나서도 전통적인 무협 배경의 작품보다는 학원격투물이나 능력배틀물로 형식을 바꾼 작품들이 더 주류를 이루었습니다. 그러던 중 〈용비불패〉의 문정후, 류기운 작가가 네이버 웹툰에서 〈고수〉라는 무협 웹툰을 연재하고 큰 인기를 끌게 되면서 무협에 대한 관심도가 높아지게 됩니다. 무협이 단순한 올드 콘텐츠가 아닌 다양한 연령층의 독자들에게 여전히 사랑받을 수 있는 콘텐츠라는 것을 증명한 셈입니다.

이런 무협 웹툰의 인기와 함께 웹소설 시장에서도 무협 소설은 꾸준한 인기를 보이며 자체적으로 성장했습니다. 더불어, 이런 무협 웹소설 원작을 각색해 웹툰으로 만들어 큰 인기를 끈 작품들이 지속적으로 나오면서 무협 웹툰과 웹소설 독자층이 함께 넓어지게 된 것입니다.

노경찬 작가의 〈지천명 아비무쌍〉, 회귀 무협의 장을 연 작품으로 평가받는 정준 작가의 〈화산전생〉 역시 웹툰으로 각색되면서 많은 팬층을 무협 장르로 끌어들였습니다. 네이버 웹툰에서 연재 중인 〈장씨세가 호위무사〉의 경우 조형근 작가의 원작을 기반으로 만들어져 소설과 웹툰 모두 명작이라 부르기 부족함이 없습니다. 이 밖에도 〈화산귀환〉, 〈광마회귀〉, 〈나노머신〉 등 무협 웹소설 원작의 노블코믹스가 큰 인기를 끌고 있습니다. 무협 장르는 다양한 트랜스미디어를 통해 남녀노소를 가리지 않는 대중적 콘텐츠 소재로서 충분한 힘을 갖추게 된 것입니다.

웹소설의 대표적 플랫폼인 카카오페이지와 네이버 시리즈의 상위권 작품을 보면 전체 작품 수 중 무협 소설들이 상당수를 차지하고 있는 것을 볼 수 있습니다. 속칭 '아재'들이나 보는 것으로 취급받았던 무협 소설이 스스로의 진입장벽을 낮추고 새로운 독자들을 유입시키고 있습니다.

하지만 안타깝게도 무협 장르는 타 장르에 비해 진입장벽이 높다는 인식이 여전히 있습니다. 어려운 한자 용어와 기본적으로 갖춰야 할 클리셰의 양이 상당하기 때문에 무협을 즐겨 보지 않는 사람이라면 이를 읽기도, 쓰기도 어렵기 때문입니다. 그렇기에 무협 장르는 수요에 비해 공급이 상당히 부족한 편입니다.

무협의 독자층은 점차 늘어나고 있는데 위에서 말한 클리셰에 대한 막연한 두려움으로 작가 지망생들이 무협 작품을 쓰는 것을 기피하고 좀 더 익숙한 판타지 쪽을 고르는 경우가 많습니다. 무협 작품을 구성할 필수적인 클리셰들이 존재하기는 하지만, 요즘은 그런 제한 사항들에 많은 신경을 쏟지는 않는 추세이기 때문에 여기에 크게 얽매일 필요는 없습니다. 더불어, 초반의 클리셰 활용에 대한 두려움만 넘어선다면 무협에서의 설정과 스토리 전개가 더 용이합니다.

그러니, 만약 판타지·무협 카테고리에서 웹소설을 쓰고자 하는 지망생이 있다면 판타지보다 무협 쪽으로 도전해 보는 것을 추천하고 싶습니다. 앞서 말했듯, 무협은 수요에 비해 공급이 상당히 부족합니다. 점차 뚫기 힘들어지는 웹소설 데뷔 시장에서 무협 장르로 시작하는 것만으로도 경쟁률을 줄일 수 있다는 뜻입니다.

또 한 가지, 무협 장르는 판무 콘텐츠의 근간이라 할 수 있습니다. 무협을 쓰고 나면 쓸 수 있는 영역이 무척이나 넓어진다는 장점이 있습니다. 정통 판타지, 게임 판타지, 헌터물 등 영웅서사를 바탕으로 한 모든 장르의 기본적인 골자를 무협을 통해 익힐 수 있습니다. 다양한 장르로 새롭게 발전해 가는 무협 장르는 무한한 가능성을 품고 있습니다. 낯선 소재와 배경을 두려워 말고 그 안을 들여다볼 수 있다면 더 많은 기회를 잡을 수 있을 것이라 말하고 싶습니다.

인기 웹소설 다섯 작품만 읽어 보자
그러면 무협이 보인다

과거의 무협 소설은 지금으로 보자면 대체 역사 소설에 가깝습니다. 웹소설식의 빠른 전개와 주인공 중심으로 초점화된 서사 구조와는 상당히 큰 차이가 있습니다. 무협을 쓰기 위해 고전 작품부터 쭉 읽는 것은 멀리 보면 굉장히 좋은 공부가 될 수 있겠지만, 무협 웹소설을 쓰는 데에 직접적인 도움이 되기는 어렵다고 생각합니다.

무협 웹소설 창작에 가장 좋은 방법은 현재 나와 있는 상위권 무협 작품을 읽어 보는 것입니다. 무협은 기본적인 설정이 분명하게 정해져 있는 장르입니다. 구파일방, 오대세가, 마교, 무공 등등을 포함해 틀리면 독자들에게 크게 혼날 수 있는 클리셰들이 상당히 많습니다. 이런 내용들은 무협 웹소설 안에 대부분 포함되어 있기 때문에 다섯 작품 정도만 읽어 봐도 어떤 설정들이 공통적으로 들어가는지를 충분히 이해할 수 있습니다.

웹소설은 트렌드가 굉장히 빨리 바뀌는 편이다 보니, 저 또한 요즘 독자들이 재밌게 보는 상위권 작품들이 무엇인지 파악하며 트렌드를 꾸준히 따라가려고 합니다. 하지만 무조건 유행하는 트렌드를 잡아서 쓰기보다는 재밌는 소재를 메모해 두었다 나중에 쓰고 싶은 내용이 생기면 거기에 그 소재들을 녹여 내서 독자들의 관심을 끄는 방식으로 기획합니다.

더 중요한 것은 '자신의 취향에 맞는 스토리를 가진' 상위권 작품을 찾는 것입니다. 무협에 별로 흥미를 느끼지 못하는데 무협을 쓰겠다고 재미도 느끼지 못하는 작품을 억지로 읽는 일만큼 고역이 없습니다. 취향에 맞지 않는다면 무료분까지만 보시고, 보고 재밌다면 유료분까지 읽으시면서 어떤 부분이 재밌었는지를 생각해 보고 이와 비슷한 종류의 작품들을 계속 찾아서 읽는 것이 좋습니다. 그렇게 다섯 작품 정도만 제대로 읽어 보면 무협에서 기본적으로 알아야 할 문파와 세가, 그곳에서 쓰는 대표적인 무공들, 무협의 기본적인 클리셰들(절대무공, 기연, 영약, 신병이기, 장보도 등)을 습득할 수 있습니다.

무협 자체가 낯선 분들의 경우에는 전동조 작가님의 〈묵향〉 1부 무협편을 참고로 읽어 보시면 무협 세계관의 기초적인 관계성을 파악하시는 데 도움이 됩니다. 무협 웹소설의 원형이라 할 수 있는 작품에는 황규영 작가의 〈잠룡전설〉이 있습니다. 완결 작품 중에서는 은열 작가님의 〈무당기협〉, 정준 작가님의 〈화산전생〉을 읽어 보시면 웹소설식 무협의 전반적인 흐름을 파악하실 수 있습니다.

무협에 관련된 내용을 습득하실 때 주의하여야 할 점은 한국의 무협과 중국의 선협물이 다르다는 점입니다. 중국 드라마나, 중국 번역 웹소설을 좋아하시는 분들은 신선과 요괴가 나오는 선협물을 선호하시는 경우도 꽤 있습니다. 이런 장르를 기환무협 혹은 선협물이라 부르는데, 언뜻 보면 무협과 별반 다를 바가 없어 보입니다. 하지만 한국 웹소설 시장에서 선협물은 대중적인 무협 카테고리에서 벗어나 있기 때문에 이 소재로 상위권에 올라가기는 쉽지 않습니다.

조진행 작가의 〈구천구검〉이나 구로수번 작가의 〈전생검신〉 등은 선협물적인 요소를 갖추고 있음에도 무협 상위권을 차지하고 있지만, 통상적으로 신인 작가가 이런 소재로 무협 웹소설 독자들의 유입을 이끄는 것은 매우 어려우니 작품을 선별하여 읽으실 때 이 부분을 주의하시면 좋습니다.

무협은 이야기 틀이 정해져 있다고?
'캐릭터'와 '세계관'을 활용하라

무협은 중세 중원을 배경으로 구파일방으로 이루어진 정파무림과 사파, 마교라는 적들이 대립을 하는 가상세계입니다. 세계관과 이야기의 전개 방향이 어느 정도 설정되어 있다고 볼 수 있습니다. 이런 무협에서 작가가 자유롭게 창작할 수 있는 영역은 다름 아닌 '캐릭터'입니다.

────── 웹소설의 모든 것

설정이나 세계관만 보면 비슷비슷하게 보이는 무협 작품들이 각자의 고유성을 지닐 수 있는 이유는 그 안에서 그리는 캐릭터들이 각양각색의 매력을 지니고 있기 때문입니다. 특히나 여기서 가장 중요한 것은 바로 '주인공'입니다.

무협을 읽는 독자들이 가장 주요하게 보는 것은 바로 주인공이 어떻게 성장해서 위기를 극복하고, 어떤 식으로 종장에 도달할까입니다. 그렇기 때문에 이미 정해져 있는 무협 세계관 위에 어떤 주인공 캐릭터를 얹어서 새로운 방식으로 이야기를 풀어 나갈지를 고민해야 합니다.

이런 맥락에서 볼 때 무협 작가는 내가 그리고자 하는 주인공, 즉 영웅의 모습을 어떤 식으로 표현할지에 대해 가장 많은 시간을 할애해야 합니다. 복수하는 주인공, 게으르지만 태어날 때부터 천재인 주인공, 전장에서 귀환한 주인공, 망나니였다가 개과천선한 주인공, 먼치킨 주인공 등등 무협에서 주인공은 다양한 모습으로 변주가 되고 그 고유성이 계속 개발되고 있습니다.

내가 표현하고자 하는 무협 세계관을 구축할 때 어떤 주인공이 가장 적합할지를 중심으로 캐릭터를 구축해야 합니다. 복수하는 주인공이 중심이라면 그에 걸맞은 복수의 대상자가 정해져야 합니다. 복수를 위해 주인공이 어떤 무공을 어디서, 어떻게 습득하는지도 아주 중요한 요소입니다. 무협의 전반적인 클리셰를 따르되 여기에 어떤 요소를 넣는지에 따라 고유성을 획득해 기존의 작품들과 차별성을 줄 수 있습니다.

예를 들면, 주인공이 복수를 위해 어떤 무공을 익히는지 결정할 때 그 무공이 '최악의 무림 공적인 광마의 무공일 때'와 '전설 속 검선의 무공일 때'를 비교해 볼 수 있습니다. 광마의 무공을 익힌 주인공은 복수를 위해 강한 무공을 습득하지만, 항상 스스로가 미치지 않을까 경계하며 다른 이들에게 쉽사리 무공을 보이기 어려운 상황이 필연적으로 설정됩니다. 반면, 검선의 무공을 익힌 주인공은 정파 무림의 신성으로 강호에 나서는 것이 훨씬 용이하여 무림의 후기지수로 주목받는 장면을 넣기가 쉽습니다.

내가 쓰고자 하는 작품의 분위기나 전개 방식을 고려할 때 주인공이 광마의 무공과 검선의 무공 중 어떤 것을 익히는 것이 더 유리할지를 고민해 봐야 합니다. 이런 부분이 무협 작가로서 자유롭게 창작을 하는 영역이라고 볼 수 있습니다.

또 다른 창작의 영역은 무협의 '세계관' 자체를 변형하는 것입니다. 기존 무협에서 세계관 자체는 고정되어 있는 경우가 많았지만, 웹소설로 넘어오면서 이런 지점에서도 변화가 일어나고 있습니다. 구파일방과 마교로 이루어진 무림의 세계관 틀을 벗어나 독특한 소재들을 덧붙여 무협의 한계를 돌파하려는 시도들이 보입니다.

이런 기존 무협 세계관을 벗어난 독특한 무협 작품 두 가지를 꼽아 보자면 녹색여우 작가의 〈우주천마 3077〉과 컵라면 작가의 〈무림서부〉를 들 수 있습니다. 〈우주천마 3077〉은 우주 개척 시대에 깨어난 천마가 주인공인 무림우주 활극입니다. SF 장르인 사이버 펑크와 무협을 결합한 독특한 작품으로 작가의 세세한 세계관 설정이 돋보입니다.

〈무림서부〉는 서부극과 무협을 결합한 세계관을 배경으로 서사를 전개합니다. 일종의 대체역사물로, 유방이 세운 한나라가 1,000년 동안 유지되고 있으며 강력한 황군을 피해 신대륙으로 진출한 중원인들이 이를 개척한다는 설정을 가지고 있습니다. 기존의 무협 세계관을 SF와 서부 무대로 옮긴 것인데 이 정도로 세계관 확장이 가능하다는 예시로 참고해 볼 수 있습니다.

이 밖에도 카카오페이지 무협 장르 부동의 1위인 조진행 작가의 〈구천구검〉의 경우, 무협 장르에 선협물이 섞이며 세계관을 넓혔고, 구로수번 작가의 〈전생검신〉 역시 무협에 무한회귀와 크툴루 신화라는 소재를 섞어서 독특한 재미를 안겨 주는 작품 세계를 만들어 냈습니다.

이런 세계관의 확장은 장르의 틀을 넘어서서 로판 영역에까지 영향을 미쳤습니다. 월브라이트 작가의 〈무협지 악녀인데 내가 제일 쎄!〉와 같은 작품은 무협을 배경으로 한 로판의 유행을 이끌었다고 볼 수 있습니다. 보통의 로판은 주인공이 판타지 로맨스물에 빙의를 하는데 이 작품은 주인공이 무협지 악녀에게 빙의를 해서 독특한 재미를 줍니다. 기존의 로판과는 다르게 중원을 배경으로 전개되는 독특한 설정이 신선하게 다가온 작품으로, 현재는 각색되어 웹툰으로 연재되고 있습니다.

위의 사례만 보더라도 무협 장르의 창작 영역에는 한계가 없습니다. 틀이 정해져 있다고 해서 창작자의 창작 영역이 좁다고 보기 어려운 이유입니다. 내가 어떤 작품을 쓰고자 하는지를 고민해 보고 그 작품을 구상할 때 캐릭터의 고유성에 초점을 맞출지, 세계관 혹은 소재에 초점을 맞출지를 정할 수 있습니다.

단, 주의할 부분은 만약 자신이 무협을 처음 쓰는 신인 작가라면 처음부터 세계관을 변경하는 방식으로 도전하기보다는 기존의 무협 클리셰를 충실히 따른 뒤 주인공의 고유성을 살리는 방식으로 집필해 보는 것이 더 좋다는 점입니다. 세계관을 변경하는 방식은 독특한 재미와 매력을 줄 수 있기는 하지만 새로운 설정을 촘촘하게 설계해야 하기 때문에 완결까지 완주하기 어렵습니다. 무협의 기본 설정들을 충분히 체화하고 난 다음에 다양한 시도들을 해 보는 것을 추천합니다.

몰입감 있는 전투 장면을 쓰고 싶은 당신! 무림인의 경지를 구분하고, 무공의 수준을 명확히 하라

무협에서 '전투 장면'은 빠져서는 안 되는 중요 요소입니다. 이런 전투 장면을 서술할 때 몰입감을 주기 위해서는 두 가지가 필요합니다. 첫 번째는 '해당 인물의 강함의 척도가 될 수 있는 무공 경지를 명확히 제시할 것', 두 번째는 '스킬에 해당하는 무공명을 정확하게 표기할 것'입니다.

———— 웹소설의 모든 것

무협뿐만 아니라 판타지 소설도 마찬가지로 영웅 성장물을 다루는 콘텐츠에서는 '전투력을 비교하는 것'이 상당히 중요합니다. 주인공이 얼마나 성장했는지를 독자들이 쉽게 알아볼 수 있도록 지표를 통해 전달할 수 있어야 한다는 뜻입니다. 판타지 장르에서 '상태창'을 통해 주인공의 레벨이나 스탯이 어느 정도인지를 숫자로 표현해 주는 이유도 여기에 있습니다.

중원이라는 가상 세계를 무대로 하는 무협에서는 그 지표를 숫자로 표현하기 어려운 면이 있습니다. 물론 게임 시스템이 섞여 있는 퓨전 장르는 예외지만 일반적으로는 고수의 경지를 나누어 캐릭터들의 성장 지표를 표현합니다.

저 같은 경우에는 무림인의 경지를 '삼류무사, 이류무사, 일류무사, 고수, 절정고수, 초절정고수, 화경, 현경, 생사경' 이런 식으로 나누어서 정리를 합니다. 경지를 구분하는 표현은 사실 작가가 정하면 됩니다. 중요한 것은 각각의 경지에서 펼칠 수 있는 무공의 수준이 어느 정도인가를 명확하게 정하는 것입니다.

예를 들면, 삼류무사는 무공의 기본적인 형形을 표현하는 정도에 그쳐서 내공을 사용하지 못하는 수준이라고 하고, 내공을 사용할 수 있으면 이류무사로, 무기에 내공을 실을 수 있으면 일류무사로 정의합니다. 무기에 내공이 가득 차서 검명이 울리는 어기충검의 경지에 이르면 고수, 거기서 더 발전해 유형의 검기가 나타나는 검기상인의 경지라면 절정고수가 될 수 있고, 초절정고수에 들어서면 검강의 초입 단계를 펼칠 수 있다는 식으로 경지별로 펼치는 무공의 단계를 지

정하는 것입니다. 이것이 명확해야 하는 이유는 앞에서 설명했듯 주인공이 얼마나 강한지를 표현하는 척도가 될 뿐만 아니라, 전투 장면을 쓸 때 정해 놓은 설정에 맞춰서 묘사를 해야 하기 때문입니다.

만약 내 주인공이 고수 정도의 경지에 올랐는데 갑자기 검기를 쓰거나 검강을 쓰면 설정에서 어긋나기 때문에 이런 오류가 생기지 않도록 조심해야 합니다. 또한, 고수의 경지인 주인공이 그보다 더 높은 절정고수를 만나 싸우는 전투 장면을 묘사해야 할 경우, 주인공이 그 경지에서 쓸 수 있는 기술에 맞춰 동선을 짜야 합니다. 절정고수는 검기를 쓸 수 있고, 고수는 검기를 쓸 수 없는데 경지가 낮은 주인공이 어떻게 경지가 높은 적을 이길 수 있을까에 대한 논리적인 근거를 만들어 주어야 한다는 겁니다.

주인공이 가진 무공은 어떤 특징이 있어서 한순간 잠재력을 폭발시켜 순간적으로 경지를 뛰어넘을 수 있다든지, 혹은 미리 함정을 파 놓아서 적의 방심을 유도해 다른 방법으로 이길 수 있었다든지, 아니면 경지는 주인공이 더 낮은데 무공의 상성 때문에 적의 무공이 상쇄되어 이길 수 있었다든지 등의 이유를 만들어 전투 장면을 구성해야 합니다.

문제는 전투 장면이 계속 이어지면서 묘사가 길어지면 독자들이 지루함을 느끼고 가독성이 떨어질 수 있다는 것입니다. 이를 방지하기 위해 중간중간에 포인트를 넣어 줘야 합니다. 그게 바로 기술명입니다.

주인공은 특별하기 때문에 주인공입니다. 주인공이 가진 무공 역시 확연히 특별해야 합니다. 적보다 경지가 낮아도 주인공은 다른 방식을 이용해 적을 무찌를 수 있습니다. 그럴 경우, 대부분 주인공이 가진 무공이나 기술이 특별하기 때문에 그런 경지의 차이를 메울 수 있다는 설정을 많이 차용하게 됩니다. 이때 '주인공이 어떤 기술을 썼다' 하는 것을 포인트로 넣어 주면 독자들이 직관적으로 '주인공이 적에게 어떻게 공격했는지'를 머릿속에 그릴 수 있습니다. 우리가 주로 필살기라 부르는 기술들이 바로 이런 점에서 중요합니다.

전투 장면을 만드실 때 주인공이 자주 쓰는 필살 기술들은 직관적이면서도 머릿속에서 쉽게 상상이 되도록 설정하시는 게 좋습니다. 네이버 시리즈에서 연재하고 있는 비가 작가님의 〈화산귀환〉의 경우 주인공이 화산파로 나옵니다. 화산파는 매화검법이라는 화려한 검법을 사용하는데 주인공이 이 검법을 쓰게 되면 매화 꽃잎이 휘날리는 형상으로 검기가 흩날리는 장면이 묘사됩니다. 독자들은 주인공이 적을 해치울 때 매화검법을 사용하면 저절로 머릿속에서 매화 꽃잎이 흐드러지게 흩날리며, 그 꽃잎에 베여 죽는 적들을 떠올리게 됩니다. 이런 직관적인 기술을 중요한 포인트로 넣어 줘야 지루하지 않게 전투 장면을 묘사할 수 있습니다.

주인공이 어떤 성격인지, 어떤 문파인지, 주로 쓰는 무기가 무엇인지에 따라 필살기는 만들기 나름입니다. 〈화산귀환〉처럼 화산파라는 구파일방의 유명 문파라면 그 문파의 무공에 걸맞은 기술에 포인트를 두고 묘사를 하면 좋습니다. 만약 주인공이 완전히 새롭게 만들어진 문파 출신이라면 그럴듯한 무공과 필살기를 만드는 편이 좋습니다. 머릿속에 확실히 인식이 될 만한 기술일수록 전투 장면에서 묘사하기가 쉽습니다.

처음부터 그런 것을 만들어 내기 어렵다면 강해 보이는 자연물의 힘을 사용하는 무공으로 설정을 하면 좀 더 쉽습니다. 무협에서 주로 사용하는 소재는 벽력(번개), 염화(불), 풍력(바람) 등이 있습니다. 수수한 소재보다는 확연하게 강해 보이는 소재를 사용하는 것이 포인트 이미지를 만들어 내기 용이하니 참고하시길 바랍니다.

•

동양의 멋 그리고 무武와 협俠의 매력에 빠져
글을 쓰고 싶은 당신,
초반 임팩트, 주인공의 목표, 결말을 꼭 기억하라.

_____ be인기작가

월령검제, 술사귀환 등

가볍게 시작한 취미가
직업이 되기까지

처음 글을 쓰게 된 계기는 단순한 심심풀이였습니다. 머릿속에 떠
오른 소재를 가벼운 마음으로 글로 옮겨 본 것이 시작이었지요.

당시에는 글을 써서 먹고살겠다는 생각 같은 건 없었습니다. 애당
초 그때는 장르소설 시장이 지금처럼 크지도 않았던 것으로 기억합
니다.

첫 작품의 첫 회차를 연재 사이트에 업로드한 날짜는 2016년 8월
27일. 이마저도 리메이크란 명목으로 긴 정비 기간을 가지고 재연재
를 한 것이기에 실제로는 훨씬 오래전부터 글을 썼습니다.

작가가 되기로 한 것에 거창한 동기는 없습니다. 취미가 자연스럽게 직업이 된 케이스라 보면 될 듯합니다. 솔직히 이래저래 운이 좋았다고 생각합니다.

더 많은 독자분들에게 닿을 수 있도록
거듭 발전하는 작가

앞으로의 목표는 한 문장으로 정리할 수 있을 것 같습니다. 독자분들께 더욱 발전된 모습을 보여 드리는 것. 더 좋은 소재와 플롯, 더 깔끔한 문체, 보다 입체감 있는 캐릭터, 보다 흥미로운 전개 등등. 계속해서 나아지는 모습을 보일 수 있다면 더할 나위 없이 좋을 것 같습니다.

첫 작품을 썼을 때와 지금을 비교하면 이미 상당히 발전했다고 할 수 있겠지만, 아직은 부족한 점이 많다고 생각합니다. 좀 더 많은 분들의 취향에 부합하고 큰 호평을 받는 작품을 써 보고 싶습니다. 작가로서의 역량이 높아지면 결과는 자연히 따라붙으리라 봅니다. 실제로 그것을 체감하고 있기도 합니다.

초반 임팩트, 주인공의 목표, 결말부
이 세 가지를 꼭 기억하라!

제 경우엔 대략적인 스토리라인과 결말을 정해 두고 연재하면서 내용물을 채워 가는 방식을 선호합니다.

아무래도 이 부분은 작가마다 다른 방식을 추구하지 않을까 싶습니다. 꼼꼼하게 플롯을 짜 놓고 계획한 대로 쭉 글을 써 내려가는 분이 있는가 하면, 그날그날 즉흥적으로 떠올린 에피소드를 이어 가는 분도 있겠지요. 어느 쪽이든 장점도 있고 단점도 있을 겁니다.

제 경우엔 스스로에게 가장 잘 맞는 방식을 택했습니다. 이 부분은 성향의 문제이기에 정해진 답이 없습니다. 다만 기본 틀을 짤 때 가장 중요한 것들을 꼽으라고 한다면 이 세 가지를 들 수 있을 것 같습니다.

첫째는 초반부의 임팩트
둘째는 주인공의 신념 또는 목표
셋째는 결말부의 구상

흥미로운 초반부의 내용은 독자분들이 작품을 계속해서 읽게 만드는 원동력이 됩니다.

아마 많은 분들이 아시겠지만, 작품의 흥망을 결정짓는 가장 중요한 요소 중 하나는 연독률입니다. 작품 초반에 독자분들의 흥미를 끌지 못하면 연독률은 급락할 수밖에 없습니다. 물론 이후의 전개를 고려하지 않고 초반부에만 올인하라는 뜻은 아닙니다. 꼭 충격적이고 자극적인 내용을 담아야만 하는 것도 아닙니다. 요는 독자분들이 뒷내용을 기대하게 할 요소를 반드시 집어넣어야 한다는 것입니다.

주인공의 행보는 작품의 방향성을 결정짓게 됩니다. 꿈을 가지고 그것을 이루고자 하는 주인공이든, 이미 모든 것을 이루고 유유자적한 삶을 살려는 주인공이든. 주인공의 성향을 결정짓는 것은 결국 작가의 마음이겠지요.

다만 최근의 트렌드를 생각한다면 주인공의 목표는 가능한 한 명확한 편이 좋습니다. 주인공의 목표가 흐려지면 작품의 방향성 또한 흔들리게 됩니다. 그러니 두루뭉술한 목표보다는 확실한 목표를 설정해 둘 것을 권하고 싶습니다. 사건의 전개가 편해지는 것은 물론이요, 무엇보다 주인공의 행동 원리를 납득 가게 설명하기가 쉬워집니다.

주인공은 꼭 한결같아야 한다는 게 아닙니다. 작품 내에서 주인공이 정신적인 성장을 이루며 목표가 점점 변화하거나 상향되는 그림은 나쁘지 않습니다.

반면 외부 요인에 의해 수동적으로 끌려다니는 주인공과 그로 인해 변질되는 목표는 높은 확률로 반발 심리를 불러일으킵니다. 독자분들이 그러한 전개를 어찌 받아들일지는 구태여 말할 것도 없겠지요. 흐름의 주체가 되는 인물은 되도록 주인공이어야 합니다.

물론 착각물이나 개그물에서는 주변 상황에 끌려다니는 주인공

웹소설의 모든 것

이 도리어 재미 요소가 될 수도 있습니다. 하나 의도적으로 마련한 장치가 아니라면 그러한 전개는 되도록 피해야 한다고 생각합니다. 다만 이것은 어디까지나 제 개인적인 의견일 뿐, 반드시 따라야 할 지침 같은 게 아님을 강조해 두고 싶습니다.

결말부의 구상이 중요한 이유는, 글의 큰 틀이 어그러지는 상황을 방지하기 위함입니다. 시작과 끝이 정해진 글은 그 사이를 잇는 줄기를 쉽게 이탈하지 않습니다. 반대로 말하면 끝이 정해지지 않은 글은 자칫 탈선을 일으킬 수도 있습니다. 아무래도 일일연재의 특성상 위험 부담이 클 수밖에 없다는 게 제 생각입니다.

많은 분들이 작품의 하이라이트 장면을 떠올리며 집필을 시작하실 텐데, 가장 중요한 건 뼈대가 무너지지 않는 것임을 염두에 두셨으면 합니다.

철저히 검증하고
수시로 메모하라

무협의 경우 세계관의 설정이 굉장히 쉬웠습니다. 장르의 특성상 대중적인 틀을 그대로 가져와 사용하거나 조금씩 비틀기만 하면 되었지요.

다만 세계관의 설정이 쉽다 해서 자료의 조사가 쉽지는 않았습니다. 저는 대부분의 정보를 검색을 통해 얻었는데, 불확실한 것들이 많아 이래저래 고생을 했습니다. 지역의 명칭이나 한자를 틀려 독자분들께 지적을 받은 경우도 많았습니다.

굳이 자료 조사에 관해 조언을 드리자면, 검색을 통해 얻은 정보는 검증을 철저히 하시길 바랍니다.

판타지의 경우엔 아무래도 정해진 틀보다는 직접 짜고 구상해야 할 부분이 많았습니다. 배경이나 설정은 가능한 한 연재 시작 전에 확실하게 마무리해 두는 것을 추천합니다.

팁을 한 가지 드리자면, 이름이나 지명과 같은 고유명사들은 평상시에 떠올랐을 때 곧장 메모해 두는 것이 좋습니다. 작품에 새로운 등장인물이나 장소가 추가될 때 바로바로 사용할 수 있도록 말입니다. 즉흥적으로 작명하기란 힘들 수밖에 없다고 생각합니다. 앞서 사용한 적 있는 이름인지 아닌지 확인까지 해야 한다면 더더욱 메모하기를 추천드립니다.

집필 중 흐름이 끊기는 것을 방지하고 작업 시간을 줄이기 위해서라도, 괜찮은 이름이 떠오르면 그때그때 적어 두시기 바랍니다.

차기작은 나의 힘!
자신과의 싸움에 익숙해져라

저의 경우, 글을 계속해서 써 갈 수 있는 원동력은 차기작에 있습니다.

〈술사귀환〉, 〈월령검제〉와 같은 장편의 글을 연재하는 동안 수십 번은 되뇌었던 것 같습니다. 무사히 이번 작품을 마무리 짓지 않으면 차기작의 연재에도 문제가 생길 거라고.

집필한 분량에 비해 성적이 저조했던 〈술사귀환〉의 경우 완결까지 향하는 여정이 특히나 힘들었던 것으로 기억합니다.

단순히 급작스럽고 성의 없는 완결, 혹은 연재 중단이 다음 작품에 좋지 않은 영향을 준다는 걸 말하는 게 아닙니다. 한번 쉬운 길을 고르면 다음번에도 쉽게 유혹에 빠져드는 게 사람입니다.

작가는 보통의 직장인과 비교했을 때 훨씬 시간을 자유롭게 쓸 수 있고, 타인과의 관계로부터 비롯되는 스트레스가 거의 없다시피 합니다. 그만큼 자기 자신과의 싸움에 익숙해져야 하는 직업이기도 하지요.

유료 연재를 시작한 이상 글을 제대로 완결 짓는 것은 당연히 지켜야만 하는, 독자분들과의 약속이라 생각합니다. 앞으로 계속해서 글을 써 갈 자신을 위해서라도 되도록 스스로에게 엄격해지시길 바랍니다.

머리를 맞대면
길이 보인다

저는 글이 막힐 때 주위 사람에게 이야기하고 양해와 도움을 구하는 편입니다.

부끄러운 말이지만, 〈월령검제〉를 연재하면서 지연 및 휴재 공지를 올린 횟수가 꽤 됩니다.

글이 막혀 진도를 못 나갔거나 구상한 것에 비해 만족스럽지 않은 결과가 나왔을 때, 그에 관해 담당자분과 상의하고 피드백을 받아 어떻게 할지 결정한 경우가 적지 않습니다. 설정 오류를 발견했거나 내용 수정이 필요할 때도 마찬가지로 담당자분께 도움을 요청했습니다.

연재 일정을 촉박하게 맞춘 탓에 먼저 글을 올리고 수정 작업에 들어간 일이 많았기에, 담당자분께는 죄송한 마음을 가지고 있습니다.

문제가 생겼을 때 혼자 끙끙 앓기만 해서는 해결책을 찾기가 쉽지 않을 겁니다. 필요하다면 다른 사람과 의견을 주고받으며 방향성을 잡는 것도 좋다고 봅니다.

작가로서 롱런하기 위한
자신만의 습관을 만들어라

작가로서 활동한 기간이 길어지면서 몇 가지 고치게 된 생활 습관들이 있습니다. 이를테면 작업은 반드시 노트북이 아닌 컴퓨터로, 침대나 바닥이 아닌 책상에 앉아서. 수면은 충분히, 들쭉날쭉하지 않도록 일관되게. 몸에 맞지 않는 음식은 되도록 멀리. 따로 운동을 하지 않기에 최소한 이 정도는 해야 한다고 판단했습니다.

냉정하게 말해 저는 건강 관리를 잘한 축에 속하지는 않습니다. 당장 몸무게만 해도 배달음식을 너무 많이 시켜 먹은 탓에 10kg 이상 늘었지요.

다만 집필에 방해되는 것들, 이를테면 카페인 같은 것들은 철저히 배제했습니다. 매일같이 입에 달고 살던 아메리카노를 끊으니 브레인 포그brain fog 증상이 거짓말처럼 사라지더군요.

최근 작품을 완결하고 나서는 운동의 필요성을 절감하고 있습니다. 계속해서 작품을 써 나갈 거라면 꾸준히 건강 관리에 힘쓰시는 것을 권합니다. 하루 종일 책상 앞에 앉아 화면만 들여다보는 직업이니만큼 롱런long-run하려면 관리는 필수입니다.

전업 작가가 되려면
공백기를 버틸 수 있는 매출이 있어야

기본적으로 작가가 목표로 삼아야 하는 매출은 일반적인 직장인보다는 많아야 한다고 생각합니다. 일이 고된 만큼 더 많은 돈을 받아야 한다는 게 아닙니다. 앞서 말했듯, 작가는 보통의 직장인에 비해 시간적으로 자유롭고 인간관계에서 비롯되는 스트레스도 적습니다. 그런 만큼 안정성도 낮습니다. 한 작품을 마무리하고 신작을 준비하기까지는 적잖은 시간이 걸립니다. 이번 작품이 잘되었다고 다음 작품도 잘될 거란 보장 또한 없습니다. 당연히 그 기간 동안 수입은 큰 폭으로 줄어들 수밖에 없지요.

기대 수익을 높게 잡아야 하는 이유가 여기에 있습니다. 작품을 연재하지 않는, 혹은 작품의 성적이 좋지 않은 공백기에는 돈을 버는 것이 아니라 있는 돈을 까먹어야 하니까요.

작가는 최저시급이 보장되는 직업이 아닙니다. 매출에 상한이 없는 대신 바닥 또한 없습니다. 그러니 목표로 잡는 매출의 최댓값은 높을수록 좋다고 봅니다. 최솟값으로 잡아야 하는 매출은 각자의 기준에 따라, 공백기를 버틸 수 있는 금액으로 책정하면 될 듯합니다.

목표 집필 분량?
본인의 우선순위에 따라!

웹소설의 평균적인 완결 회차는 대략 200화 내외입니다. 짧게 쓰는 작가분은 150화 내외로 완결하기도 하고, 길게 쓰는 분은 1000화가 넘는 장편을 연재하기도 합니다.

정해진 답은 없습니다. 정론을 이야기하자면 매출을 보고 편수를 결정하라는 것이겠지만, 당장 저부터가 그러지 못했는지라 자신 있게 말씀드리진 못할 듯합니다. 매출로 따진다면 〈술사귀환〉은 386화가 아니라 150~200화 사이에 완결을 냈어야 했겠지요.

전업 작가가 되고자 한다면 냉정하게 수익성을 따져야 하는 것은 맞습니다. 매출이 낮은 작품의 경우, 집필에 들이는 노력 대비 보상이 굉장히 적은 게 사실입니다. 심지어 연재 회차가 늘어날수록 수익이 줄어들기까지 합니다. 유입되는 독자보다 이탈하는 독자가 많으니 당연한 일이지요. 하지만 저는 앞으로도 지금까지처럼 구상한 플롯을 모두 소모하고, 보다 완성도 있게 끝맺을 수 있을 때 작품을 완결 낼 듯합니다. 무언가 대단한 이유가 있어서가 아니라, 그러지 않으면 스스로 만족하지 못할 것임을 알기 때문입니다.

우선순위를 매출에 둘지, 자기만족에 둘지를 결정하는 건 결국 작가 본인의 몫입니다.

동양의 멋,
그리고 무(武)와 협(俠)

무협의 매력은 동양스러움, 그리고 무武와 협俠에 있다고 생각합니다.

무림이라는 배경만큼 장르소설에 걸맞은 매력적인 세계관도 드물 것이라 생각합니다. 취향에만 부합한다면 이만큼 재미있는 장르도 드물겠지요.

공부에 왕도는 없다
많이 읽어 보아라

집필 시 따로 참고한 도서는 없습니다. 앞서 말했듯, 저는 필요한 정보 대부분을 검색을 통해 알아냈습니다. 기본적인 틀이 되는 지식은 다른 무협 소설들을 읽으면서 자연스럽게 얻었습니다.

당연한 말이지만, 무협을 잘 쓰기 위해서는 그만큼 많은 무협지를 읽어 볼 필요가 있다고 생각합니다. 이것은 무협뿐 아니라 모든 종류의 장르소설, 더 나아가 창작물 전반에 해당하는 이야기겠지요.

기본적인 틀과 새로운 시도
그 사이 어딘가

'장로님 점프하십시오'와 같이 대놓고 위화감이 느껴지는 문장 및 내용의 삽입만 아니라면 얼마든지 세계관을 확장하고 변화를 줘도 괜찮다고 생각합니다.

무협에 기본적인 틀이 있고, 그것을 벗어나면 독자분들이 좋아하지 않는다는 건 분명한 사실입니다. 그렇지 않아도 무협은 다른 장르에 비해 진입장벽이 높은데 세계관까지 새로우면 독자의 입장에서는 기피감이 들 수밖에 없겠지요. 하지만 그렇다고 반드시 정해진 길만 따라갈 필요는 없다고 봅니다.

새로운 시도는 장르를 불문하고 계속해서 이뤄져야 한다는 게 제 생각입니다. 환생·빙의·회귀와 같은 비현실적인 요소가 첨가되든, 술법과 요괴가 등장하든, 배경이 중원이 아닌 현대이든, 잘 쓴 작품은 결국 관심을 받기 마련입니다. 실제로 새로운 시도를 해서 성공한 무협 작품들도 여럿 있는 것으로 압니다.

물론 대중성과 매출은 대체로 비례합니다. 익숙함이 없는 무협은 그만큼 감수해야 할 것이 많음을 부정할 순 없습니다. 판단과 결정은 글을 쓰는 작가의 몫입니다.

전투 신에도
완급 조절이 필요하다

가장 중요한 건 완급 조절이라 생각합니다.

객관적인 시선으로 봤을 때 저는 전투 신을 잘 쓰는 작가는 아닙니다. 생생한 싸움 묘사는 제 장기 분야와 거리가 멉니다. 하지만 전투 신을 포함한 모든 장면에 재미를 부여하는 요소가 무엇인지는 분명합니다.

긴장감을 줬다 풀어 주고, 갈등을 조장했다 해소하고, 고구마를 먹였다 사이다를 들이붓고. 지나치게 평탄하거나, 반대로 극단적이기만 해서는 재미가 반감될 수밖에 없습니다. 독자분들이 불쾌감이나 거부감을 느끼지 않는 선에서의 적절한 완급 조절이 필요합니다.

많이 읽고 꾸준히 쓰는 것이 최고의 방법.
그러다 보면 나만의 색을 찾을 수 있다.

박기태

무공으로 레벨업하는 마왕님, 포식으로 레벨업하는 마왕님(필명 '아이박슨') 등

드넓은 세상 속 내가 만드는 세계

제가 웹소설 시장에 도전하게 된 계기는 대단한 건 아니었습니다. 막연하게 '소설을 써 보고 싶다'는 아이디어와 머릿속에 떠오르는 상상을 풀어내고도 싶었고, 여러 소설을 보면서 나라면 이 소재로 어떻게 글을 쓸지 생각해 보곤 했지요. 어느 날 텅 빈 문서창을 켜고서 한번 써 보자, 한 것이 시작이었습니다. 막상 써 보려니 하얀 화면이 망망대해인 양 막막했지만요. 아이디어를 글자로 꺼내는 게 예상보다 어려웠습니다. 그래도 한 문장을 완성하면 다음 문장으로, 한 걸음씩 떼다 보니 글로 옮겨지더군요. 어느새 한 편이 완성되고, 또다시 한 문장씩 한 편씩 이어서 저만의 소설을 만들 수 있었습니다.

웹소설 작가로서의 목표는 여러 작품을 이어서 하나의 세계관을 구축하는 것입니다. 각 작품이 긴밀하게 연결되지는 않더라도, 아는 사람이 보면 더욱 재밌고 모르는 사람은 어떤 글을 읽든 간에 재미를 느낄 수 있는 큰 틀, 그런 방대한 세계관 내에서 여러 이야기를 써내는 것이 제 목표입니다.

작가에게 '시놉시스'란
목적지를 알려 주는 내비게이션 같은 것

"시놉시스를 꼭 써야 하나요?"

웹소설 작가를 목표로 하는 분들을 만나면 이런 질문을 자주 받습니다. 집필하기 전에 줄거리를 다 짜고 시작해야 하는지가 궁금한 것이죠. 이런 질문을 받을 때마다 제가 하는 대답은 동일합니다.

"필요합니다. 하지만 양식에 구애를 받을 필요는 없습니다."

시놉시스는 글의 뼈대입니다. 글을 쓰다 보면 가끔 번뜩 떠오르는 아이디어에 취해 손이 가는 대로 타자를 치기도 합니다. 이런 방식이 나쁘다는 것은 아닙니다. 오히려 즉흥적으로 떠올린 소재가 본 내용보다 더 훌륭한 전개로 이어지는 경우도 종종 있습니다. 하지만 반짝이는 아이디어가 항상 나오지는 않습니다. 저절로 글이 써지는 느낌이 들 때도 있지만 턱 막히는 느낌이 드는 순간도 오게 마련이고요.

줄거리를 미리 짜는 것은 곧 글의 방향성을 정하는 것입니다. 작가의 역량이나 감각이 뛰어나다면 바다 한가운데에 떨어져도 방향을 잡고 목적지로 가겠지만, 안타깝게도 그런 재능을 지닌 사람은 극소수입니다. 타고난 감각으로 집필을 하더라도 어느 정도 줄거리 요약이 필요하다고 말씀드리고 싶습니다.

시놉시스에 절대적인 양식은 없습니다. 시놉시스, 콘티, 플롯, 줄거리, 작품기획서 등 용어도 다양하지요. 핵심은 '내가 줄거리를 이해할 수 있는가'입니다. 가끔 인터넷에서 시놉시스 양식을 찾아보고는 그에 맞춰 쓰다가 생각을 정리하지 못하는 경우도 보았습니다. 시놉시스 작성에 열을 올리다가 정작 창작 욕구를 잃어버리는 경우도 더러 있고요. 반말이나 의문문, 혹은 의식의 흐름대로 쭉 써도 좋습니다. 생각대로 적어 놓은 줄거리를 내가 이해할 수 있느냐가 중요하지, 양식에 맞춰 강박적으로 작성할 필요는 없습니다.

〈무공으로 레벨업하는 마왕님〉

작품 정보

- 제목: 무공으로 레벨업하는 마왕님
- 필명: 아이박슨
- 장르: 퓨전 판타지
- 세부 장르: 현대 배경 판타지, 레벨업, 탑, 튜토리얼
- 독자 연령: 10대 후반~30대 초반

〈무공으로 레벨업하는 마왕님〉 시놉시스

작품 특징

1. 인간으로 환생한 마왕이 전생의 힘을 되찾기 위해 노력하는 전개
2. 마왕의 능력과 헌터의 레벨 업, 그리고 무공으로 빠르게 강해지는 것에 초점을 둠
3. 이기적이면서도 선을 넘지 않는 주인공
4. 1인칭 위주로 독자가 주인공에게 몰입할 수 있게끔 함
5. 무공이라는 아이덴티티를 강조하여 여러 무공을 익히는 빌드업을 연출
6. 게이트와 여러 차원, 그리고 탑 장르를 혼합하여 작품의 주 무대가 지구로 집중될 수 있게끔 장치

시놉시스

민철은 조별과제차 박물관에 갔다가 마왕을 쓰러트린 용사의 검을 본다. 신검을 보는 순간, 칼이 심장에 꽂히는 환상과 함께 전생의 자신이 마왕이라는 것을 깨닫게 된다.

마왕이라는 전생을 깨달으면서 인생의 목표를 재설정, 전생에서 그랬듯 이번 생에서도 우주 최강이 되겠다는 목표를 잡는다. 인간의 몸으로는 강해지는 데 한계가 있지만, 전생의 지식을 활용하면 강해질 수 있다고 확신하는 민철. 무 대륙(무림 세계)에서 익힌 무공을 익히면서 헌터 등급을 빠르게 올린다.

게이트에서 괴물들을 사냥하면서 빠르게 강해진 후, 민철은 탑에 도전한다.

시련의 탑은 각 층마다 도전자에게 시련을 부여하고 극복했을 때 엄청난 보상을 준다.

유례없는 속도로 탑의 시련들을 돌파하면서 보상을 챙기는 민철. 탑에 자리를 잡은 기존의 랭커들이 하나둘 민철을 주목하기 시작한다.

한편 지구를 두고 대립하는 천계와 마계. 두 세력은 각자 뒷공작으로 지구에 자리를 잡아서 종국에는 정복하는 것을 목표로 움직인다. 민철은 그 흐름을 읽고 천계와 마계 모두의 음모를 무너트리며 지구의 안전을 도모한다.

여러 사건 끝에 탑의 정상을 정복, 탑의 최종 보상을 받게 되며 천계와 마계 모두와 싸울 수 있는 힘을 얻은 민철. 그의 전생인 마왕의 죽음과 관련된 음모를 파헤치고 우주 전역에서 최강자가 된다.

〈무공으로 레벨업하는 마왕님〉1권 1~5화 콘티

1화 프롤로그	• 학교 수업 진행. • 게이트의 출현과 마왕 강림, 그리고 마왕의 패퇴와 함께 다차원세계의 막이 올라감. • 선생님이 주인공한테 마왕의 이름을 질문함. 대답을 못 하고 우물쭈물하니 "선생님. ○○ 졸고 있는데요?" "냅둬. 마왕이 된 꿈이라도 꿨나 보지." 하하하 다 웃는데 주인공 혼자 못 웃음. 시바. 정말 그 마왕이 나 단 말이다. 투마족의 투장, 데이모스. 과거 나를 부르던 말이었다.
2화	• 전생을 각성하고 마나를 느끼니 헌터로도 각성. 마력수치가 낮은 거 해결 방법이 있지. • 밤이 되고 무수한 별들이 떠올랐을 때 마법진을 발동함. 익히는 기술은 성천조계공. 과거 투장에게만 내려지는 비술이고 암흑성운의 힘을 몸에 축적시켜서 활용하는 것. • 근데 사용하니 암흑성운의 힘만 들어오는 게 아니다. 빛의 성운의 힘도 같이 들어옴. 정반대의 힘이 섞이면서 단전에 모임. 어라 이건? 주인공 흥분. 스탯창도 한번 보여 주기. *성천조계공 – 주인공 독문 무공
3화	• 서울로 상경해서 헌터 등록함. • 모든 수치가 e로 나옴. 직원은 실망하지 말라는 투로 이야기하지만 주인공은 대충 e가 말하는 스탯이 어느 정도인지 알아서 좋은 정보를 알았다고 생각함. • 정식 헌터 활동은 라이선스 등록 후 가능. 라이선스 취득 시험은 매달 있는데 이번에는 다음 주에 있음. • 지원금에 대출도 받고 무공 수련을 개시한다.
4화	• 성천조계공은 한번 길을 닦아 놓으면 어디서든 수련이 가능. • 투장에게 내려오는 비장의 마법진을 다시 사용. 마법진 촉매가 좋아서 효율이 더 올라감. 마력을 받아들인 몸이 삐그덕거리지만 이 악물고 버틴다. 별의 기운이 전신을 휘감으면서 신체가 강해진다. 스탯창으로 능력치, 숙련도 증가 표시. • 혼돈기를 사용해서 무공을 펼쳐 봄. 위력이 엄청나서 주인공은 놀람.

5화	• 무 대륙(무림 세계)에서 배운 무공을 하나씩 익히기 시작한다. 전생인 마왕 시절에도 무림인들의 무공을 익혀 가지고 마계를 제패했다. 기억대로 무공을 익히고 펼쳐 보니 약한 육신으로 펼치는데도 웅혼한 기운이 대기를 흔듦. 왜 그런가 생각해 보니 성천조계공 덕분이다. 이야, 전생보다 더 강해질 수도 있겠는걸?

웹소설 집필 시, 시놉시스는 타인에게 보여 주는 게 목적이 아닙니다. 그러니 기본적인 틀은 갖추되 표현에서 틀에 매일 필요는 없습니다.

저 같은 경우에는 시놉시스를 작성할 때 꼭 다뤄야 할 키워드들을 나열하곤 합니다.

키워드 예시

주인공의 레벨 업 / 새로운 스킬 / 라이벌 등장 / 적대세력과의 첫 조우 / 새로운 동료 영입 등

현재 작품에서 다뤄야 할 부분들을 키워드로 나열, 그 가운데서 꼭 다루어야 하는 내용을 편당으로 나누어서 작성을 합니다. 주인공의 행보와 목적성, 그리고 작품에서 놓치지 말고 다루어야 할 부분까지 모두 잡으면서 전개를 짤 수 있습니다.

친숙함에 참신함 한 스푼,
세계관 설정

판타지, 혹은 소위 헌터물이라고 하는 분야는 기초적인 틀이 어느 정도 정해져 있습니다.

헌터물
- 배경: 현대 혹은 가까운 미래
- 특징: 게이트 / 헌터

어느 날 현대에 게이트가 열리면서 괴물들이 튀어나오고 사회에 혼란이 생깁니다. 이계의 괴물들에게는 현대 화기의 위력이 반감되거나 통하지 않기에 기존의 병기와 군대로는 대응하기가 힘든데, 그때 현대인 중 일부가 이능력을 각성하게 되고 괴물들과 맞서 싸우면서 현대의 질서에 이능이 공존하는 세계관입니다.

총탄이나 미사일을 맞고 괴물들이 픽픽 쓰러지면 헌터 위주의 세계 질서 개편에 애로사항이 있기 때문에 현대 병기가 통하지 않는 것은 마나를 포함하지 않는 등 기본적인 설정이 있습니다.

설정에 따라 상태창을 주인공만 보거나, 혹은 모든 각성자(헌터)가 상태창을 다 사용하는 경우도 있습니다. 과거에는 모든 플레이어가 상태창을 사용하는 게 유행이었지만, 최근에는 레벨업이나 상태창이 주인공의 특수능력으로 표기되는 경우가 많아졌습니다.

정통 판타지

- 배경: 중세와 제국주의를 섞어 놓은 세계
- 특징: 서클 마법 / 소드 마스터

판타지 세계관은 오등작(공·후·백·자·남작)으로 대표되는 계급제도와 제국 혹은 왕국 같은 국가들이 힘겨루기를 하는 게 주 배경입니다.

화약 병기는 아예 전무하거나 발전 초기로 설정하는 경우가 많으며, 주요 무력은 1~9 서클로 대표되는 '서클 마법'이며, 검법은 작품마다 표기 방법이 다르지만 오러(검에 기운을 주입하는)를 다루는 숙련도에 따라 익스퍼트나 마스터 등으로 분류하는 '소드 마스터'로 단계를 구분합니다.

탑 등반물

- 배경: 네이버 웹툰 '신의 탑'처럼 층계별로 나누어진 세계
- 특징: 각 층마다 다른 시련

탑 등반물은 각 층마다 부여되는 시련을 극복하면서 강해지고, 나아가서는 정상에 도달하는 것을 목표로 하는 것이 배경입니다.

등반물의 배경은 작가가 설정하기에 따라 제각각인데, 인류 전체가 탑으로 이동되어서 생존을 위해 힘을 합치거나 갈등을 벌이는 아포칼립스식 배경도 있고, 일부만 초대되어서 다른 종족과 경쟁하는

세계관도 존재합니다.

공통적인 설정으로는 '탑'이 인류의 생존이나 발전에 큰 도움이 되어서 탑을 오르는 사람들이 사회적으로도 인정을 받거나 존경받는 등, 현실과 밀접한 관계를 가지게 되며 주인공 또한 사회적인 인지도를 자연스럽게 얻을 수 있는 식으로 설정합니다.

갈등구조는 기존에 탑을 오르던 기득권층과 대립하는 식으로 형성되곤 합니다.

아카데미물

– 배경: 판타지 / 혹은 유사 헌터물

– 특징: 가상의 아카데미(학교)에서 벌어지는 군상극

아카데미는 엄밀히 말하면 독립적인 장르라기보다 판타지나 헌터물의 하위 장르로 구분됩니다.

앞에서 언급한 판타지 장르의 기본 개념(헌터물, 판타지)을 독자들이 어느 정도 숙지했다는 전제하에, 가상의 학교에서 교육을 받고 스킬을 습득하며 강해지는 과정과 주변인물과의 우정·사랑·갈등을 전개의 중심으로 삼고 있습니다.

아카데미물은 판타지나 헌터물의 하위 장르이면서도 따로 구분하는 이유가 있는데, 앞의 장르들은 세계관의 규모가 끊임없이 확장해 나가는 반면 아카데미물은 세계관을 해당 학교 안으로 많이 좁히는 편이기 때문입니다.

각 에피소드들의 스케일이 크지 않은 대신 캐릭터들 간의 마찰과 티키타카가 극대화되기 때문에, 위기감을 조성하거나 캐릭터를 조형하는 것이 굉장히 중요한 장르입니다.

앞에 언급한 예시가 절대적이지는 않습니다. 예시에 나온 건 어디까지나 보편적으로 사용되는 개념이며, 작가님들마다 고유의 명칭이나 변형으로 자신만의 설정을 부여하고는 합니다. 또한 앞에서 언급했던 장르를 혼합해서 사용하는 경우도 종종 있습니다. 참고로, 필자의 작품 〈무공으로 레벨업하는 마왕님〉은 '탑 등반물'과 '헌터물' 개념을 섞어서 집필하였습니다.

다만, 설정을 짤 때 반드시 언급하고 싶은 부분이 하나 있습니다. 헌터물에서 '헌터'라는 명칭만 '슬레이어'로 바꾸면 독특한 설정일까요? 독자들이 색다른 매력을 느낄까요? 클리셰처럼 익숙한 설정에 대해 거부감을 가진 분들이 은근히 있습니다. 하지만 명칭만 바꾼다고 참신한 설정이 되는 것은 절대로 아닙니다. 어설픈 고유 설정은 독자들에게 혼란을 주고 몰입을 방해합니다.

설정을 짤 때 가장 중요한 것은 익숙함 속에서 나만의 색을 추가하는 것입니다. 기존 틀 안에서도 변주를 주면서 세계관을 완성해 나가면 어느새 고유 설정으로 발전해 갑니다. 나만의 세계관에 집착하기보다, 장르의 기본적인 설정을 따라가 봅시다. 그러다 보면 기초적인 설정 안에서 나만의 색을 찾아낼 수 있습니다.

작품의 대략적인 세계관을 정하면, 그다음으로는 등장인물들의 작명입니다. 작명은 의외로 많은 분들이 어려워합니다. 현대를 배경으로 하는 헌터물의 경우 연예인들의 이름을 조금씩 바꾸거나 지인들의 이름 앞뒤를 바꾸는 식으로 하곤 합니다. 외국계는 해당 나라에서 유명한 이름을 검색합니다. 제가 쓴 소설은 아니지만 어떤 판타지 작품 속 제국 이름이 눈꺼풀 연고 이름과 같은 경우도 보았습니다. 등장인물이나 고유명사는 근처에 있는 사물을 둘러보거나 인터넷으로 찾아보기만 해도 그럴싸한 이름을 얻을 수 있습니다.

나에게 맞는 소재를 선정하자

"저렇게나 많은 설정 중에서 나한테 맞는 설정과 소재가 무엇일까?"

웹소설 시장에 도전하는 분들이 가장 어려워하는 부분입니다.

'최근 트렌드는 뭘까?', '어떤 글을 써야 시장에서 먹힐까?', '요즘은 어떤 소재가 먹히더라.' 등 여러 소재와 설정 중에서 무엇을 선택해야 경쟁력이 있을지 고민하게 됩니다.

웹소설을 접한 지 얼마 안 된 상태로 처음 집필에 도전하신다는 가정하에, 전 '본인이 가장 재미있게 읽은 소설과 흡사한 세부 장르'를 써 보는 것을 추천합니다.

소설은 결국 창작활동입니다. 쓰는 사람이 재미를 느껴야 다음 이야기를 써낼 수 있다고 생각합니다. 트렌드에 맞춰서 글을 쓰는 것도 중요하지만, 처음부터 트렌드에 맞추려고 노력하다가 집필 과정에서 재미를 느끼지 못하고 좌절하는 경우도 많이 있습니다.

그렇기에, 처음부터 너무 많은 것을 잡고 가려 하지 말고 일단 써 보고 싶은 장르에 도전해 봅시다. 웹소설 집필 활동에서 의외로 중요한 것은 성실성입니다. 내가 꾸준하게 쓸 수 있는 마음가짐과 환경을 만드는 과정이 필요합니다.

매일 꾸준히 쓰는 것이
최고의 집필 습관

웹소설은 영화보다 일일 드라마에 가깝습니다. 자주 연재해야 하고, 연재 주기가 무너지면 곧바로 보는 사람이 줄어들어서 매출 타격으로 이어지죠. 그래서 휴재 없이 연재하는 것이 굉장히 중요합니다. 그럼 어떻게 해야 꾸준히 작품을 쓸 수 있느냐?

먼저 집필 시간을 정확하게 정해 두고, 집필량을 분배합니다. '아, 오늘 한 편(5,000자) 써야 하는데 열 시간이나 있네. 내가 한 시간에 1,000자는 쓰니까 조금만 쉬고 시작하자.' 이렇게 생각하면 한없이 늘어져서 하루가 다 가도록 한 편을 완성하기 힘듭니다. 집필에 소모되는 시간을 전략적으로 분배해야 덧없이 흘러가는 시간을 최소한으로 줄이고 집중할 수 있습니다.

창작은 의외로 많은 체력을 소모합니다. 무작정 의자에 앉아 있는다고 해서 글이 쭉쭉 나오는 것은 아닙니다. 머리를 사용하는 일도 육체에 피로를 줍니다. 목표를 정해 일정하게 쓰는 습관이 매우 중요합니다.

자연스럽게 쓰고 싶다면
자연스럽게 많이 읽자

글을 잘 쓰려면 많이 읽어야 합니다. 인풋input이 있어야 아웃풋 output이 있다고 하지요. 제가 생각하는 인풋은 '여러 작품을 읽어 보는 것'으로, 작품을 분석하는 것이 아닌 '읽는 행위' 그 자체입니다. 저는 제가 주로 연재하는 플랫폼인 카카오페이지에 판타지 신작이 나올 때마다 읽어 보고, 다른 플랫폼의 인기 작품들도 짬짬이 읽어 봅니다.

작품을 볼 때 반드시 분석해야 한다는 강박관념을 가질 필요는 없습니다. 독서 경험을 늘리면 여러 레퍼토리가 머릿속에 어렴풋이 남아 집필을 할 때 자연스럽게 녹아들게 됩니다. 롤모델을 정하고 시나리오나 아이디어, 혹은 캐릭터를 분석하는 것도 좋겠지만, 그보다는 다양한 작품을 즐겁게 읽으면서 트렌드나 글의 호흡을 자연스럽게 익혀 나가는 편이 필력 향상에 도움이 된다고 느낍니다. 여러 작품을 읽다 보면 상황 전개에 대한 클리셰나 비슷한 흐름, 소설 속 장치도 자연스럽게 터득하게 됩니다.

글이 막힐 때는
텍스트 파일로 만들어 보거나
연재를 시작해 보자

집필 활동을 하다 보면 여러 불안 요소에 부딪히곤 합니다. 그중에서 가장 힘든 건 내 스스로가 글에 확신이 서지 않을 때입니다. 이 문제는 아마추어만 겪는 과정이 아닙니다. 현시점에서 신작을 준비하는 기성 작가님들 대부분도 확신을 가지지 못해 마음고생을 겪고 있지 않을까 생각합니다.

저 또한 그런 기복이 있습니다. 작품을 집필하는 과정에서 확신이 서지 않는 상황은 의외로, 그리고 자주 옵니다. 이 과정에서 슬럼프가 찾아오면 여태까지 작성한 글을 반복적으로 퇴고하고, 그러다가 열 번, 스무 번 퇴고를 하다 보면 앞으로 나아가지 못하고 고꾸라지고는 합니다. 이처럼 슬럼프가 왔을 때에는 어떻게 해야 할까요? 저는 두 가지 방법을 사용합니다.

첫 번째, 내가 이제까지 써 온 글을 메모장으로 옮겨 텍스트 파일로 저장한 후, 휴대전화의 텍스트 뷰어로 봅니다. 작품을 끊임없이 퇴고하는 이유는 스스로 볼 때 못 썼다는 강박에 사로잡혀서입니다. 이럴 땐 객관적인 시선이 필요한데, 모니터 화면으로 보면 자신의 작품을 객관적으로 보기가 매우 어렵습니다. 하지만 작품을 텍스트 뷰어로 옮겨서 휴대전화로 보면, 내 글인데도 타인의 연재글을 보는 것처럼 나름대로의 객관화가 됩니다.

만신전(萬神殿).
탑 100층, 여러 신들의 성물이 보관되어 있는 공간이다

나는 굳게 닫힌 문 앞에서 걸음을 멈췄다.
"이제야 도달했나."
왈칵.
역류한 피가 입 너머로 튀어나왔다.
전신을 뒤덮은 상처.
독, 화상, 자상, 동상…… 그 외에도 온갖 흔적이 몸에 새겨졌다.
홀로 만신전으로 가는 길을 여는 과정에서 생긴 상처다

그럼에도.
걸음을 멈출 수는 없었다.
내겐 아직 해야 할 일이 있으니까.
심호흡을 크게 한번 하고 만신전의 문에 힘을 주었다.
구구구궁-!
좌우로 밀리는 문 사이로, 만신전 내부가 눈에 들어온다.

[녹지 않는 얼음 - 이미르의 상징]
[고대 방첨탑 - 라의 상징]
[심판의 저울 - 테미스의 상징]
……

고신들의 신격이 담겨 있는 강력한 유물들.
최상급 아티팩트, 성유물이다.
그 중에서 금색으로 빛나는 곡물, 밀을 집었다.
화려하게 빛나는 성유물에 비해서는 보잘 것 없어 보이는 외형.

||| ○   ＜

텍스트 뷰어 예시

두 번째, 연재를 한다.

연재를 시작하면 글을 반드시 쓸 수밖에 없게 됩니다. 독자들의 반응을 보다 보면 그걸 유지하기 위해 어떻게든 글을 쓰게 됩니다. 연재 주기가 불규칙하면 글도 무너지기 때문에 부족함을 인지하면서도 쥐어짜 내면서 한 글자라도 더 쓰게 됩니다. 만약 연재 과정에서 반응이 안 좋으면 어떻게 하느냐고요? 전개가 이상해서 연재 지표가 무너지면? 그건 당장의 내 역량이 거기까지인 것입니다. 글을 쓰는 솜씨는 하루 이틀 글을 쓴다고 늘어나는 게 아닙니다. 작품을 계속 쓰고 독자들의 반응을 살피면서 피드백을 얻고, 발전하는 것입니다. 그래서 완벽하게 준비되었을 때 연재를 하는 게 아니라, 연재를 하며 동시에 준비하는 것입니다.

문피아, 조아라와 같은 플랫폼에 꾸준히 글을 올리면서 독자들에게 인기를 얻다 보면 무료 연재에서 유료 연재로 전환할 수도 있습니다. 간혹 내가 여러 편을 미리 준비하고 프로 웹소설 작가로 데뷔하겠다, 라고 생각해서 연재하는 걸 두려워하는 분도 있습니다. 하지만 현직 프로 작가들조차 대부분 무료 연재에서 독자들의 반응을 보

박기태

고 방향을 정하곤 합니다. 그렇기에 무모하다고 생각되더라도 연재를 해 보면서 부딪쳐 보는 것을 추천합니다.

작품 후반부에 가서
설정을 수정하고 싶을 때

솔직하게 말하면, 중간에 설정을 수정하는 것은 추천드리지 않습니다. 2019년에 〈노템 최강 헌터〉라는 작품을 쓸 때 본업이 따로 있어서 준비 기간이 1년 반 가까이나 되었습니다. 오랫동안 쓰다 보니 뒤에 새로 추가한 설정이 전반부와 안 맞는 경우가 종종 발생했고, 설정 오류가 많다는 지적을 받았습니다. 작품 내에 없던 설정을 추가하거나 수정하는 건 늘 조심스러운 일입니다. 정말로 뛰어난 아이디어라 해도 앞의 설정과 충돌이 일어날 가능성이 있다면 활용하지 않는 것을 추천합니다.

가끔은 모니터 앞을 벗어나
바람을 쐬어 보자

사람마다 다르겠지만, 집필 활동은 생각보다 많은 스트레스를 유발합니다. 작품 성적이 잘 안 나오거나, 원하는 장면 연출이 잘 안 되거나 혹은 전개가 막히는 등의 여러 상황에서 스트레스를 받는데, 이걸 해소할 수 있는 취미를 하나 정도 두는 것이 좋습니다.

저는 글이 잘 풀리지 않으면 습관적으로 유튜브를 보는 등 막연하게 시간을 보내기도 하는데, 그 경우에는 스트레스가 풀리기보다는 더 쌓이지 않게 유지하는 수준에 그칩니다. 잠깐 동안은 쓰고 있는 작품에 대해 잊을 정도로 몰입할 수 있는 취미를 가지는 것이 좋습니다.

작가로서 꼭 가져야 할 취미는 사실 잘 모르겠습니다. 주변 작가님들도 취향이 제각각이고, 꼭 작가라는 직업군이 '이 취미를 해야 스트레스가 풀리고 영감도 얻는다.'라고 정해져 있진 않으니까요. 하지만 앞서 언급했듯, 단순히 게임을 조금 하거나 유튜브를 시청하는 방법은 스트레스가 더 쌓이지 않도록 돕는 것에 불과합니다.

집필 중 스트레스가 과하다고 생각이 되면 반드시 기분전환을 해 줘야 합니다.

전업 작가를 꿈꾼다면

웹소설은 작품마다, 그리고 흥행 수준에 따라 매출의 변동 폭이 큽니다. 인기작 한 작품만 내고 더는 작품을 안 내시는 분도 종종 있고, 반대로 오랫동안 낮은 매출을 내던 작가님이 큰 인기를 끌면서 매출을 확 올리기도 합니다.

판타지 장르에 종사하는 웹소설 작가의 평균 수입은 월 백만 원에서 이백만 원 사이라고 합니다. 무료 연재 과정을 거치다가 유료화 성적이 안 나올 경우에 글을 갈아엎는 시간까지 포함하면 저 수입만으로는 전업을 하기에 위험부담이 있습니다. 사람마다 상황이 다르지만 개인적으로 최소 월평균 삼백만 원, 연 소득 삼천만 원 이상이 꾸준히 나오는 필력으로 성실하게 집필할 때 전업이 가능하다고 봅니다.

웹소설 한 작품은 종이책으로 보통 6권~8권(150~200화) 정도 분량입니다. 웹소설의 매출 곡선은 대부분 뒤로 갈수록 하강하는 구조이기 때문에, 매출을 확인하면서 완결까지의 호흡을 정해야 합니다.

기성 작가도 신작을 쓸 때는 시행착오를 겪는 법이라서 자료조사나 설정을 짜거나, 혹은 이미 작성한 원고를 갈아엎고, 전작을 마무리하며 신작을 준비하는 것까지 감안하면 연간 10권 정도는 꾸준히 집필해야 안정적인 전업 작가로 활동할 수 있지 않을까 생각합니다.

판타지 장르만의 매력과 강점

판타지의 특성은 현실적으로 존재하지 않는 이능력이 존재함으로써, 세계의 질서나 흐름이 현대인의 인식과 다르다는 것입니다. 앞에서도 언급했지만, 판타지 세계는 중세 서양과 흡사한 배경이며, 헌터물은 21세기에 괴물들과 각성자가 나온다는 특이성이 있습니다. 여기서 공통점을 꼽아 보자면, 주인공을 포함한 여러 인물들이 현실에

존재하지 않는 이능력을 사용하면서 사람들이 원래 알고 있는 중세
나 현대의 배경을 조금씩 비튼다는 것입니다. 익숙하면서도 한편으
로는 생소한 세계관이기 때문에 판타지 장르에서는 일반적인 금전이
나 권력 외에 '이능력'이라는 변수가 세계의 흐름에 간섭합니다.

주인공의 필수 덕목

최근 웹소설에서 주인공의 필수 덕목으로 손꼽히는 건 바로 사이
다입니다. 주인공은 어떠한 난관이 들이닥쳐도 거침없이 해결해야
하며, 손해를 보거나 타인에게 지나치게 양보해서도 안 됩니다. 극단
적으로 가면 이기주의로 비치기도 하지만, 소설을 읽으면서까지 고
민하거나 주인공이 손해 보는 모습을 보기 싫다는 독자들의 마음이
반영된 트렌드이지 않을까 합니다.

저는 주인공이 가져야 할 필수 덕목이 바로 '완성형' 캐릭터라고
생각합니다. 여기서 완성형이란, 무력이나 능력에서 만렙을 찍은 먼
치킨을 말하는 것이 아닙니다. 주인공이 성장할 수는 있습니다. '완
성형'이란 바로 주인공의 '성격'을 가리키는 것입니다. 어떤 상황에
서든 자신의 이득을 적절히 챙기고, 위기가 와도 반드시 돌파구를 마
련하는 지적 능력, 그리고 당황하지 않는 마음을 가진 거죠. 요즘은
주인공이 이야기 속에서 성격에 걸맞게 능력이 성장합니다.

또한, 최근 판타지 작품은 주인공이 시련이나 고난, 미숙함으로

인한 실패 혹은 실수를 통해 단련되는 것보다 어떤 상황에서도 능숙하게 대처하는 것을 선호합니다. 아래 언급한 회귀·빙의·환생이라는 주인공의 배경은 '주도적인 주인공'이라는 상을 구축하는 데 도움이 되는 장치입니다. 또한 동기부여도 확실하게 할 수 있으니, 주인공의 목적성까지도 동시에 구축하는 설정이지요.

만약 내 작품의 주인공이 무엇을 해야 할지, 혹은 정서적으로 몰리는 상황이 꺼려진다면 여기서 언급한 설정을 부여하는 것을 추천합니다.

'주도적인 주인공'을 쉽게 만드는 장치, 회귀·빙의·환생

- 회귀: 먼 미래에서 과거로 돌아온 주인공이 경험과 미래에 벌어질 일들을 알고 대처하거나 자신에게 유리한 방향으로 움직이는 전개.
- 빙의: 게임이나 소설이 현실로 변하면서 주인공이 해당 세계관의 등장인물이 됨. 게임·소설에서 벌어지는 전개나 기연을 알고 있기 때문에 그 점을 활용해서 주인공 위주로 전개.
- 환생: 최강의 존재가 된 주인공이 모종의 사건으로 죽음을 맞이하고는 새로운 생명으로 탄생, 전생의 기억으로 빠르게 강해지면서 전생에 달성하지 못한 목표를 달성하고자 함.

판타지 세계 속 전투 장면

칼과 마법, 그리고 온갖 이능력이 난무하는 판타지 세계에서 전투 신은 빠질 수 없는 장면입니다. 웹소설을 쓰는 분들 중에는 전투 신의 호흡이나 분량 조절을 어찌해야 할지, 혹은 전투 신을 잘 쓰는 방법은 무엇일지에 대해 궁금해하시는 분들이 많습니다.

저는 호흡을 조절하기 위해 전투 신을 세 파트로 나누어 구성합니다.

1) 주인공의 능력을 선보이는 장면

주인공의 능력을 선보일 때는 새 스킬이나 아이템 등을 보여 주거나, 자잘한 적을 상대하면서 주인공의 무력이 업그레이드된 것을 어필하는 장면 위주로 구성합니다. 판타지·헌터물에서 중요한 건 주인공이 얼마나 성장했는지를 시각적으로 보여 주는 것입니다. 보상이나 특정 계기로 강해진 것을 어필하여서 독자들이 주인공의 성장을 체감할 수 있는 전투 신이 반드시 들어가야 합니다.

2) 전개상 빠르게 넘어가는 장면

빠르게 넘기는 장면은 전투 신이 반복되거나, 사건의 진행 상황 혹은 시간의 흐름을 알려 주기 위해 넣으며 최대한 간략하게 작성합니다. 전투가 반복되어서 작품의 호흡이 너무 느려진다고 생각되면 '며칠 동안 전투를 벌였다.', '몇 시간 후, 남은 괴물은 하나도 없었다.' 같은 표현으로 적절하게 넘기는 것도 중요합니다.

3) 강적을 만났을 때

주인공이 강력한 적을 맞닥뜨렸을 때는 수읽기를 겨루거나 공방을 치열하게 주고받는 장면으로 구성합니다. 전투 신에서 가장 핵심이 되는 파트이므로, 강적을 조우하면 주인공은 자신의 모든 능력을 발휘하면서 부딪쳐야 합니다. 이때 작성 요령을 이야기해 보자면, 가위바위보를 떠올리시면 좋습니다. 내가 가위를 낸다? 그러면 상대는 바위를 낼 것이고. 그렇게 되면 바위를 잡기 위해 보를 내야 합니다. 서로 꼬리를 문다는 느낌으로 작성하다 보면 강적과의 전투에서 연출이 좀 더 풍성해집니다.

•

글쓰기란 매일 막혀도 다시 밀고 나가는 작업.
끈기와 깡으로 어떻게든 버티다 보면
글이 써진다.

월운

로드 오브 로드, 타임 리미트, 최종 보스의 아들이 되었다 등

독자들에게 다정다감한 감상을 받을 수 있는,
그런 작가가 되고 싶다

돌아가신 아버지께서는 젊은 시절 소설책을 보는 걸 즐기셨고 책에 연필로 독후감을 적곤 하셨다. 아버지가 재밌다고 한 책은 정말 재밌고 주인공이 꼭 살아 숨 쉬는 것 같았다. 가끔 아버지가 남긴 소설책들 속에서 아버지의 글씨를 본다. 아버지가 읽던 소설도 재밌고, 권마다 남긴 아버지의 감상도 재밌다.

〈소설 동의보감〉에는 다양한 메모가 구석구석 있다. '정말 쉴 틈 없이 재밌다', '허준이 천한 신분에도 자기가 하고자 하는 일을 꾸준히 노력하는 정신자세는 가히 본받을 만하다', '아픈 사람을 보살피

고 봉사하는 것은 우리 인간이 할 수 있는 일 중에서 가장 보람 있는 일이다' 등등. 이런 다정다감한 독후감을 받을 수 있는 소설을 쓰는 것이 작가로서의 꿈이다.

선생님의 칭찬 한마디로 시작된
소설가의 길

고등학교 국어 선생님의 칭찬이 동기부여가 되었다. 글에 소질이 있으니 소설가가 되어 보는 것은 어떠냐, 그 한마디에 매달려 매일 공책을 채워 나갔다. 지금 생각하면 정말 어릴 때라 이런저런 인물과 상황들, 다양한 스토리 몇 권을 지치지도 않고 쉼 없이 손으로 써 나갔다.

졸업 후에 우연히 알게 된 인터넷 연재 사이트에 글을 올리기 시작했다. 공부도 하고 각종 아르바이트를 하면서 자기 전에 적어도 5,000자 분량의 소설 한 편은 올리고 잠을 청했다. 아픈 날에도 꾸역꾸역 쓰고 뿌듯함을 느끼곤 했는데, 지금 생각해 보면 공부를 열심히 해도 성적이 잘 나오지 않는 제자가 안타까웠던 선생님이 글이라도 칭찬해 주신 게 아닌가 싶다. 덕분에 정말 감사한 삶을 살고 있다. 이제는 내 아이들이 읽어도 좋을, 아이들이 재밌어할 글을 건강하게 오래도록 즐겁게 쓰고 싶고, 다른 독자분들도 즐거울 수 있다면 더 바랄 게 없다.

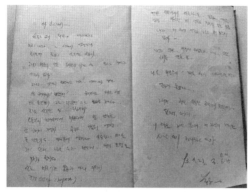
아버지가 연필로 쓴 독후감이 곳곳에 남아 있는 책

〈소설 동의보감〉

운동선수가 훈련 전 준비 운동을 하듯
글쓰기에도 준비가 필요하다

처음에 글을 쓸 때는 쓰는 자체로 내가 상상한 것이 펼쳐지는 기분에 취해 즉흥적으로 써 나갔다. 하지만 쓰는 사람이 읽는 사람을 고려하지 않으면 실력도 늘지 않고 여러모로 부족하고 산만한 글이 되기 마련이다. 출간을 여러 번 준비하고 경험하면서 집필을 시작하기 전에 시놉시스를 구상하는 시간이 점점 더 늘어났다.

새로운 소설을 준비할 때는 특히 많은 시간 동안 궁리한다. 운동선수가 훈련 전에 스트레칭과 준비 운동을 하듯이, 소설을 쓰기 전에 소설 속에 담고 싶은 이야기의 주인공과 배경에 대해 먼저 곰곰이 생각한다.

판타지는 10~20권 이상의 장편소설이 대부분인지라 세계관과 주인공에게 가장 집중하여, 주인공이 그 세계에서 어떤 인생을 살아갈 사람인지를 오래 상상해 본다. 한두 줄로 무슨 이야기인지 적어 본 다음, 첫 장면과 마지막 장면을 생각해 보고 기승전결을 작은 수첩이든 A4 용지에든 네 칸으로 나눠 한 바닥 가득 최대한 적는다. 그러면 주인공과 세계관에 필요한 설정들 중 구멍 난 곳이 보여, 타자를 치면서 그런 부분을 추가한 설정과 줄거리 문서를 만든다. 그 후 며칠 잊는다. 다른 일을 하고 있으면 계속해서 조금이라도 더 나은 생각이 간간이 떠올라 따로 메모해 두고 1-2주 뒤쯤 다시 보완한 뒤 첫 장면을 쓰기 시작한다.

자료를 따로 조사하기보다는 꾸준히 잡다한 지식을 쌓고자 노력한다. 학창 시절 단골이었던 대여점과 도서관의 소설, 인문서들을 융합해 엉뚱한 상상들을 하며 즐거움을 느낄 때가 많다. 요즘은 사회과학책이나 자연과학책에서 언젠가 유용하겠다 싶은 내용을 발견하는 족족, 어떤 식으로 소설에 활용할 수 있을지 메모하고 접어 둔다.

평소에 쓰고 있는 소설에 들어가면 좋겠다 싶은 장면이나 대사, 인물에 대한 아이디어가 떠오를 때도 음성메모를 남기거나 공책에 생각나는 대로 두서없이 적기도 한다. 블랙홀이 게이트가 되는 것이려나, 이세계 이종족 엘프는 모두 외계인이려나, 평행세계가 정말 있다면 어떻게 교신할 수 있을지, 약간 공상과학 같은 상상 속에서 정통 판타지 배경이나 던전 형태를 떠올리고 싸움 만화를 보던 독자로서의 오랜 경력으로 주로 레이드물을 짠다.

〈타임 리미트〉 아이디어 메모 및 시놉시스 예시

1월 9일

168-170화: 절정
: 갈등과 사건이 최고조에 이르는 단계, 해결의 전환점 맞이
  ① 데이븐과 강민의 대결
  ② 강민의 미묘한 우위
  ③ 레이드를 포기하는 데이븐과 세계 사용자 협회 회장 선출
  ④ 강민의 레이드 준비와 빛의 근원에 대한 힌트

170-175화: 결말, 전개, 발단
: 인물들 사이에 벌어진 사건과 갈등이 해결되고 마무리되는 단계
: 도입부로 사건의 시간적 공간적 배경을 제시하고 인물들의 성격을 독자에게 알려 준다. 사건의 전체적인 분위기가 제시되고 경우에 따라서 사건의 실마리가 나타나기도 한다.
  ① 거룩한 왕의 소멸
  ② 민영의 존재 진화
  ③ 하이레티 조직의 양지화

168화: 욕심은 끝이 없다
– 아주 좋은 기회라고 생각한다. 네가 그러했듯이
– 나도 비슷하게 생각하고 있습니다. 단지 방법이 약간 다르죠.

발단: 강민이 데이븐과 양립할 수 없다는 결론에 이른다.
전개: 데이븐은 강민에게 승부를 장담할 수 없다는 생각에 필립 왕자를 인질로 잡고 생존을 도모한다.
위기: 강민은 데이븐을 죽이기로 결심한다.
절정: 민영이 현장에 도착하고 필립이 인질로 잡히는 한편 강민은 필립을 포기할 결심을 굳힌다.
결말: 데이븐은 도망친다.

본문 "왜 그런 눈이지? 나 역시 그대와 비슷한 생각을 했을 뿐인데."
넝마가 되어 버린 필립 왕자와 데이븐의 음모를 보면서 강민은 크게 감흥을 느끼지 않았다. 추악한 인간의 모습은 이미 너무 많이 겪었고 차라리 데이븐을 이 기회에 처리할 수 있다는 사실에 기회라고 여겼다. 데이븐은 강민의 강경한 태도에 위기를 느끼고 필립을 죽인 뒤 도주를 결행하는데……

소설을 쓸 때만큼은
꼭 지키는 하루 일과

꼭 책장을 등지거나 책장이 없는 데서 글을 쓴다. 중학생 때부터 눈에 보이는 소설이란 소설은 다 좋아라 했는데, 지금도 마찬가지다. 아무래도 아버지가 집에 소설책을 많이 가져다 두신 덕분이 아닌가 싶다. 아버지는 헌책방에서 주로 소설을 한 아름씩 들고 오셨는데, 그 덕분에 나 또한 자연스레 다양한 소설을 접할 수 있었고 꽤 긴 대하소설들도 흥미진진하게 읽어 나갔던 것 같다. 이제는 소설뿐만 아니라 어떤 종류든 책이 눈에 보이는 곳에 있으면 글을 쓰기보다는 읽고 싶어서 집중이 어렵기 때문에 어떻게든 하루치 글을 다 쓴 뒤에 독서를 한다.

소설 쓸 때만큼은 꼭 지켜야 하는 일과가 있다. 소설 외에도 게임 시나리오나 웹툰 스토리를 짜는 등 글과 관련한 여러 일을 해 보았는데, 소설이 유독 규칙적인 생활하에서만 잘 써지는 느낌을 받았다. 아마도 꽤 긴 흐름의 작업이기 때문이 아닐까.

매일 같은 시간에 일어나서 일하고 운동하고 씻고 글을 쓰고 퇴고해야 소설을 출간할 수 있다. 하루에 최소 1화(5,000자 분량)에서 11화(55,000자 분량)를 집필해 보았다. 11화 분량은 주말에 온종일을 투자한 결과물이었지만 결국 11화가 1화 분량으로 줄어들고 시놉시스 개선에 기여하는 정도에 그쳤다. 나는 하루에 1-2화 분량을 쓸 수 있는 작가다. 놀랍게도 생계를 위해 각종 아르바이트를 하던 때에도, 직장을 다니던 때에도, 글만 쓰며 먹고살던 때에도 하루에 쓰는 분량은 크게 변하지 않았다. 어쩌다 많이 쓰면 여지없이 개연성이 무너져 내렸다.

집필 외 시간에는 본업에 충실하게 지낸다. 회사에서 일하는 시간이 여유롭고 머리가 편안한 시간이 될 때도 있고, 소설을 쓰는 시간이 번잡한 일들로부터 벗어나 행복한 시간이 되기도 한다. 가끔은 하루 종일 글만 쓰고 싶을 때도 있지만, 하루 종일 소설만 생각할 때보다 좀 더 다양한 경험과 독서를 통해 성장한 느낌이 들기도 한다.

소설은 영감이 올 때 쓰는 게 아니라, 영감이 떠오를 때마다 일단 메모를 해 두고 날을 잡아 메모를 한데 모은 뒤 일련의 흐름을 정리해서 밀고 나가는 것이라고 생각한다. 모든 일은 시작도 어렵지만 결국 끝까지 해내는 게 제일 어렵더라. 산책과 조깅, 운동을 꾸준히 해서 체력을 기르려고 항상 노력한다.

매일 막히고 압박감에 시달려도
그저 계속 쓴다
그러면 써진다

나는 체력으로, 끈기로, 깡으로 완결을 낸다. 매 순간 글이 막힌다. 깜빡이는 마우스 커서가 마치 메트로놈처럼 느껴지면서 박자에 맞춰 맹렬하게 써야 할 것만 같은 압박감에 시달리기도 했었다. 멍하니 커서를 바라보기도 하고, 다 썼다 지우기를 매일 두세 번은 반복한다. 겨우겨우 쓴다. 그리고 매일 자신이 없다. 동시에 언제나 영감이 샘솟고 항상 내 글이 재밌다. 상충하는 말이 아니다. 아이디어는 결과물이 아니기 때문에, 생각은 잘 나지만 그게 글로 잘 풀리는 건 다른 문제고 나는 내 글이 재밌어도 다른 사람들에게도 재밌을지는 자신이 없기 때문이다.

내게 글쓰기란 매일 막히고 매일 밀고 나가는 작업이니까. 그저 계속 쓴다. 누가 내게 반드시 글을 써야 한다 한 적도 없고 절대로 쓰지 말라 한 적도 없기 때문에, 하고 싶은 일을 자발적으로 꾸준히 해나가고 있다. 그러니 힘들어도 출간의 기쁨과 감사함을 잃지 않으려고 한다.

물건이나 음식을 파는 일도 해 보았고, 서비스를 제공하는 일도 해 보았다. 어떤 일에서든 고통과 기쁨을 경험했다. 누구나 공감할 것이다. 혼자 하는 일이든 다른 사람과 함께하는 일이든 설레고 두렵고 기쁘고 괴롭고 어렵고 고맙고 아쉽고 뿌듯하다. 뒤섞이면서 성장한다고 믿는다.

다양한 삶의 경험과 사람들의 마음을 헤아려서 사람들에게 공감과 위로, 즐거움을 주는 작가가 훌륭한 소설가라고 본다. 현실이든 중세든 마법세계든 무림이든, 그 이야기 배경이 어디든 모든 소설은 결국 소설을 읽는 사람들한테 재밌어야 한다. 다행히 글을 독자에게 선보이기까지는 고민할 수 있는 시간적 여유가 있기 때문에 당장 글이 막히더라도 너무 중압감을 느낄 필요는 없다. 평일 내내, 때론 주말에도 열심히 읽고 쓰지만 나도 매번 이번 회차는 잘 쓴 건가, 버릴까, 괜찮나 고민한다.

글을 쭉 잘 쓰다가 막막해지고 전혀 생각이 안 나고 막혀 버리는 경험은 내게 없었지만 초반에 '아, 이것은 내 길이 아니구나' 하고 방향을 튼 경우는 많다. 관련 지식이 부족하거나 빠르게 재미가 없어지는 건 내가 잘 쓸 수 있는 글이 아니라고 보고 1권 분량(25화) 이내에 포기한다.

'글이 막힌다'는 건 아마 작품을 영원히 미완결로 남겨 두게 될까 봐 두려움이 커진 상태를 말하는 게 아닐까. 중후반부에 갑자기 초중반을 다 엎고 싶어지는 획기적인 아이디어가 생각나서 후회막심으로 글이 막힐 수도 있고. 그래도 어떤 경우든, 어떻게든 계속 쓰면 써진다. 허무한 완결을 내거나, 처음 생각대로 완결을 내고 개정판이나 약간 더 방향을 튼 후속작을 내거나, 아니면 전부 뒤엎고 죄송하다며 갈아 쓰거나. 초반이 매력적이어야 작품을 찾는 독자가 생기고, 완결을 잘해야 작가를 찾는 독자가 생긴다. 쓰다 보면, 완결 치는 습관은 붙는다.

우연히 접한 드라마, 우연히 넣은 복선들.
우연처럼 시작된 글쓰기의 연이
당신에게도 닿을 수 있다.

백산

**법정 드라마의 매력에 빠져 시작된 글쓰기,
'완결'을 내는 작가가 되고 싶다**

우연히 보았던 법정 드라마가 몹시 재밌어서 법정 드라마들을 연달아 보게 되었습니다. 그러다 보니 나도 저런 이야기를 쓰고 싶다는 생각이 들었고, 〈너희들은 변호됐다〉를 투고해서 출간하게 되었습니다.

작가로서의 목표는 너무나 당연한 이야기지만 '완결'입니다. 몸이 따라 주지 않아 잦은 휴재로 편집부와 독자 여러분께 걱정을 끼치고 있지만 언제나 마음속에는 완결을 해야 한다는 생각을 품고 있습니다. 아무리 좋은 글도 완결 전까지는 작품이 아니고, 완결 지어야 비로소 작품이 된다고 생각하기 때문입니다. 그런 의미에서 아직 완결도 못 낸 데뷔작 한 편만 연재 중인 제가 〈웹소설의 모든 것〉 필진으로 참여해 달라는 요청을 받았을 때는 많은 망설임이 있었습니다. 부끄럽기도 하고 여러모로 면구했지만 그래도 17권 이상 분량의 소설을 쓰고 있는 시점에서는 그간 조금이나마 생긴 노하우를 알려 드릴 수 있지 않을까 하여 참여하게 되었습니다.

우연 같지만 우연이 아닌, 수없는 퇴고 끝에 나오는 플롯

〈너희들은 변호됐다〉는 맨 처음에 큰 틀, 주인공인 차주한 변호사가 회귀하고 '우신'이라는 기업에 복수한다는 것만 설정했습니다. 이후 에피소드별로 흘러가게 해야 한다는 생각이 들어 첫 번째 에피소드를 정했습니다. 그 뒤로는 그때그때 생각나는 대로 한 번에 한두 가지 에피소드의 개괄적인 내용들을 적어 내려가는 식으로 플롯을 짰습니다. 중간에 전체 내용을 관통하는 중요한 에피소드가 생각나면 따로 써 놓고, 적절한 타이밍에 끼워 넣어 보는 방식으로 써 나갔습니다.

에피소드와 에피소드 사이를 기워 내는 식으로 쓰다 보니 글이 누더기가 될까 봐 걱정되어 거듭 퇴고를 했습니다. 그 덕분인지, 감사하게도 편집부에서 전개나 복선이 탄탄하다는 평가를 받았습니다. 하지만 복선의 경우에는 의도해서 넣은 것이 절반, 우연히 얻은 것이 절반입니다. '우연히'라는 것은 앞에 써 뒀던 원고를 계속 다시 보는 중에 복선으로 활용할 만한 요소가 있고, 이것으로 만들어 내는 이야기가 본내용과 자연스럽게 연결되면 이를 기존에 써 둔 에피소드와 결합시켰다는 뜻입니다.

개연성을 중요하게 여겨, 주인공에게 벌어지는 사건이나 그 외 등장인물의 행동을 우연에 기대지 않으려고 노력하는 편입니다. 재능이 부족하고 데뷔작인 만큼 모자람이 많을 것이라 생각해서 집필한 원고를 굉장히 여러 차례 읽습니다. 1화는 정말 50번은 본 것 같고, 거의 모든 회차를 10번 정도는 읽었습니다. 그렇게 많이 읽다 보면 자연스럽게 복선으로 활용할 만한 인물이나 소재를 재발견하기도 하고, 처음 썼던 원고에서 오류를 발견하고 수정하거나 혹은 그 오류 자체를 복선으로 활용하여 또 다른 에피소드로 만들어 내는 경우도 있습니다.

소설의 재미와 현실 고증
그 사이에서

캐릭터 설정 면에서는 차별점을 어떻게 줄 수 있을지 가장 오래 생각했습니다. 처음엔 변호사인 주인공이 정의 구현하는 내용이라 뜨거운 심장을 가진 열혈 변호사로 주인공 캐릭터를 설정했습니다.

하지만 이래서는 차별점을 둘 수 없다고 생각해, 일견 사회성이 살짝 떨어져 보이고 차가운 주인공으로 설정을 변경했습니다. 차가운 껍데기 안에 뜨거운 심장을 가진 주인공이 활약하는 모습을 보고 싶었어요.

세계관은 현대판타지이기 때문에 최대한 현실을 반영하려고 노력하지만, 때로는 일부러 현실을 왜곡하기도 합니다. 현실 그대로 따라가다 보면 소설적 재미를 놓칠 수 있어 일정 부분은 과감하게 고증을 포기했습니다.

처음 〈너희들은 변호됐다〉를 쓰기 시작했을 때, 자료 조사를 위해 서점 법률 카테고리에 있는 책들을 인터넷으로 많이 주문했습니다. 두 박스 정도 배송이 와서 잔뜩 쌓아 놓고 읽었는데 여러 책을 보다 보니 드라마나 영화에선 알려 주지 않는 현실 법률과 절차에 대해 자세히 알게 되어 집필 시 많은 도움을 받았습니다.

인터넷 검색은 큰 틀보다는 자잘한 정보를 찾아볼 때 도움이 되었습니다. 인터넷 검색을 통해서는 에피소드의 현실감을 높여 주는 세세한 정보들을 찾아보는 편입니다. 〈너희들은 변호됐다〉에서는 에피소드마다 의료, 약학, 경제, 정치 등의 소재를 다루다 보니 제가 가진 지식으로는 전부 커버할 수 없었기 때문입니다. 예컨대 의료 계열 에피소드를 쓸 땐 필요한 부분의 의학 논문을 찾아 읽는 식입니다.

정든 노트북과 함께하는
나의 집필 환경

저는 4년 된 노트북으로 집필합니다. 장소에는 크게 구애받지 않지만 노트북 받침대 등을 활용할 수 있는 장소를 더 선호합니다. 또 한 가지 신경 쓰는 점이 있다면 서체와 자간, 행간이 제 눈에 가독성이 좋아 보여야 한다는 것입니다.

퇴고할 때는 독자가 되었다고 생각하면서 처음부터 쭉 읽어 내려갑니다. 그러다 보면 서술이 친절하지 못했다거나, 대화로 풀면 더 잘 읽히고 기억에도 잘 남겠다 싶은 부분들을 서술로 넣어 뭉개 버린 것을 발견할 때가 있습니다. 그 부분들을 위주로 수정하면서 퇴고합니다. 그렇게 수정해도 뭔가 시원스럽게 해결됐다는 생각이 안 들 땐 편집부에 원고를 보내며 의견을 여쭙기도 합니다.

기사, 영화, 드라마, 만화 등
모든 것을 가리지 않고 섭렵한다

컴퓨터를 켜서 처음 포털 사이트에 들어가면, 작품에 사소하게라도 녹여 낼 수 있을 것 같은 눈에 띄는 기사들이 하나씩은 있기 마련입니다. 그런 기사들은 놓치지 않고 읽는 편입니다. 그 밖에 여가 시간에도 의도적으로 주인공이 법정이나 정치를 다루는 드라마나 영화를 많이 보기도 합니다.

영화, 드라마, 소설, 만화 등을 가리지 않고 봅니다. 그러다 보면 쓰고 싶었던 내용인데 써도 될지 몰라서 망설이던 내용을 마주할 때가 있습니다. 그럴 땐 용기 내서 쓰기도 하고, 이미 너무 똑같이 나와 있네 싶은 에피소드가 있을 땐 그냥 접기도 합니다.

저는 정작 글을 쓸 때보다 글을 쓰기 위해서 특정 분야에 대한 정보와 자료 수집을 집중적으로 할 때 오히려 더 '일하고 있다'는 느낌을 받습니다. 쉬는 시간인데도 인풋을 하고 있으니 휴식을 방해받는 기분이 든다고 해야 할까요. 그래서 오히려 글을 쓰는 순간이 더 편안합니다. 글 쓰는 시간은 처음부터 글 쓰는 시간이었을 뿐, 휴식 시간이 아니니까요.

한 문장이 두 문장이 되고
그러다 보면 천 자가 된다

론칭 전 125화 분량을 마련하기 위해 면벽 수련할 때, 한 번 글이 막힌 적이 있었습니다. 조연을 궁지로 몰아야 하는 상황이었는데, 설정이 충돌해서 조연이 빠져나갈 구멍이 너무 많아 문제였습니다. 글을 어떻게 풀어 나가야 할지 내용이 전혀 생각이 안 나고 꽉 막혀서 고민이 컸습니다.

다행히 연재 시작 전이라 여유가 있어서 우선은 글을 놓고 하루 종일 고민했습니다. 하지만 평소라면 답을 찾았을 시간만큼 고민해도 결국 답은 나오지 않았습니다. 그래서 그땐 그냥 머리를 쉬게 해 주자 싶어 3일 동안 글 생각은 조금도 하지 않았습니다. 그러다 이대로는 안 되겠다 싶어 일단 뭐라도 쓰자는 생각으로 노트북 앞에 앉아 멍하니 있었는데, 갑자기 아이디어가 떠올라 막힌 부분을 해결할 수 있었습니다. 비법이라기에는 특별한 방법은 없었네요. 하지만 계속 생각날 때까지 그 부분을 붙잡고 고민했다면 오히려 떠오르지 않았을 수도 있다는 생각이 듭니다. 가끔은 머리를 쉬게 해 주는 게 답일지도 모르겠습니다.

글이 막히는 것과 별개로 글을 쓰기 싫을 때도 가끔 있습니다. 작가라면 누구나 경험해 봤겠지만 그냥 막연하게 쓰고 싶지 않을 때가 있어요. 슬럼프와는 조금 다른 맥락일 듯합니다. 너무 쓰기 싫어서 1시 정각부터 시작하겠다, 1시 30분부터 시작하겠다, 2시 정각부터 시작하겠다……(무한 반복)…… 인 경우가 있는데, 이럴 때 돌파 방법은 아주 간단합니다.

한 문장이라도 쓰자고 결심하며 한글창을 켜는 겁니다. 그렇게 한 문장을 쓰면 그것이 두 문장이 되고, 그러다 보면 1,000자가 됩니다. 그러면 한 편을 다 못 쓰더라도 반이라도 쓰자 싶어 2,500자를 완성하게 되고, 반이나 썼으니 한 편을 완성하자 싶어 결국 끝까지 쓰게 되더라고요. 목표 분량에 미치지 못할 때도 있지만, 적어도 글은 썼으니 게으름과의 전쟁에서 승리한 것입니다.

하지만 가장 중요한 것은 역시 건강입니다. 글쓰기도 결국 육체노

동이라 몸이 아프면 이러한 돌파 방법도 아무 소용이 없기 때문입니다. 길고 긴 판타지 마라톤에서 건강한 육신은 반드시 필요한 준비물입니다. 제가 가장 원하는 것이기도 하고요.

마음에 들지 않는 내용을
역으로 뒤집어 부각시켜 보라

소설의 앞부분은 이미 독자님들께 보여 드린 내용이기 때문에 엎는 것이 쉽지 않습니다. 저는 그럴 때 오히려 뒤에서 앞에 마음에 안들었던 내용을 부각시키는 편입니다. 마음에 들지 않는 설정과 내용을 주제로 삼고 전개해 제가 원하는 설정으로 서서히 변화시키는 것입니다. 예를 들면 A라는 악인을 앞에 등장시켜 버렸는데, A가 악인이어서는 안 되는 상황이었다고 가정하겠습니다. 이런 경우에는 후에 A를 주제로 짧은 에피소드를 만듭니다. 사실 A가 일부러 초반에 스스로를 악인처럼 보이게 만들었던 것이고, 실상은 악인이 아니었다는 스토리를 전개하는 식입니다.

호흡이 긴 현대판타지,
에피소드를 기억하고 정리하는 노하우

앞부분을 많이 읽어 보는 것이 에피소드를 기억하기 가장 쉬운 방법입니다. 저는 출판사와 미팅할 때, 브레인스토밍하듯이 메모를 많이 하는 편입니다. 그것들을 미팅 후에 다시 떠올려 가지런히 정리하기도 합니다. 하지만 미팅 때 만들어진 설정들이 전부 소설에 녹아들진 않습니다. 막상 쓰다 보면 에피소드의 성질에 맞지 않는다거나, 개연성이 부족하다거나 하는 경우가 생깁니다. 그럴 땐 아깝지만 해당 설정을 과감히 버려, 전혀 다른 에피소드를 만들기도 합니다. 그렇다고 해서 브레인스토밍한 것을 정리하는 일이 아무 소용 없다는 것은 아닙니다. 더 나은 에피소드를 위한 발판이 되어 주니까요.

작가로서의 생활 및 목표

하루에 20분 이상은 광합성을 하려고 합니다. 예전에 시간 개념 없이 야행성으로 살았던 적이 있는데, 확실히 하루가 빨리 가 버려서 글 한 편 쓰고 나면 잘 시간이 되곤 했습니다. 게다가 잠도 많아져서 자연스럽게 게으른 생활을 하게 되었고 결국 건강도 많이 나빠졌습니다.

그래서 시간 관리와 건강 회복을 위해 특별한 상황이 없다면 아침에 일어나 간단한 식사 후 카페로 나가 아메리카노 한 잔을 사며 광합성을 하기 시작했습니다.

그렇게 점심 전까지 한 편 쓰고, 점심 식사 후에 한 편을 더 쓴 뒤 이후 시간은 제가 하고 싶은 일을 하는 것으로 생활 루틴을 바꿨습니다. 이렇게 하다 보니 특별한 경우를 제외하고는 하루에 한 편에서 두 편씩은 꼭 쓰게 되더라고요. 이 대원칙을 지키자 건강도 많이 좋아졌습니다.

단점은 이 원칙을 꾸준히 지키지 못할 경우에 발생합니다. 예컨대 지병이나 다른 일정 때문에 쉬었다가 돌아오면 글을 쓰던 관성이 사라져서인지 이전처럼 글이 잘 써지지 않았습니다. 하루 이틀만 쉬어도 한창 쓸 때에 비해 한 편이 완성되는 시간은 오래 걸리는 것 같습니다. 그래서 좋은 습관을 끝까지 유지하는 게 가장 중요한 것 같습니다.

작가로서의 목표는 역시 얼른 〈너희들은 변호됐다〉를 완결 내고 새로운 작품으로 독자님들께 인사드리는 것입니다. 무협이나 게임 판타지, 혹은 제가 써 본 적 없는 설정의 현대 판타지에도 관심이 많아서 얼른 새 작품으로 찾아뵙고 싶네요.

다음 장에는 웹소설에 대한 현직 웹툰·웹소설 PD분들의 의견을 실었습니다.
참여해 주신 분들께 감사드립니다.

웹소설의 발전은 무궁무진하다!
소설이 웹툰이 되기까지,
좋은 노블코믹스를 만들기 위한
업계 관계자들의 고민과 이야기를 들어 보자!

웹툰화하기 좋은 웹소설이란

가장 중요한 3가지!
분량, 컨셉, 사건

웹소설의 웹툰화는 원작자의 작화가 선호 성향이나 분량, 소재나 컨셉 등이 작업에 영향을 미칩니다. 저는 웹툰 피디로서 이야기 속 사건을 중시합니다. 웹소설 로그라인만 봐도 사건이 풍부한지 아닌지 짐작이 가는 때가 많아요. 잔잔한 대화 위주인 소설보다는 주인공이 어디로 가거나 뭔가 이것저것 실행해 보려 하는, 만화적인 사건이 많은 소설이 좋습니다. 주인공이 고뇌나 대화를 하기보다 실제 활동을 하면 아무래도 웹툰화 작업이 편합니다.

글로 전달할 때는 괜찮은데 그림으로 표현할 때는 압축할 것들이 많습니다. 비주얼이 반복되는 경우인데요. 예를 들어 주인공이 계속해서 같은 일을 하거나 같은 물건을 나르는 상황들이에요. 건너뛰어 생략하거나 한두 컷에 압축합니다.

여성향 작품 중에서 예를 들어 보자면, Dips 작가님의 〈캠퍼스 트랩〉은 '웹툰 만들기 좋은 웹소설의 교과서' 수준입니다. 사건도 많고, 분량도 적당해서 웹툰 80화를 생각하고 있어요. 50화 이상인 웹툰을 선호하는 독자층의 증가 추세를 고려하면 분량도 중요한 요소입니다. 내용도 재밌고 만들기 편한 이런 웹소설이 많아졌으면 합니다.

웹툰화되는 웹소설이 많아지고 있는데요. 원작 소설 자체가 얼마나 인기 있었는지를 보는 곳도 많지만 저는 시각화하기에 편할지를 가장 중점에 두고 검토하는 편이에요. 하지만 컨셉이 매력적이면 사건이 강하지 않아도 콘셉트와 비주얼로 채우거나 특정 요소를 높여서 균형을 맞춥니다.

〈대공님의 애완수인〉, 〈나의 마지막 공주를 위하여〉는 콘셉트가 매력적이라 웹툰화를 하게 되었습니다. 비주얼에 공을 들이고, 〈나의 마지막 공주를 위하여〉는 추리, 탐정, 수사하는 요소를 높여서 가려 합니다.

19세 이용가 웹툰에 대해서도 사실 비슷합니다. 수위가 높은 장면도 분량이 많든 빈도가 잦든, 장소나 자세에 있어서 특이하게 여러 장면이 들어가면 웹툰으로 만들기 쉬운데, 이 또한 감정선 위주로 가면서 같은 장면이 시각적으로 반복되면 만들기 어렵습니다.

———— 웹소설의 모든 것

웹툰을 제작하는 입장에서 장면의 길이는 조정 가능해도 비슷한 장면이 여러 번 들어가거나 수위 높은 장면이 그저 반복되기만 하면 다양한 그림으로 나타내기 어렵기 때문이죠.

감정선 많은 작품은 대체로 어렵긴 합니다. 기본적으로 주인공이 생각이 많으니까요. 그 부분을 통으로 떼 내기도 힘든데 그런 생각이나 감정이 사건으로 터져 주지 않는다면 아무래도 시각화가 어렵습니다. 웹툰은 심리묘사로 분량을 채우기 힘드니까요.

정리하면, 배경 자체가 바뀌도록 등장인물들이 움직이고, 주인공이 새로운 생각보다는 새로운 행동을 하고, 새로운 장소에서 새로운 사람과 대화를 하면서 사건을 전개하면 가장 좋습니다.

웹툰화를 소설 집필 단계부터 고려하신다고 해도 일부러 소설을 사건 위주로 압축해서 쓰진 마시고, 각색할 때 일부 내용이 압축되는 데만 너른 양해를 해 주세요. 소설에는 충분한 심리묘사가 필요하다고 생각합니다.

박은별
現 C&C레볼루션 팀장
前 로드비웹툰 팀장

주인공이 어떤 목표를 이룰 것인가

노블 코믹스를 기획할 때는 항상 1화에서 무엇을 보여 줄 것인가를 생각합니다. 특히 중요하게 보고 있는 것은 '주인공의 목표 의식'입니다. 그래서 웹툰화를 염두에 두고 웹소설을 감상할 땐 '주인공이 어떤 목표로, 무엇을 이룰 것이다'가 확실하게 보여지는 원작을 좋아합니다.

웹소설을 읽으며 웹툰에서는 1화가 어떻게 전개될지, 그림체나 분위기는 어떤 게 어울릴지, 각색을 한다면 어떻게 조합해야 할지를 상상하며 감상합니다. 도입부가 나름대로 짜이고 나면 이후 내용에 대한 기대감을 가지며 남은 회차를 읽어 내려가곤 합니다.

사실 이는 너무 당연한 이야기이고 많은 작가님들이 이미 집필 시에 잘 녹여 내고 계신 부분이라고 생각합니다. 그래도 웹툰화를 고려하고 계신다면, 작품 속에서 주인공의 목표 의식을 보다 명확하게 드러낼 때 웹툰화가 좀 더 효과적으로 이루어지지 않을까 싶습니다.

박성휘
레드독컬처하우스, 웹툰 〈헬무트〉 담당 PD

————— 웹소설의 모든 것

재미있는 사건 구성과
시선을 사로잡는 볼거리

　사건 구성이 재미있는 웹소설은 웹툰화했을 때도 경쟁력이 높습니다. 더불어 시선을 사로잡는 볼거리가 있다면 금상첨화가 아닐까요. 소설 독자들이 상상했던 연출이 웹툰에서 다르게 표현되는 부분들도 있겠지만, 작가님들과의 협업에서 그 간극을 줄이기 위해 최선을 다하고 있습니다.

　현재 경쟁적으로 영상화되고 있는 웹툰에 비해, 웹소설 시장은 아직 IP의 개발 가능성이 무궁무진하게 열려 있는 블루오션과도 같습니다. 비슷한 작품들이 범람하는 시장 속에서 본인만의 특색과 작품성에 초점을 맞춘 웹소설을 써낸다면 이 시장 전체의 흐름을 바꿀 수 있다고 봅니다.

김철
투유드림 과장

창작 영역에 대한 상호 이해와 존중,
그리고 원작에 대한 철저한 파악

웹소설이 웹툰화된 노블 코믹스는 이미 원작의 흥행이 검증되어 있다는 점에서 웹툰 제작의 부담을 많이 줄여 줍니다. 다만 웹툰과 웹소설은 비슷해 보여도 표현 방식에 분명한 차이가 있기에, 원작 소설을 그대로 똑같이 그림으로 옮기는 방식이 반드시 흥행을 보증하지는 않는 것 같습니다. 수많은 웹소설의 가짓수만큼 다양한 웹툰이 존재하므로, 원작의 장점을 살리면서 웹툰 작가에게도 일정 부분 자유로운 창작이 허용될 때 이 둘의 시너지가 가장 빛을 발한다고 생각합니다.

특히, 노블 코믹스 제작 시 웹툰 제작자는 원작과 원작 팬분들을 존중하고, 원작의 세세한 부분까지 놓치지 않도록 내용과 설정을 철저히 파악해야 합니다. 마찬가지로 원작자와 원작 팬 또한 웹툰의 창작 영역을 공감하고 이해하는 분위기가 마련된다면, 웹툰의 개성과 원작 소설의 장점이 잘 어우러지는 매력적인 노블 코믹스가 탄생할 것입니다.

김지연
레드아이스 스튜디오 팀장

시각화 시 캐릭터와 스토리가
독자들의 공감을 살 수 있는지

웹툰 제작자로서 노블 코믹스를 제작할 때 원작을 최대한 살릴지 또는 많은 각색으로 재창조할지에 대한 고민들이 항상 있습니다.

각색을 많이 하더라도 원작의 한계가 있기 때문에, 무조건 독자수와 댓글 수가 많은 작품을 선정하기보다는 원작을 시각화했을 때 캐릭터와 스토리가 독자들에게 공감을 살 수 있는지를 최우선으로 보게 됩니다.

특히 소설이 웹툰으로 만들어지기까지 최소 1년 이상이 걸리기 때문에, 취향을 많이 타거나 클리셰가 많은 원작은 자칫하면 시기를 놓친 양산형 작품이 될 수 있고, 작화 퀄리티가 높은 그림작가를 매칭하는 데 어려움이 생길 수 있어 웹툰 제작을 지양하는 편입니다.

작품의 웹툰화까지 생각하고 계신다면 이런 부분을 함께 고려하셔도 좋을 것 같습니다.

권별빛
다온크리에이티브 팀장

연필 편집부와 현업에 있는
타사 PD, MD들의 의견을 모아 보았다
그들이 말하는 웹소설의 이모저모!

PD와 MD가 말하는 웹소설

잘 팔리는 웹소설이란?

잘 팔리는 웹소설을 어떻게 쓰면 좋을지 고민이 되어 노트북을 여는 것조차 힘든 작가와 예비 작가가 많으리라 생각합니다. 모니터 속의 백지 위에서 깜빡이는 커서만 보아도 멀미가 난다는 이야기도 있으니 말입니다. 그러나 처음이 힘들 뿐, 막상 키보드 위에 손을 올리고 나면 무엇이든 쓰게 되어 있습니다. 그럼에도 용기가 나지 않는다면 잘 팔리는 웹소설의 요소를 간단히 짚고 넘어가 봅시다.

가장 중요한 건 역시 이야기의 기승전결이다

유료 연재가 보편화되며 초장편 웹소설이 많아졌습니다. 그래서 이야기가 길어진 만큼 독자들이 글의 흐름을 잘 따라올 수 있도록 시놉시스 작성 단계에서 기승전결을 확실하게 잡아 두는 것이 중요합니다.

기승전결은 비단 작품 전체에만 필요한 것이 아닙니다. 본격적인 집필을 시작하기 전, 전체 흐름을 관통하는 기승전결을 구성하는 것뿐 아니라 각 화 안의 기승전결 역시 놓쳐선 안 될 부분입니다. 연재 웹소설은 한 화가 5,000자 내외의 짧은 호흡으로 이뤄지다 보니, 정해진 분량 안에 들어갈 이야기를 정비해 매끄럽게 보여 주어야 독자를 계속해서 다음 화로 끌고 갈 수 있습니다.

다음 화가 궁금하게 만들어야 한다

적절한 지점에서 끊는 기술이 중요하다는 의미에서 무협 용어를 차용해 '절단신공'이라고 부르기도 할 만큼, 한 화의 마지막 부분이 작품의 성공과 실패를 가르는 연독률에 큰 영향을 미칩니다.

독자를 다음 화로 이끄는 절단신공의 가장 중요한 포인트는 호기심과 긴장감에 있습니다. 호기심과 긴장감이 최고조에 달한 순간 이번 화가 끝난다면 독자는 망설임 없이 다음 화로 넘어가게 되는 것이죠. 절단신공이 발휘되는 주요 장면에는 주인공이 위기를 맞거나 문제를 극복하는 시점, 새로운 사건의 시작, 주인공이 사랑에 빠지거나 중요한 선택을 하는 순간 등이 있습니다. 절단신공을 발휘해야 할 장면이 수학 문제의 정답처럼 정해진 것은 아니기에, 읽는 이가 호기심과 긴장감을 느낄 절묘한 지점을 찾아내는 연습이 필요합니다. 그러니 여러 시도와 연습으로 자신만의 끊기 기술을 쌓아 나가길 바랍니다.

'인생작'에는 특별한 '인물'과 '서사'가 있다

뚜렷한 기승전결과 다음 화를 궁금하게 만드는 절단신공 등 웹소설은 상대적으로 도식화된 구성을 지닌 글입니다. 그러나 도식화된 구성을 따르면서도 유독 빛나는 작품이 있기 마련인데요. 독자들 사이에서 두고두고 회자되는 '인생작'이 바로 그런 작품입니다.

막힘없는 흐름과 이야기의 재미는 웹소설 집필의 기본이자 필수 요소입니다. 여기에 독자가 더 깊이 이입할 수 있는 인물과 서사가 더해져야 독자의 뇌리에 오래 남는 작품이 될 수 있습니다. 작품 전체의 얼개를 짰다면 그다음은 인물과 서사에 차별화를 꾀할 차례입니다. 나만의 개성 있는 캐릭터 조형과 서사 구축이 아직 벅차다고 걱정하지 않아도 됩니다. 처음부터 끝까지 새로운 것이 아니라도 괜찮으니까요. 그래도 만약 나만의 개성을 담아내는 방법이 고민된다면, 모든 요소를 새롭게 구성하기보다는 몇 가지의 포인트를 더해 보기를 권해 드립니다. 그 몇 가지의 다른 요소가 반짝이기만 하면 내 글만의 차별화 요소를 갖춘 것이니까요.

각 장르별로 이것만은 꼭 알아 두자!

판타지·무협

장르를 막론하고 주인공은 반드시 남달라야 합니다. 그래서 주인공이 원래부터 강했거나, 약했는데 힘을 기르거나, 어떤 능력을 운명처럼 얻었다거나, 본디 갖고 있던 힘을 재발견했다는 설정들을 자주 발견할 수 있습니다. 회귀, 빙의, 환생이라는 설정이 많이 보이지만, 이는 어디까지나 주인공의 능력을 돋보이게 하는 하나의 요소로서 선택 사항일 뿐입니다.

독자들의 만족감을 극대화하기 위해 일반적으로 사이다(시원시원한 전개)와 먼치킨(강력한 주인공)이라는 두 가지 키워드를 가져가는 경우가 많습니다. 다만 많은 작가들 또한 이 키워드 조합을 유념하고 집필하기 때문에, 다른 작품과 차별화할 수 있는 설정을 더해 주는 것이 좋습니다. 예를 들어 똑같이 회귀한 먼치킨이더라도 이 인물이 검사인지 소환술사인지에 따라 스토리는 무궁무진하게 달라집니다. 마찬가지로, 어떤 세계에 빙의했는데 그 빙의한 세계가 완전 처음 보는 이세계인지 내가 자주 플레이하던 게임 속인지도 글의 전반적인 분위기와 전개에 큰 영향을 주기 마련입니다.

현대 로맨스

현대 로맨스라는 장르가 받는 가장 큰 오해는 '현대' 사회가 배경이니 지극히 현실적인 사랑 이야기를 써야 한다는 것 아닐까 싶습니다. 그러나 현대 로맨스야말로 어쩌면 판타지를 가장 많이 담은 장르라 할 수 있을 것입니다. 많은 독자의 사랑을 받은 현대 로맨스 작품 하나를 떠올려 볼까요? '젊고 잘생긴, 키 크고 머리 좋고 능력이 뛰어난 재벌 후계자라는 화려한 설정의 남자 주인공과, 평범하지만 자꾸 끌리는 매력이 있는 수더분하고 당찬 여자 주인공의 사랑 이야기'는 현실보다는 판타지에 가깝습니다.

주인공의 먼치킨적인 요소나 내적 성장보다는 인물과 인물 사이의 심리적 갈등과 로맨스로 생겨나는 티키타카의 비중이 압도적으로 큰 장르이기에 캐릭터 빌드업이 중요합니다. 그래서 독자가 여주인공과 남주인공에게 호감을 품을 수 있을 것인가, 인물의 서사에 몰입할 수 있을 것인가를 생각하며 캐릭터를 잡는 데 집중하면 좋습니다.

로맨스 판타지

로맨스 서사와 판타지 세계관이 접목된 장르가 로맨스 판타지입니다. 판타지 요소가 중요한 것은 맞지만, 그렇다고 판타지의 비중이 압도적으로 커진다면 독자는 로맨스 판타지가 아닌 여주판(여성 캐릭터가 주인공인 판타지) 장르로 인식할 수 있습니다. 그래서 로맨스 판타지를 쓰고자 한다면 로맨스와 판타지의 균형을 잘 잡는 것이 중요합니다. 주인공의 성장과 로맨스 서사를 중심으로 잡되, 판타지 요소는 감초 역할을 하는 것으로 생각하면 균형을 잡는 데 도움이 될 것입니다.

남자 주인공의 매력이 현대 로맨스 작품의 성패에 큰 영향을 준다면, 로맨스 판타지는 여자 주인공의 매력과 서사가 큰 축을 담당한다고 할 수 있습니다. 그러므로 능력 있고 입체적인 여자 주인공 캐릭터가 독자의 지지와 사랑을 받는다는 점에 초점을 맞춰 캐릭터를 만들어 보는 것을 추천드립니다. 판타지 세계를 배경으로 하기 때문에 현대 로맨스보다 다양한 설정과 다양한 직업군을 소재로 삼을 수 있으니, 장르적 클리셰 안에서 여러 변주를 시도해 보며 답을 찾아가면 좋을 것 같습니다.

BL·GL

웹소설 자체가 기본적으로 다양한 소재를 다루지만 그중에서도 BL과 GL은 유독 소재의 다양성이 빛을 발하는 장르라 할 수 있습니다. 작가와 독자 모두 새로운 소재와 세계관을 접하는 데 익숙하고, 소재보다는 개개인의 취향이 작품 선택에 더 큰 영향을 준다는 점이 다른 장르와의 차이점일 것입니다. 취향이 중요시되는 만큼 장르와 작품 그리고 작가의 팬덤이 형성되기 쉬운데, 자신의 취향에 맞는 글을 발견한 독자는 작가의 전작을 찾아보거나 차기작을 기다리는 것에 그치지 않고 스스로 작품을 소개하고 홍보하는 소위 '영업'으로까지 이어지는 경우도 심심치 않게 볼 수 있을 정도입니다.

연재 웹소설 시장이 커지면서 19세 이용가 단행본의 비중이 높았던 BL 장르에서도 전연령의 유료 연재 작품이 늘어났습니다. 그 영향으로 청소년 독자의 유입이 늘어남에 따라 시장의 더 큰 성장이 기대되기에, 다양한 소재와 세계관을 펼치고자 한다면 이 장르로 눈을 돌려 보는 것도 좋은 방법일 것 같습니다.

업계 관계자가 주는 팁!

웹소설이 어떤 콘텐츠인지는 파악했지만 막상 글쓰기를 어떻게 시작할지 막막하다면 아래 내용을 조금 더 살펴보길 바랍니다.

재미가 가장 중요한 콘텐츠라는 점에서
웹소설은 트렌드 변화가 빠르다

단순히 트렌드의 변화뿐 아니라 같은 장르일지라도 플랫폼에 따라 조금씩 인기 키워드와 트렌드에 차이가 있는 점을 인지하고 연재 플랫폼별 트렌드를 확인하는 루틴을 만들어 볼 것을 권해 드립니다. 이 장르의 무료 연재에서는 어떤 콘셉트와 캐릭터가 호응을 얻는지, 유료 연재에서는 어떤 양상을 보이는지 데이터가 쌓인다면 이다음에는 어떤 키워드와 서사가 대세 트렌드가 될지 유추해 보는 것도 가능합니다.

모든 창작자는 독자인 시절을 거친다

독자로 웹소설을 접해 보지 않은 창작자가 과연 그 장르의 글을 잘 쓸 수 있을까요? 분명, 읽은 경험이 글을 쓸 때에도 좋은 길잡이가 되어 줄 것입니다. 이미 경험을 통해 어떤 것이 독자의 호응을 이끌어 내고, 다음 이야기를 궁금하게 만드는지 알고 있기 때문입니다.

물론 명심해야 할 것은, 많은 인풋이 무조건 좋은 아웃풋을 보장하는 것은 아니라는 점입니다. 글을 읽는 것에서 멈추지 않고 자신만의 스타일로 소화할 방법을 찾는 것이 인풋의 핵심이라 할 수 있습니다.

최고의 아웃풋은 한 번에 나오지 않는다

처음부터 완벽한 글을 쓰고자 하는 것은 스스로를 괴롭게 만들 뿐입니다. 당장은 이야기 한 편을 끝맺는 것도 힘든 것이 당연합니다. 일단은 짧은 문장을 쓰는 것부터 시작해 봅시다. 한 문장에서 한 문단으로, 단편에서 장편으로 천천히 써 나가다 보면 그사이에 글을 쓰는 코어core가 만들어질 것입니다.

무조건 많이 읽는 것이 효과적이지 않듯 글쓰기 역시 많이 쓰기만 해서는 스스로 얼마나 발전했는지 와닿지 않습니다. 이럴 때는 내 글을 다른 사람에게 보여 줄 차례입니다. 무료 연재 플랫폼을 통해 자신이 쓰고자 하는 장르와 실제로 쓴 글이 얼마나 잘 맞는지, 글에 담긴 개성과 매력은 무엇인지 알아봅시다.

끝까지 읽고 끝까지 써 보자

읽기

1. 카카오페이지, 네이버 시리즈, 리디북스, 문피아 등 플랫폼과 상관없이 많은 작품을 읽어야 합니다. 그리고 한번 읽기 시작했다면 무조건 끝까지 읽는 게 좋습니다.

2. 잘되지 못한 작품보다는 잘나가는 작품을 읽어야 합니다. 개인의 취향이 아닌 독자의 취향을 공부한다는 생각으로 인기 있는 작품을 분석하며 읽는 것을 추천드립니다.

3. 자신의 취향이 아닌데도 인기 있는 작품이라면 더더욱 끝까지 읽어야 합니다. 다른 독자들은 어디에서? 어떻게? 왜? 재미를 느꼈는지 공부할 수 있는 좋은 교본이 되기 때문입니다.

쓰기

1. 눈으로는 읽고, 손으로는 재미 포인트, 사건 전개 방식, 차별화된 서사, 주인공의 목적 등을 전부 메모하며 익힙니다. 그리고 메모한 내용들을 응용하여 자신의 작품에 적용합니다.

2. 쓰고 있는 작품이 재미없게 느껴져도 무조건 완결까지 끝마칩니다. 기승전결을 한 번이라도 써 본 작가와 안 써 본 작가는

작품을 이끌어 나가는 힘이 많이 다릅니다.

3. 작품이 완성되었다면 메모했던 내용과 비교하며 부족한 부분이나 수정이 필요하다고 생각되는 부분들을 정리해 둡니다. 그리고 다음 작품을 쓸 때 이 부분을 잘 적용하여 완성도를 높입니다. 작품이 미완성되었다는 생각이 들지라도 거듭 수정하기보다는 새로운 작품을 처음부터 끝까지 쓰며 기승전결을 다시 한번 경험해 보는 것이 큰 도움이 됩니다.

그래도 미완성 작품을 완성시키고 싶다면, 작품을 삭제하는 것이 완성하는 지름길입니다. 욕심은 끝이 없기 때문에 미완성 작품을 완성시키려고 노력하다 보면 가로막히는 벽에 좌절하고 포기하게 될 확률이 매우 높기 때문입니다.

작가가 되고 싶다면

웹소설 작가가 되는 문은 하나가 아닙니다. 그 문은 여러 개이며, 늘 열려 있습니다. 그중 어느 것을 선택할지는 당신에게 달려 있습니다. 어느 길을 택하든, 혹은 하나가 아닌 여러 개를 택하든 그 문 너머에는 모두 동일하게 작품의 출간과 작가 데뷔라는 결과가 기다리고 있습니다.

웹소설에도 공모전이 있다

여러 출판사와 플랫폼은 늘 재능 있는 작가와 참신한 원고에 목말라 있습니다. 그리고 그런 작가와 작품을 발굴하기 위해 공모전을 개최합니다. 최근 몇 년 사이에는 웹소설 시장의 성장과 더불어 공모전의 규모와 수상자 혜택도 커졌습니다. 뿐만 아니라, 단순히 출간하기 좋은 작품을 찾는 것에 그치지 않고 영상화, 웹툰화 등의 OSMU One Source Multi Use 부문을 따로 둘 정도로 작품 자체의 다양한 가능성에 주목을 하는 만큼 기회의 폭이 더욱 넓어졌습니다.

공모전의 취지와 개최 플랫폼의 성격에 따라 작품을 제출하는 방식은 천차만별입니다. 정해진 양식에 맞춰 일정 분량의 원고를 제출하는 전통적인 투고 방식이 있는가 하면, 플랫폼이 주관하는 공모전에서는 해당 기간 동안 직접 연재를 하는 것으로 투고를 대신하기도 합니다. 규모가 큰 공모전은 매년 주기적으로 열리기 때문에 웹소설 작가를 꿈꾸는 지망생, 작품의 확장을 기대하는 기성 작가 모두 눈여겨보기를 권해 드립니다.

공모전의 수상작이 되어 화려한 데뷔를 하면 좋겠지만 아쉽게 본선 진출에 그치거나 별다른 소득이 없어도 너무 실망하지 않길 바랍니다. 수상하지 않았더라도 공모전 참가를 통해 출간 제안을 받을 기회가 있으니까요. 개최하는 곳뿐 아니라 수많은 출판사의 PD가 공모전을 주시하고 있답니다.

일반 순문학과 가장 크게 다른 점,
무료 연재를 통해 '등단'할 수 있다

웹소설 시장의 흐름을 모르는 사람이라면 기껏 쓴 글을 왜 무료로 연재하는지 의아해하곤 합니다. 하지만 웹소설에서 무료 연재는 단순한 서비스가 아니라 자신의 글을 노출함으로써 작품이 홍보되고 공모전이나 투고 같은 과정이 없이도 데뷔가 가능한, 일종의 등용문이 됩니다.

연재 플랫폼에서 저마다의 기준으로 작품의 랭크를 보여 주는 '투데이 베스트(투베)'에 올라간다면 여러 출판사의 러브콜을 받는 것도 어렵지 않습니다. 더욱이 이제 첫 작품을 출간하려는 신인이라면 무료 연재에서 얻은 조회수와 선호작수 등의 지표가 작품 출간 프로모션 심사에 어필할 수 있는 자료가 되기도 합니다.

이렇듯 무료 연재의 장점으로는 계약 제안을 받는 입장으로서 선택지를 가질 수 있다는 것과 독자의 생생한 반응을 얻을 수 있다는 것을 꼽을 수 있습니다. 하지만 모든 것에는 명과 암이 있는 것처럼, 여러 제안을 받기 위해 지나치게 무료 연재 성적에 스트레스를 받거나 필터를 거치지 않은 날것 그대로의 독자 반응이 창작자에게 상처로 작용할 수도 있습니다. 무료 연재 성적이 정식 출간의 결과를 보장하지는 않는다는 점을 잊지 않길 바라며, 작품은 결국 독자가 아닌 작가의 것이니 유익한 독자 의견은 취하되 그 반응 자체에 일희일비하지 않기를 추천드립니다.

출판사의 문을 직접 두드리는 방법도 있다

새로운 작가와의 만남을 가장 원하는 곳은 바로 출판사입니다. 그렇기에 대부분의 출판사는 홈페이지와 블로그, 그 외 SNS를 통해 저마다 투고 방법을 안내하고 있습니다. 투고를 받는 곳마다 정해진 양식과 원고 분량에 약간의 차이는 있겠으나, 일반적으로 투고 시 가장 기본이 되는 것은 작품의 '시놉시스'와 일정 분량의 '원고'입니다.

독자에게는 결말까지의 내용을 한꺼번에 보여 주면 안 되지만, 출판사 편집부에 투고할 때는 결말까지의 기승전결에 따른 내용이 시놉시스에 포함되어야 한다는 점을 잊지 마시길 바랍니다. 궁금증을 유발하려는 의도로 '계약하기 전까지는 작품의 반전과 결말을 알려 주지 않겠습니다'와 같은 전략은 통하지 않습니다. 시놉시스와 원고를 통해 내 글의 매력과 이야기의 큰 줄기를 확실히 전달하는 것이 중요합니다.

생각보다 많은 작가 지망생이 놓치는 포인트는 '내 글과 맞는 출판사를 찾는' 과정입니다. 이미 앞서간 누군가가 정리해 둔 출판사 투고 메일 리스트를 참고하는 것도 효율적인 방법이 될 수는 있겠습니다. 하지만 그 리스트의 모든 출판사가 자신의 글에 적합한 투고처라는 의미는 아닙니다. 한 예로, 판타지 유료 연재 소설이 메인인 편집부에 19세 이용가의 단권 로맨스를 투고한다면 긍정적인 답이 올 가능성이 얼마나 될지 생각해 보면 좋을 것 같습니다.

출판사에 따라서는 특정 장르만 출간하기도 하고, 한 출판사 내에 여러 장르별로 편집부가 나뉘어 있고 투고도 따로 받는 경우도 있습니다. 장르만 나뉘는 것이 아니라 같은 장르의 작품을 출간하는 출판사 사이에서도 저마다 주력 콘텐츠가 전연령인지 성인물인지, 단행본 형태인지 연재 형태인지에 차이가 있기 마련입니다. 이 차이는 출판사의 출간작과 서비스 중인 플랫폼을 통해 파악할 수 있고, 투고 메일을 보내기 전에 여유를 가지고 살펴본다면 쉽게 확인 가능한 부분이니 10분 정도의 시간을 더 내는 것만으로도 긍정의 회신이 올 확률이 올라갈 것입니다.

시놉시스와 원고가 준비되었다면 연필 편집부(pencil@bookhb.com)에 자유로운 양식으로 투고해 주세요. 연필 편집부가 기다리고 있습니다! 가까운 시일 내에 작가님을 만날 수 있기를 바랍니다.

[연필 투고 안내 페이지 바로 가기]

우리의 일상을 적시는 달콤한 단비 같은,
현실적이면서도 이상적인
현대 로맨스의 매력에 빠져 보자.

김지호

우연의 교차로, 오래된 연인에게 필요한 것, 대공님의 애완 수인 등

책 읽기를 좋아하던 소녀에서
즐겁게 글 쓰는 작가로

어렸을 때부터 책 읽기를 좋아했고, 오래오래 행복하게 살았다는 주인공들이 어떻게 행복하게 살았을까 상상하기를 좋아했습니다. 그러다 자연스럽게 제가 떠올린 주인공들의 이야기를 공상하게 되었고요.

그럼에도 구체적으로 작가가 되고 싶다는 꿈을 가진 적은 없었습니다. 다만, 독자로서만 활동하던 소설 플랫폼에서 나도 한 번 써 볼까, 하는 생각으로 글을 써서 올린 게 첫 시작이었습니다. 지금 생각해 보면 작가가 되겠다는 마음으로 시작한 게 아니라서 오히려 부담 없이 글을 쓸 수 있었던 것 같네요.

현재 목표는 10년, 20년이 지나도 계속해서 즐겁게 글을 쓸 수 있는 작가가 되는 것입니다. 저는 상업 작가인 만큼, 그 과정에서 돈도 많이 벌면 더할 나위 없이 좋고요.

보고 싶은 장면을 씨앗 삼아
가지를 뻗어 나가는 기쁨

저는 작품을 구상할 때 '이러이러한 장면이 보고 싶다.'는 생각에서 시작합니다. 보통 이 단계에서 많은 장면이 그냥 보고 싶다로 끝나지만, 쓰고 싶다는 생각이 들면 이 장면을 씨앗 삼아 열심히 줄기를 키워 가지를 치기 시작합니다.

나이, 외모, 직업, 재산, 가족 및 친구 관계. 이런 기본 조건들을 설정한 뒤 남주인공은 어떤 성격을 지닌 사람인가. 여주인공은 어떤 환경에서 자라났는가. 과거에 겪은 사건이 그들의 인생에 어떠한 영향을 끼쳤는가. 그런 식으로 살을 붙여 캐릭터를 구축한 후 제가 처음 떠올린 장면의 앞뒤로 사건을 붙여 기승전결의 틀을 굳힙니다.

기승전결을 짜는 방법엔 여러 가지가 있지만, 가장 먼저 여러분이 해야 할 건 주인공에게 최종 목표와 갈등을 제시하는 것입니다. 예를 들면 이야기의 초반에 주인공을 감싸고 살해당하는 가족, 주인공의 눈앞에서 불타는 고향 마을 같은 게 있겠죠. 여기서 제가 따로 언급하지 않아도 여러분은 주인공의 목표가 무얼지 이미 짐작하시겠지요? 이렇듯 주인공에게 주어진 갈등이 충격적이면 충격적일수록 주인공의 목표 역시 분명해집니다. 작가는 가야 할 곳이 명확해지고, 독자들 역시 주인공이 목표를 달성하는 모습을 기대하며 이야기를 읽게 되겠죠.

결말이 될 최종 목표를 제시했다면 이제 거기까지 주인공을 이끌어 갈 세부 에피소드를 꾸릴 차례입니다. 그리고 여기서도 목표와 갈등 제시가 중요합니다. 대체로 장편이라는 건 **[목표 생성 → 갈등과 마주침 → 해결 → 다음 목표 혹은 갈등을 제시]** 이 과정을 계속 반복한다고 해도 과언이 아니거든요.

물론 이 틀을 벗어나도 괜찮겠지만, 이제 막 글을 쓰기 시작하셨다면 이런 법칙에 따라 사건을 구성하는 것도 도움이 된다고 생각합니다.

신데렐라로 한번 예를 들어 보겠습니다(다음 쪽 참고).

첫 번째 목표	왕성에서 열리는 무도회에 참석하는 것.
첫 번째 갈등	계모와 언니들이 드레스를 찢어 버려 무도회에 참석할 수 없게 됨.
해결 방법	요정 할머니의 도움으로 드레스와 호박마차, 유리 구두를 얻음.

⇩

두 번째 목표 제시	밤 12시가 되면 마법이 풀리게 되니 그전에는 돌아와야 함.
두 번째 갈등	왕자와 춤을 추고 사랑에 빠짐. 그와 시간을 보내는 중 12시 종이 울리기 시작함.
해결 방법	종이 울리기 시작한 순간 다급하게 성을 떠남.

⇩

세 번째 목표 제시	떠나는 신데렐라를 왕자가 쫓아오지만 결국 그녀를 놓쳐 버림. 왕자는 신데렐라를 찾으려 함.
세 번째 갈등	신데렐라에 대해 아무것도 모름.
해결 방법	신데렐라가 남긴 유리 구두를 발견.

⇩

네 번째 목표 제시	왕자는 유리 구두가 발에 맞는 아가씨를 찾기 시작함.
네 번째 갈등	계모는 신데렐라가 유리 구두를 신기 전에 깨뜨림.
해결 방법	신데렐라가 가지고 있던 나머지 유리 구두를 꺼내 신음으로써 자신이 왕자와 춤을 춘 아가씨임을 증명함.

시놉시스와 플롯을 짜 본 적이 없어 어떻게 시작해야 하는지 모르겠다 하시는 분들은, 처음엔 그냥 내가 쓰고 싶은 장면을 가볍게 나열하는 데서 시작하셔도 좋다고 생각합니다. 퍼즐 조각을 어지럽게 늘어놓는 것처럼요. 그리고 앞뒤로 하나씩 연결하다 보면 어느새 기승전결을 갖춘 시놉시스가 완성되어 있을 겁니다.

잘되지 않으면, 그냥 가장 쓰고 싶은 장면을 가지고 무작정 글을 쓰기 시작하는 것도 좋다고 생각해요. 무엇보다 중요한 건 글을 쓰기 위해 반드시 시놉시스를 작성할 필요는 없다는 겁니다.

저는 완성된 시놉시스의 역할은 김밥 말 때 쓰는 발이랑 비슷하다고 생각합니다. 이러쿵저러쿵 헤매다가 결과물로 주먹밥이 완성되면 어떻습니까. 맛있으면 장땡이지요.

정보의 바다에서 즐거운 서핑!
기진맥진해서 물에 빠지지는 말아요

캐릭터나 세계관 설정 시 가장 도움이 되는 건 역시 인터넷이지요. 사랑합니다, 정보의 바다. 혹은 해당 직업에 종사하거나 해당 나라에 거주하는 지인의 조언을 받기도 합니다. 아니면 관련 소재에 관해 자세하게 집필한 서적을 구입하기도 하고요.

한때는 신라 시대를 배경으로 한 글을 써 보고 싶어서 경주에도 직접 가 보고 관련 역사서를 사서 열심히 자료를 모은 적도 있는데, 해당 시대에 관한 지식을 완벽하게 갖추었다는 자신감이 없어 계속 자료조사만 하다 보니 도중에 지쳐서 포기했던 적이 있습니다. 이후로는 어느 정도 이상으로 자료 수집이 필요한 소재라면 과감하게 포기하고 있습니다.

여기서 제가 드리고 싶은 말씀이 뭐냐 하면, 자료조사는 어디까지나 수단이지 목적이 아니라는 겁니다. 특히나 이제 막 글을 쓰기 시작한 분들이라면 자료조사가 필요 없는 글을 쓰시는 걸 권장해 드려요. 자료를 조사하면서 써야 한다는 건, 기본적으로 본인에게 어려운 글이란 뜻이거든요. 모르니까 알아 가면서 써야 하는데 이 과정에서 집필의 흐름이 뚝뚝 끊길 수 있습니다.

자료조사에 쓸 체력과 시간을 온전히 보전해 글쓰기에 투자하세요. 안 그러면 글을 쓰기도 전에 자료만 조사하다가 지쳐서 포기하게 될지도 모르거든요. 과거의 저처럼요.

규칙적인 생활을 하고
매일 글을 써야 작가다

제일 중요하지만 제일 어렵기도 한 게 바로 규칙적인 생활입니다. 아침에 일어나서 밤에 자야 하는데 이게 참 힘듭니다. 그래서 저는 조금 늦게 자더라도 하루에 최소 7, 8시간 이상은 자려고 노력합니다. 수면이 부족하면 가장 먼저 집중력이 떨어지거든요.

——웹소설의 모든 것

글은 한창 집필 중일 땐 매일 최소 5,000자는 쓰려고 노력하고, 초고가 완성되어 마감 일자가 잡히고 퇴고와 교정 작업에 들어가면 전체 분량을 1/n로 나누어서 하루 작업량을 정합니다.

그리고 오늘 얼마나 일했는지 작업량을 매일 기록하면 동기 부여와 자기반성에 아주 큰 도움이 됩니다. 일을 안 하고 놀아서 기록일지가 며칠이나 연속해서 텅 비어 있으면 위기감을 느끼거든요.

자연스럽게 오는 영감 맞이하기
자연스럽게 막힌 소설 풀어내기

작가가 되기 전엔 독자였다 보니 여가 시간에 독서를 많이 합니다. 장르는 딱히 가리지 않습니다만, 최근에는 로맨스 판타지(이하 로판)를 즐겨 읽습니다. 만화책도 많이 보고 게임도 즐겨 합니다. 평소에 영감을 얻으려고 부러 노력하기보단 어느 순간 자연스럽게 영감이 떠오르는 편입니다. 아, 이런이런 장면 보고 싶다, 하고요. (앞서 말씀드렸듯 여기서 쓰고 싶다로 이어져야 영감이 되겠지만요.)

등장인물들 간의 티키타카나 대사가 막히면 양치질을 하고, 이어지는 장면이 떠오르지 않으면 산책합니다. 그래도 떠오르지 않으면 그냥 잡니다. 누워서 이런저런 생각을 하다 보면 막혔던 부분이 뚫리곤 하거든요.

그러나 글이 너무 안 나올 땐 깔끔하게 포기합니다. 안 써질 땐 그냥 쉽니다. 예전에는 글이 안 써져도 어떻게든 키보드 앞에 앉아서 글을 써 본 적도 있는데요. 이렇게 억지로 쓴 글은 나중에 결국 다 지우게 되더라고요. 물론 너무 놀아 버리면 '글근육' 손실이 온다고 할까요, 10시간을 앉아 있어도 100자도 못 쓰는 경우가 발생해서 너무 놓지는 않으려고 합니다. 그래도 이 글이 정말 재미있나, 아무리 봐도 재미없는 것 같고 확신이 서지 않을 땐 일단 집필을 중단합니다. (물론 이건 계약하기 이전의 이야기입니다. 계약을 했다면 일단 써야 합니다. 죽이 되든 밥이 되든요.)

때로는 기분 전환 삼아 다른 글을 써 보기도 하고 그마저도 막힐 때는 폴더를 뒤져서 옛날에 쓴 글을 꺼내 봅니다. 이때 다시 읽었는데 재미있으면 이어서 쓰고, 아니다 싶으면 그냥 접습니다. 글을 쓰고 한 두 달이 지난 뒤에 보면 장점과 단점이 보다 객관적으로 보이거든요.

작품 후반부를 써 나가다 초중반 설정이나 내용을 확 바꾸고 싶을 때도 있습니다. 대처법은 상황에 따라 다릅니다. 만약 출간 일정이 잡혀서 마감에 여유가 없으면 과감하게 포기합니다. 하지만 여유가 있다면 다 지우고 다시 씁니다. 이때 글 삭제하는 걸 아까워하면 안 됩니다. 저는 정말 많이 지웠을 땐 몇십만 자를 날려 본 적도 있습니다. 시간을 굉장히 많이 낭비했지만 지금도 그때 결정을 후회하지는 않아요.

물론 가장 좋은 건 애초에 수정할 일이 없는 것입니다. 그런 의미에서 시놉시스를 써 놓고 시작하면 집필에 큰 도움이 됩니다. 최소한 옆구리 터질 일은 없거든요.

운동은 하루도 거르지 말고
악플은 하루도 보지 마라

작가로서 살아남으려면 운동! 운동을 해야 합니다. 꼭 해야 합니다. 따로 작업실을 차리거나 카페에 나가 글을 쓰지 않는 이상 전업작가는 집에만 틀어박혀 있기 마련인데, 먹고 자는 시간을 제외하고 꼬박 의자에 앉아 있다고 생각해 보세요. 살찝니다. 그리고 체력이 떨어집니다. 관절에도 이상이 생깁니다.

작가로서 살아남기 위해서가 아니라, 사람으로 살아남기 위해서 반드시 운동을 해야 합니다. 하루 최소 30분의 산책. 건강검진 때 의사 선생님 앞에서 죄인이 되지 않으려면 선택이 아닌 필수입니다.

그리고 이건 작가로서 작가에게 하는 이야기입니다만……. 만약 본인이 9개의 재밌다는 리뷰보다 1개의 재미없다는 리뷰를 신경 쓰는 타입이라면, 굳이 독자들의 리뷰(연재창의 댓글, 이북 플랫폼의 리뷰)를 찾아보지 않길 권해 드립니다. 한번 보고 나면 머릿속에서 지울 수 없으니까요.

아무리 필력이 뛰어난 작가라도 10명이 다 만족하는 글을 쓰는 건 불가능합니다. 여러분이 얼마나 글을 재밌게 쓰든 재미없다는 리뷰는 나올 수밖에 없어요. 꼭 피드백을 얻고 싶다면 지인에게 부탁해서 부족한 부분을 보완할 수 있는 의견만 정리해 달라고 하세요.

재미없다를 무시하고 재밌다는 의견만 보면서 역시 난 천재야!

역시 난 글을 잘 써! 하고 차기작 집필의 원동력으로 삼을 수 있다면 상관없습니다만, 하나의 불호 의견을 며칠이나 곱씹으며 우울해질 것 같으면 애초부터 보지 않는 게 낫습니다. 이 자괴감이 심해지면 글을 쓰지 못하는 상태에 이를 수 있거든요.

전업 작가로 살아남기
세금, 보험료, 시간 투자도 생각하라

어느 정도의 수입을 갖추어야 전업 작가가 될 수 있느냐. 이건 개인의 기준에 따라 다르다고 생각합니다. 최소 자신이 쓰는 만큼은 벌어야겠지요. 노후를 대비해 어느 정도 저축할 수 있는 여유분까지 포함해서요.

그리고 작가로서 돈을 벌기 시작했다면 이제 종합소득세와 국민연금, 건강보험료를 염두에 두셔야 합니다. 특히 집과 차를 소유하고 있다면 상승률이 어마어마합니다. 내가 숨만 쉬어도 통장에서 빠져나가는 돈이 어느 정도가 되는가? 이를 계산해 보고, 신간을 출간하지 않아도 구간만으로 통장에 들어오는 돈이 자신이 정한 기준 이상으로 일정하게 유지된다면 전업을 고민하셔도 될 것 같습니다.

애석하게도 이 시장엔 바닥이 없습니다. 이 정도 분량을 써서 출간을 했을 때 최소 얼마 이상을 번다, 하는 기준이 없어요. 몇십만 자를 써서 1억을 버는 게 가능하기도 하지만, 똑같은 글자 수로 몇만 원밖에 못 벌 수도 있습니다. 작가들 사이에서 농담조로 하는 말이 있어요. 나 이번에 치킨값, 커피값 벌었다. 이거, 농담'조'지 농담이 아닙니다. 책 한 권 내서 몇만 원, 몇천 원밖에 못 벌었단 뜻이에요.

최근엔 소설을 써서 억대 연봉을 번다는 기사를 찾아보기 쉽습니다만, 사실 어느 직종이건 많이 버는 사람들은 다 그만큼 법니다. 당연히 쉽지 않은 일이에요. 1억 버는 사람이 1명이면 백만 원도 못 버는 사람이 100명은 됩니다. 너무 높은 곳을 바라보고 시장에 뛰어들면 분명 실망하실 거예요.

처음에는 취미로 시작하세요. 나는 전업 작가가 될 거야! 이런 생각으로 글을 쓰실 거라면 금전적인 여유가 있는 상태에서 시작하시길 바랍니다. 글을 써서 계약하고 원고를 완성해서 출간한 뒤 정산을 받기까지 생각보다 오래 걸리거든요. 저 같은 경우엔 첫 작품을 쓰기 시작해서 출간 후 정산 받기까지 약 1년이 걸렸습니다. 출간 작업을 여러 번 반복하다 보면 이 기간은 갈수록 줄어들긴 합니다만, 이 과정에서 벌어들이는 수익이 적을 수 있다는 가정을 하고 대비를 해서 전업을 준비하시길 바랍니다.

일단은 자신이 어느 정도의 노력으로 어느 정도의 수익을 올릴 수 있는지 평균부터 가늠해야 합니다. 10만 자만 써서 몇천만 원의 수익을 올릴 수 있다면 1년에 10만 자만 써도 충분하지요. 하지만 그렇지 않다면 많이 써야 하고요.

물론 전작으로 백만 원의 수익을 올렸다고 해서 차기작을 냈을 때 또 백만 원을 벌 수 있는 건 아닙니다. 그래도 종 수가 쌓이면 달마다 구작 판매만으로 어느 정도의 수입이 들어옵니다만, 이 역시 영원하진 않습니다. 신작을 출간하지 않으면 차츰차츰 잊힐 테니까요. 저 역시 최소 1년에 1종씩은 출간하려 노력하고 있습니다. 계속해서 종 수를 늘린다면 전업 작가로서의 목표에 더욱 가까워질 수 있겠지요.

현대 로맨스의 매력
우리 일상의 달콤함

현대 로맨스의 강점은 뭐니 뭐니 해도 독자들의 이입과 상상이 쉽다는 점이겠지요. 학교면 학교, 캠퍼스면 캠퍼스, 회사면 회사. 현대 로맨스에서 주로 쓰이는 이야기의 배경은 말 그대로 우리 일상의 한 부분이니까요. 작가가 세계관을 설정하고 설명하고, 독자가 새롭게 이해할 필요가 없다는 점에서도 무척 편하다고 생각합니다.

만약 제가 로판을 쓴다고 하면 일단 이야기의 무대가 되는 나라의 지리적 배경, 그 나라의 역사와 이웃 국가와의 관계, 사람들의 기본 정서와 종족, 신분, 기타 등등 크고 작은 것들을 설정하는 것부터 시작해야 할 겁니다. 그리고 이 부분을 최대한 지루하지 않게, 이해하기 쉽게 독자에게 설명해야 하고요. 하지만 현대를 배경으로 하는 로맨스는 그냥 서울이라고만 설명하면 깔끔하게 끝이 나지요.

그리고 또 가볍게 예를 하나 들자면,

"미안, 이번 주 데이트는 취소해야 할 것 같아. 주말에 갑자기 ○○이 랑 친선경기가 잡혔거든."

"지면 다음 주 데이트도 취소야. 죽을 각오로 해."

남주와 여주가 이런 대화를 나눈다고 가정했을 때, ○○에 일본 을 한 번 넣어 보고, 페르칸을 한 번 넣어 보세요. 페르칸이 어디냐 고요? 로판을 쓰기로 결정했다면, 여러분이 독자에게 설명해야 하는 곳입니다. 그 나라가 어디에 있는지, 주인공의 모국과 어떤 관계인 지, 국민들은 서로를 어떻게 생각하는지 등등 소설에 필요한 이야기 전부를요.

더불어 현대 로맨스는 서양 판타지나 동양물, 시대물에 비해 단어 선정이 아주 자유롭다는 것 역시 큰 강점 중 하나라고 생각합니다. 동양물이나 시대물에선 영어나 아라비아 숫자가, 서양 판타지에서 는 속담이나 사자성어 같은 것들이 제한되는 것과 다르게 말입니다. (예: 누워서 떡 먹기. 양반, 영감 등.)

만약, 현대 로맨스 중에서도 로맨틱 코미디를 쓴다면 유쾌한 분위 기를 조성하고 독자들로부터 웃음을 끌어내기 위해 신조어나 유행 어를 쓸 수도 있겠네요. 그러나 지나친 남용은 권장하지 않습니다. 유행어는 시간이 조금만 지나면 유치하게 느껴져서 몰입을 깨뜨릴 수 있거든요. 잠깐 팔고 내릴 게 아니니 몇 년 후에 봐도 괜찮도록 글을 써야 합니다.

매력적인 남녀 주인공
사랑스러운 그들의 비밀

남주인공과 여주인공이 가져야 할 주요 특징 중 하나를 말하자면, 두 사람 중 한 명이 정신적으로든 물질적으로든 무언가 결핍을 지니고 있는 경우 상대방은 그 조건 하나만큼은 넘치게 갖추고 있어야 합니다.

이는 자신이 갖지 못한 걸 가진 상대방에게 끌리는 요소가 되기도 하지만, 서로가 서로를 이해하지 못해 충돌하는 요소가 되기도 합니다. 이를 적용한 클리셰 요소로는 부유하지만 불행한 가정에서 자라난 남자와 가난하지만 화목한 가정에서 자란 여자가 있겠네요.

여기서 중요한 건 남주인공의 결핍은 유일하거나 적어야 한다는 겁니다. 한마디로, 가진 게 많아야 합니다. 만약 남주인공이 가진 게 적다면, 이야기가 시작되는 시점에서 남주인공의 매력으로 제시되는 장점이 무조건 하나는 있어야 합니다. 남자 캐릭터가 떼로 나오는 와중에도 군계일학처럼 '아, 얘가 남주네.' 하고 독자의 시선을 확 끌어당기는 그런 매력을요.

반대로 여주인공은 가지지 말아야 하는 게 있습니다. 바로, 독자들이 눈살을 찌푸릴 요소입니다. 쉽게 말해 여주인공을 밉상으로 만들면 안 됩니다. 비도덕적이고 비윤리적인 행동을 해서는 안 돼요.

대부분의 로맨스에서 남주인공은 완벽하게 그려집니다. 그런 남자의 맹목적인 사랑을 여주인공이 받게 되고요. 적나라하게 표현하자면, 여주인공에겐 완벽한 남자의 사랑을 받을 만한 '특별함'이 있어야 합니다. 그런 부분이 없다면 독자들은 결국 의문을 가지게 될 겁니다. '남주처럼 다 가진 애가 왜 얘를 좋아해?'

기억을 잃은 남주인공이 처음과 다른 상황에서 여주인공을 만난다 하더라도 다시 그녀에게 반할 것인가? 자신 있게 그렇다고 대답할 수 있다면 여주인공의 캐릭터는 완성되었다고 봅니다. 사실 로맨스라는 장르는 남주가 왜 여주를, 여주가 왜 남주를 사랑하는지 독자들을 납득시키는 장르라 해도 과언이 아니거든요.

그럼 캐릭터를 설정하는 과정 중에서도 특히 중요한, '현실적이면서도 이상적인 남주인공'을 만들기 위해 작가는 얼마나 과감해져야 할까요? 또 어디에서 절제해야 할까요?

유명한 말이 있지요. 영앤리치 톨앤핸섬! 남주인공이라면 외적인 조건은 다 갖춰야 합니다. 잘생기고 키 크고 돈 많고 몸 좋고 능력 있어야 합니다. 얘보다 잘난 놈이 있어서 남주 기죽는 일이 생기면 안 됩니다. 매력이 떨어지거든요.

남주가 여주인공 앞에서 약한 척하는 건 괜찮지만 진짜 약하면 안 돼요. 사장님 이사님 전무님 소리 들어가며 비서를 부려야 하지, 그 밑에서 비서로 일하면 안 됩니다. 만약 위로 회장님을 모시고 있다면 남주인공은 후계자로서 입지를 탄탄하게 다졌거나 다지고 있어야 합니다. 회장님이 남주인공을 신임하지 않으면 하극상을 일으켜야 하고요. 미래에는 결국 남주인공이 1인자가 될 거란 암시를 강하게 주어야 합니다.

이렇듯 남주인공에게 상사가 있다면 남주인공과 세대가 달라야 합니다. 연애적인, 능력적인 의미에서 남주인공의 라이벌이 될 수 있는 이가 남주인공보다 위에 있으면 안 돼요. 한마디로, 남주인공은 세상에서 제일 잘난 놈이어야 합니다. 잠깐 삐끗한다고 해도 여주인공이 남주인공을 달리 보는 에피소드로 쓰이고 넘어가야 하지(아, 이 사람도 힘들어할 때가 있구나……. 위로해 주고 싶어.) 계속해서 헛발질하면 안 됩니다. 남주인공이 못하는 건 오로지 하나, 여주의 마음 얻기여야 합니다.

여기에 오로지 여주 하나만 바라보는 사랑꾼 속성이 더해지면 더할 나위 없이 좋습니다. 요즘 괜히 조신남에 동정남, 순정남 키워드가 떠오르는 게 아니거든요. 물론 반드시 이런 키워드를 넣어야 하는 건 아닙니다. 남주에게 과거에 달리 사랑하는 여자가 있었다는 설정을 넣어도 돼요. 하지만 그에 관한 자세한 묘사는 지양하는 게 좋습니다. 독자들은 남주가 과거에 얼마나 가슴 아픈 사랑을 했는지 별로 알고 싶어 하지 않거든요.

이야기가 시작된 시점에서 다른 여자를 사랑하는 모습이 나오면 남주인공의 매력이 떨어집니다. 최소한 여주인공과 연을 맺은 시점에선 여주인공만 바라봐야 합니다. 과거의 사랑은 결국 비교군이 됩니다. 과거의 사랑이 빛나면 빛날수록 상대적으로 여주와의 사랑이 빛바래 보일 거예요. 독자의 머릿속에 '얘 아무리 봐도 죽은 첫사랑을 더 좋아하는 거 같은데.' 이런 생각이 들게 하면 안 됩니다.

남주인공이 멋있을 수 있다면 작가는 얼마든지 과감해져도 됩니다. 현실엔 이런 남자 없다? 그렇기 때문에 독자들은 소설을 보는 것입니다. 판타지를 충족하기 위해서요. 여주인공을 위함이라면, 막말로 남주인공은 사람을 죽여도 됩니다. (물론 개연성이 뒤따라야 합니다. 아무나 막 죽이면 큰일 납니다. 특히 현대 로맨스 장르에서는.)

어차피 우리가 쓰는 이야기는 허구니까요. 단 하나만 훼손하지 않으면 됩니다. '남주인공은 여주인공을 진심으로 사랑할 것.' 그 대전제를 지키는 선에서 과감해지세요. 이야기의 마지막에서 남주인공은 여주인공을 끌어안은 채 사랑의 멋짐을 모르는 너희는 불쌍하다고 주변을 비웃어 줄 정도로 중증 사랑꾼이어도 됩니다.

사랑에 빠진다는 것은
사람이 달라진다는 것

저는 사랑에 빠지기 전과 후를 비교해 사람이 어떻게 달라졌는지 묘사하는 일을 중요시합니다. 이전에는 절대 하지 않았던 행동을 사랑에 빠졌기 때문에 하게 되는 것, 그 변화가 크면 클수록 주인공들이 하는 사랑 역시 극대화된다고 생각하거든요.

당장 생각나는 예라면, 결벽증을 지닌 남주인공이 첫 만남에선 여주인공과 악수도 못 하다가 나중에는 흙투성이가 된 몸을 끌어안는다거나 하는 장면 같은 게 있겠지요. 이때 포인트는 남주인공이 그런 자신을 뒤늦게 알아차린 후에도 거부감을 느끼지 않는 것. 본인 역시 그런 스스로가 신기해 다른 사람(물론 남자여야 합니다)의 손을 만져 봤다가 구역질을 하는 등의 묘사가 들어가면 얘가 정말 여주인 공을 좋아하는구나, 하는 인상을 줄 수 있을 겁니다.

아니면 이런 것도 있겠지요. 작품 초반에 냉철한 얼굴로 찬바람 풀풀 풍기던 남주인공이 외전에서 어린 딸이 앞머리에 고무줄 묶어 준 차림새 그대로 아침밥을 만든다고 생각해 보세요. 절대 그런 모 습을 기대할 수 없었던 남자의 가정적인 변화를 많은 독자들이 환영 할 겁니다.

변화는 사소한 것이어도 괜찮습니다. 늘 무뚝뚝한 표정으로 있던 사람이 짓는 작은 미소 같은 거요.

흔히들 '캐붕'이라고 하지요. 독자로 하여금 '얘 원래 이런 애 아 니었는데.' 하고 생각하게 하면 반은 성공했다고 봅니다. 캐릭터의 변화를 독자들은 사랑에 빠졌기 때문이라고 받아들일 테니까요.

빠르게 변화하는 여성관, 앞으로 유의할 부분은

현대 로맨스에서 점점 더 중요해지는 건 여주인공의 주체적인 의 지입니다. 외부 압력으로 인해 여주인공의 의지가 꺾이는 일은 시련 으로 주어져 성장의 발돋움이 되어야 하지, 결말이 되면 안 됩니다.

현실에서 실제 여자들이 주로 겪는 부당한 사건을 소재로 삼았다면 여주인공은 반드시 승리해야 합니다. 그 과정에서 남주인공에게 도피하고 기댄다고 해도 종내에는 반드시 자신의 두 발로 일어나야 합니다. 승리하지 못하고 성장하지 못한 여주인공은 독자들을 판타지에서 현실로 끌어내릴 테니까요.

로맨스 장르에서 사랑해서 결혼한 두 사람이 아이를 낳아 단란한 가정을 꾸리는 건 흔하디흔한 해피엔딩입니다. 그 이면의 어려움과 고통은 굳이 묘사하지 않습니다. 하지만 독자들은 소설에 묘사되지 않은 점을 상상해서라도 이입합니다. 겪었던 일이고, 겪고 있는 일이고, 겪게 될 미래니까요.

본편에서는 대단한 커리어를 지니고 있던 여주인공이 외전에서는 임신, 출산, 육아 때문에 일을 그만두고 집에 있는 걸 보면 무척 안타까워하겠죠. 현실에서 경력이 단절되는 여자들이 무척 많으니까요.

남주인공을 사랑하기 때문에. 그 이유로 여주인공이 포기하게 되는 것이, 현실에서 수많은 여자들이 어쩔 수 없이 포기하고 마는 것과 겹치지 않도록, 만약 그렇게 된다면 독자들이 현실로 튕겨져 나가지 않도록 무척 아름답게 포장하는 것이야말로 작가가 해결해야 하는 과제라고 생각합니다.

●

새로운 이름을 짓고 이야기를 만드는 일은 늘 설렌다.
글을 사랑하는 모두가 즐거운 글 안에서,
언제나 행복하게 살았으면.

홍유라

결혼식장에서 남편을 바꿨다, 나유타, 나의 마지막 공주를 위하여 등

교실 책걸상에 앉아 펼치던 상상의 나래

어린 시절 제가 동경했던 문학 작품 속 주인공은 〈그린 게이블스의 앤〉의 '앤'과 〈작은 아씨들〉의 '조'였어요. 모두 상상력이 풍부하고, 스스로 창조한 이야기를 세상에 내보이고 싶은 욕구가 있는 주인공들이죠. 평범하지 않은 방식으로 상상하고 또 그 상상력을 통해 온갖 기발한 이벤트를 만들어 내는 주인공들처럼 되고 싶었어요. 물론 그녀들의 기발한 상상력이 때론 엉뚱한 사고로 이어지곤 하지만 세상을 바꾸는 아이디어는 본디 이런 상상력에서 출발하는 거잖아요. 누군가 달에 가는 상상을 했으니, 실제로 달에 발자국을 찍게 된 것처럼요.

그러다 보니 저도 늘 머릿속이 분주했어요. 학교든 학원이든 수

업 시간이면 펜을 쥐고 가만히 앉아는 있는데, 몸은 교실에 있는 채로 머릿속은 온갖 작품들 속을 떠돌아다녔어요. 예를 들어 읽고 있던 작품의 주인공이 되어 대사를 친다거나, 새로운 주인공을 상상하면서 작품을 다른 방식으로 이끌어 가는 식이었죠.

그러다 보면 가끔 표정 관리가 잘 안 되어서, 수업하던 선생님께서 무섭게 너 왜 갑자기 웃느냐고 그러신 적도 있어요. 생각해 보면 선생님 입장에서는 제가 좀 섬뜩했을 것도 같아요. 수업에 집중하기는커녕 항상 딴생각만 했으니 무척이나 죄송한 일입니다.

유년 시절 내내 에이번리의 초록 지붕 집에서 살고, 상상 속의 자매들과 복닥거리고, 인디언 남자와 사랑에 빠지고, 해적에게 붙잡혀 해적선 위에 올라타고 있다 보니 자연스럽게 저는 스스로 커서 작가가 될 거라고 여겼어요. 다른 사람의 이야기도 몹시 즐겁고 재미있지만, 저만의 이야기를 만드는 사람이 되고 싶은 욕망이 생겼거든요. 제가 수없이 많은 주인공들의 삶을 함께 살며 울고 웃었듯이, 제 글을 통해 누군가 함께 여러 감정을 공유해 준다면 그토록 기쁜 일이 없겠다고 생각했어요.

사실 꿈은 그냥 꿈인 거고요. 저는 제가 현실적으로 이름을 걸고 이렇게 오래 글을 쓸 수 있을 거라고는 미처 예상하지 못했어요. 글이 좋아서 대학 전공도 관련 학과를 선택했지만, 제가 한창 작가의 꿈을 키워 가고 있던 시기는 지금처럼 웹소설이 하나의 장르로 자리매김한 때가 아니었기에 일부 유명한 분들을 제외하면 기본적으로 작가란 배고픈 직업이라는 인식이 팽배했거든요. 오히려 학창 시절에는 원 없이 글을 썼는데, 막상 학교를 졸업하고 나니 현실적인 부분을 고려하지 않을 수가 없었어요. 내가 과연 글로 먹고살 수 있나? 하는 이런 문제요. 주변의 반대가 있기도 했고요.

그래서 저는 아예 전혀 다른 분야로 취업을 했었어요. 새벽에 출근하고 밤늦게 퇴근하느라 글을 쓰지 못한 공백기도 몇 년 되었고요. 그런데 꿈을 잃지 않고 있으면 언젠가는 기회가 오나 봐요. 가끔 세상에는 놀라운 일이 벌어지더라고요. 어떻게 오늘에 이르렀는지를 돌이켜 보면 저도 솔직히 신기하다는 느낌이 가장 먼저 들어요.

하루아침에 갑자기 회사를 그만두게 되어서, 텅 비어 버린 시간에 대체 뭘 해야 할지 우왕좌왕하다가 오래전에 썼던 습작을 손봐 올렸는데 글을 읽어 주신 분들 가운데 온전히 호의만으로 저를 도와주고 싶어 하신 분들이 나타나신 거예요. 그 작품이 저를 전업 작가의 길로 이끌어 준 〈나유타〉입니다. 정말 예상 밖의 계기로 제가 원하는 직업을 갖게 되었어요.

몇 년이 흘렀지만, 저는 여전히 필요한 순간 제게 마침맞게 와 주신 당시의 인연들에 무척 감사하는 마음입니다. 그분들이 아니었다면 전 아마 또 다른 회사에 취업해 작가와는 거리가 먼 삶을 살아가고 있었을 테니까요. 더불어 제게 과거의 습작들이 없었다면, 또 상상할 수 있는 힘이 남아 있지 않았더라면, 기회가 왔더라도 불가능을 가능의 영역으로 바꾸지 못했을 거예요.

지금 저는 작가로서 완성된 사람이라고는 결코 말할 수 없고, 아직도 많이 배워 가야 하는 입장이에요. 그래도 이왕 작가가 되었으니 제 목표는 여전합니다. 가능한 한 오래오래 계속해서 제 이야기를 만들고, 제 이야기를 표현해 줄 주인공들을 만들어 세상에 내보내고 싶어요. 저는 아직도 매일매일 상상 속에서 살거든요. 길을 걷다가, 책을 읽다가, 텔레비전을 보다가, 혹은 잠들기 직전까지도 늘 무언가를 상상하고 있어요. 현실과 비현실에 한 발씩 걸친 상태로 살아갑니다.

더불어 제 이야기들이 독자님들께 사랑받을 수 있다면 더할 나위 없을 거예요. 홍유라, 하면 딱 떠오르는 작품을 만드는 것, 독자님들께 각인될 만한 글을 쓰는 것이 제가 앞으로 이뤄 가야 할 꿈이에요.

한 장면에 벼락처럼 꽂히다

굉장히 차곡차곡 글의 기승전결을 계획해서 쓰는 작가님들이 많은 것으로 알고 있는데요. 그분들에 비하면 솔직히 저는 좀 무계획적으로 글을 쓰는 편이에요. 일단 제대로 된 시놉시스가 없다는 점이 그렇습니다. 회당 트리트먼트도 써 본 적이 없어요.

출판사에 투고를 하실 때 일목요연하게 기승전결을 정리해서 보내는 작가님들이 상당수라는 이야기를 듣고 아이고 이게 웬 망신이냐, 하고 생각했었어요. 제가 원고와 같이 보내는 시놉시스는 정말이지…… 부끄러워 말을 이을 수가 없네요.

그래서 제가 작품을 구상하는 방법에 대해 서술해 보자면, 저는 보통 어느 한 장면에 벼락처럼 꽂혀서 시작해요. 머릿속을 스쳐 간 그 한 장면을 구현하기 위해서, 그러면 이전까지는 어떤 사건들이 이어졌기에 이런 일이 벌어졌을까, 또 이 장면 이후에는 어떤 일이 벌어질까를 상상해요.

이 작업이 글을 쓰는 내내 이어져요. 미리 다 구상하고서 글을 쓰지 않는 이유는, 저는 언제나 계속해서 고민하고 상상할 여지가 있을 때 즐겁거든요. 이 주인공들이 앞으로 어떤 일을 겪게 될지, 이 사건은 어떻게 해결하게 될지, 주인공들의 옆에서 같이 막막해하고 걱정하고 힘들어하면서 글을 쓰다가 어느 날 딱 해결되면 기분이 좋더라고요. 또 주인공들의 생명력이 전혀 생각지 못한 방향으로 이야기를 진행해 나가기도 하고요. 어떤 주인공은 처음 글을 쓰기 시작했을 때 '아, 얘는 죽겠다' 하고 예상했지만 작품을 진행하면서 악착같이 살아남더니 해피엔딩을 쟁취하기도 했어요. 최초에 추측했던 결말과 도달한 결말이 완전히 달라져 버렸죠. 그래서 저는 제 머리보다 주인공들의 의지를 믿습니다. 모두 자신이 행복해지는 방향이 어디인지를 저보다 잘 아는 존재들이에요. 그렇기에 제 상상이 끝나는 날은 작품이 끝나는 날과 같아요.

사실 글을 쓰는 방법에 있어서는 딱히 정답이 없다고 생각해요. 그저 자신에게 좀 더 맞는 방식이 있을 뿐이죠. 어떤 분은 미리 모든 이야기를 꼼꼼하게 준비해서 진행하는 방식이 맞는 한편, 또 저처럼 어느 정도 즉흥적으로 글을 쓰는 사람도 있는 게 당연하다고 봐요. 모두가 자신만의 방식으로 글을 쓰니까 세상에 이렇게 다양한 종류의 글이 존재하는 것 아닐까요?

다만 글을 쓸 때 가장 힘든 시기를 꼽자면, 초중반부예요. 이때가 상상하는 과정, 즉 주인공에게 생명력을 부여하는 초반 과정이라서 그런가 봐요. 이 작품의 주인공이 어떤 사람인지 제가 문장으로 묘사를 하기 전에 우선 납득을 해야 하는 부분이기 때문에 대부분 글의 초중반부가 가장 힘들고, 어느 정도 서사가 쌓여 글이 궤도에 올라가면 좀 나아지는 편이에요. 좀 나아지는 것이지 괜찮지는 않습니다. 글쓰기란 그냥 아주 힘든 시기와, 매우 힘든 시기와, 답답하게 힘든 시기가 번갈아 가며 왔다 갔다 하는 거니까요. 그러다 몹시 가끔, 어쩌다 한 번 접신을 해서 그래, 내가 쓰고 싶었던 게 이거야! 하고 신나게 쓰다…… 다음 날이면 다시 침몰하죠. 어제의 그분은 어딜 가셨을까, 하면서요.

앞에서 하나의 장면에 꽂혀 글을 쓰기 시작한다고 했는데, 장면은 곧 소재고요. 하나의 소재가 나오면 그 소재가 가장 어울릴 만한 배경을 선택해요. 그 배경이 서양이 되기도 하고 동양이 되기도 하고, 때로는 현대가 되기도 해요. 딱히 배경에 구애받지 않으려는 편입니다.

그다음은 캐릭터예요. 보통 상상한 장면 속에서 등장인물의 성향이 얼마간 표출되어 있으니까, 이제 과거와 미래를 상상하며 이 인물이 어떤 사람일지 살을 조금씩 덧붙이는 거지요.

제일 많은 수정 작업이 이루어지는 부분이 여기예요. 쓰다가 '어, 얘는 과거의 상처로 트라우마가 있는데, 너무 자신감 넘치는 대사를 하면 오류가 아닌가?' 하며 뒤엎는 경우가 생겨요. 그러면 다시 캐릭터를 가다듬습니다.

일종의 시행착오라면 시행착오지만 결과적으로는 필요한 시행착오예요. 여러 가닥으로 상상하고 가다듬으면서 인물의 성향이 제 안에서 더 명확해지거든요.

이렇게 글로 나열하니 나름대로 무언가 계획하면서 쓰는 것처럼 보이지만, 실상은 어렴풋한 스케치만 가지고 무작정 쓰는 쪽에 가깝습니다. 무엇이든 쓰고 있다 보면 차츰 시간이 지날수록 그 인물들의 세계가 조금씩 또렷해져요. 저는 옆에서 그들의 세계를 흘끔흘끔 들여다보는 위치에 서 있고요. 스케치가 어떤 그림으로 완성될지는 저도 끝에 도착해 봐야 알 수 있어요.

다만 저처럼 꼼꼼한 계획 없이 일부의 장면만으로 글을 쓰는 경우 가장 쉽게 빠질 수 있는 함정이, 글을 시작은 하지만 끝을 맺기는 어려울 수 있다는 거예요. 제가 단편 이상의 습작을 쓸 때 종종 겪었던 문제였거든요. 몇몇 인상적인 장면을 묘사하는 데는 강한데, 그 과정을 유기적으로 잘 엮어 가면서 결말을 짓는 힘이 부족하더라고요.

그래서 저는 항상 메모를 해요. 잘 때도 머리맡에 노트를 두고 자고요. 원고를 종종 복습하며 마인드맵처럼 이러한 사건을 겪었으니 여기서 파생될 수 있는 결말1, 결말2, 결말3…… 을 수시로 상상해서 적어 두고 있어요. 일찍 결말을 한정하지 않고, 나올 가능성이 있는 여러 종류의 결말을 두루두루 적어 보면서 주인공들이 자신에게 가장 잘 맞는 결말을 알아서 찾아가게끔 유도해요.

완성된 작품이 늘어나면서 이런 메모가 계속 쌓이고 있는데, 아주 나중에 예전 노트를 찾아서 들춰 보면 재미있더라고요. 와, 이런 결말을 잘도 피해 갔네 싶어서요.

글은 시작이 반이지만, 남은 절반은 글의 결말이 지어지면서 완성되는 거니까요. 부디 지치지 말고 끝까지 가세요.

필력은 체력, 체력은 필력
나만의 느낌을 위한 정진

글쓰기는 일단 체력 싸움이에요. 가장 중요한 건 체력입니다. 그 다음으로는 글에 집중할 수 있는 환경이고요. 저는 학생 때 글을 많이 썼다가, 대학을 졸업한 뒤 취업하고서는 몇 년 동안 통 글을 못 썼는데 글에 집중할 수 없는 환경이기 때문이었어요. 새벽에 출근해 밤늦게 퇴근하는 날이 많았거든요. 회사 일만으로 하루가 꽉 차서 집에 오면 쓰러져 잠들기 바빠 도무지 글을 쓸 시간이 나지 않더라고요.

이렇게 적어 보면 마치 회사가 빌런 같지만, 오히려 저는 회사를 다녔기 때문에 결국 오늘 이 순간 작가가 된 것 같아요. 글을 마음껏 쓸 수 있던 시절에는 잘 몰랐는데, 현생에 치여 글을 못 쓰게 되니까 정말 눈물 나게 글이 쓰고 싶었거든요. 아, 내가 이렇게까지 글 쓰는 걸 좋아했구나 하고 새삼 깨닫게 됐어요.

아마 지금 이 책을 읽는 여러분 대다수가 스스로에게 필요한 집필 환경이나 습관을 알고 계실 거예요. 어떤 분들은 카페 등의 백색 소음이 필요하실 테고, 또 어떤 분들은 혼자만의 공간이 필요하실 수도 있고, 노래를 듣는 분들도 계실 테고, 아무런 소음이 들리지 않아야 마음 편한 분들도 계시겠지요. 제 지인 중에선 한 시간이면 한 시간 두 시간이면 두 시간, 기한을 정해 딱 그 시간 안에 목표한 분량을 채우고 집으로 퇴근하시는 분도 계세요. 제가 본 사람 중 가장 효율적으로 일하는 분이세요. 정말 신기한데 그분은 그게 되시더라고요. 저는 부러워하기만 했습니다. 전 안 되거든요.

무엇이든 자기만의 습관을 가지고 있는 것이 무척 좋다고 생각해요. 특정 음악을 듣는 분들은 그 음악을 들으면, 특정 장소에 가시는 분들은 그 장소에 가면 글을 쓸 마음의 준비가 완료되는 거니까요. 일종의 루틴처럼요.

저는 하루의 목표를 세우고 계획에 맞춰 움직이는 사람은 아니어서, 눈뜬 직후부터 잠들기 직전까지 항상 원고를 켜 놓고 있어요. 따로 시간을 내서 글을 쓰는 게 아니라 글 쓰는 시간을 베이스로 두고 그 사이사이 제가 해야 하는 다른 일들을 끼워 넣습니다. 단시간에 다른 쪽에 눈 돌리지 않고 원고 작업만 하는 집중력이 없기도 해서요.

저는 매일 아침 운동을 하러 가는데, 원고를 쓰고 있다가 운동 갈 시간이 되면 다녀와요. 또 취미 생활도 군데군데 배치해 놓고요. 글을 쓰다 친구를 만나러 나가기도 하고, 글을 쓰다가 이런 일 저런 일을 한 후 다시 글로 돌아오곤 합니다.

하루의 작업 분량은 늘 편차가 커서 거기에 너무 스트레스를 받

홍유라

지 않으려 해요. 늘 '오늘 쓸 수 있는 만큼만 쓰자'가 목표입니다. 억지로 분량을 채워 봐도 나중에 다시 읽었을 때 마음에 들지 않으면 도로 삭제하게 되더라고요. 그럴 바에는 조금을 써도 마음에 들게 쓰는 편이 저에게는 좋았어요. 정말 안 써지는 날은 단 한 문장만 쓴 적도 있고요. 아주 드물지만 잘 써지는 날은 두 편 가량의 분량을 써본 적도 있어요. 잘 써야 온종일 두 편 가량이니 저는 절대 글을 쭉쭉 잘 뽑아내는 작가는 아닙니다.

하지만 글이 안 나오는 날에도, 안 써지면 그간 썼던 부분을 읽어보는 식으로 글에 대한 감각만큼은 놓지 않으려 해요. 감각을 놓쳐버리면 작품으로 되돌아오기가 힘들어서요.

마지막으로 작품의 영감에 대한 이야기를 할게요. 우선은 일상생활 중에 어떤 생각들이 단편적으로 떠오를 때가 있어요. 꿈을 꾸다가, 길을 걷다가, 영화를 보다가, 친구와 수다를 떨다가, 불쑥불쑥요. 그럼 얼른 메모로 남겨 놔요. 특히 저는 꿈을 좋아해요. 인상적인 꿈을 꾸면 일어나서 잊기 전에 얼른 메모해 놓고 다시 잠들기도 해요. 이렇게 조각조각 모은 메모들은 나중에 다시 봐서 쓸 만한 부분이 있다 싶어지면 그 부분들을 또 따로 추려 놓아요.

나올 수 있는 아이디어는 세상에 다 나와 있다고 하지만, 이 아이디어의 뼈대에 살을 덧붙이면서 자신만의 개성을 부여하는 것이 작가의 역할이니까요. 저는 제 글에 언제나 저만의 느낌이 있기를 바라고 있어요.

작품의 위기 탈출
개운한 책임감을 아시나요

슬럼프에 관해선 정말, 저야말로 어떻게 해야 하나 고민할 때가 많아요. 솔직히 365일 중 대부분을 슬럼프와 함께 보내거든요. 즉흥적으로 작품을 쓰는 습관이 가져오는 가장 최악의 단점이에요. 글을 놓고 쉬자니 손 느린 저를 워낙 잘 아니까 불안해서 그러지도 못하겠더라고요. 그리고 저는 단 한 번도 제 글에 확신을 가져 본 적이 없어요. 아 이번에는 좀 괜찮게 뽑혔나 싶다가도 세상 다시 없는 불안과 의심이 밀려오더라고요.

한데 저는 이 불안과 두려움, 의심이, 보다 나은 방향으로 발전해 나가고 싶기 때문에 만들어지는 감정이라 생각해요. 글에 대해 계속 고민한다는 증거니까요. 저는 글쓰기가 어린아이나 동물을 키우는 것과 닮았다고 느낄 때가 종종 있어요. 물론 출산, 육아의 고통과 비교하려는 건 아니고요. 제가 판단하고 각오한 것과 달리 마음처럼 통제가 되지 않는다는 점에서요. 부모님도 저를 키우면서 끊임없이 불안하고 의심스러우셨을 거예요. 종종 예상치도 못한 난관에 부딪혔을 테고요. 하지만 저는 결국 어른이 되었지요.

작품의 위기 또한 글과 작가가 서로 잘 맞춰 가는 과정 중의 하나일 거예요. 그리고 작품은 보다 나은 어른이 되겠죠. 하여 부모가 자식을 책임감 있게 키우듯이, 저도 글을 쉬이 포기하지는 않습니다. 저는 부족한 점이 참 많은 작가이긴 한데, 그래도 하나 제 장점이라 생각하는 부분이 있다면 진득하게 잘 앉아 있어요. 원고가 나오든, 나오지 않든, 컴퓨터 화면 쳐다보면서 몇 시간을 보내요. 어떻게든 글이 풀릴 때까지 시간을 끊임없이 쏟아부으면서 하루 한 줄이라도 쓰려고 노력해요. 하루 한두 줄이라도 쓰면 그게 모이고 모여 한 페이지, 한 챕터, 언젠가는 한 작품까지 되더라고요.

어떤 날은 원고 앞에 꿋꿋이 앉아 있다 보면 해결이 되지만, 또 어떤 날은 기분의 환기나 아이디어가 필요하기도 하거든요. 그러면 잠깐 나가 산책을 하거나 샤워를 합니다. 특히 샤워가 의외로 효과가 좋아요. 흔히 샤워를 하면 개운하다고들 표현하잖아요. 이 개운이 개운開運(운이 트임)하고도 닿아 있어서, 확실히 뭔가 확 트이는 기분이 들어요.

지금 작가 지망생이라면 이미 글은 생활이 되셨을 거라 생각해요. 저도 그랬거든요. 지금도 글 쓰는 걸 무척 좋아하지만, 솔직히 좋아하는 만큼 힘들어요. 그런데도 글을 안 쓰는 게 더 괴로워서요. 의지의 문제를 떠났어요. 정말 심하게 힘들었던 시기에는 글이 천형天刑이라고 일기에 썼더라고요. 글은 제가 상상을 멈추지 않는 한 평생 짊어지고 가야 하는 업으로 느껴집니다.

그래서 저는 힘들어도 글을 계속 쓰시게 될 것이라는 말씀밖에 드릴 수가 없어요. 무언가 문제가 생겨 잠시 떠나시더라도 글을 써본 사람들은 결국 언젠가 다시 돌아오게 되어 있거든요.

계속 위기에 관해 이야기를 했는데요. 슬럼프가 작가 개인의 위기라면 작품 내적의 위기도 있죠. 작품 내에서 설정 오류가 나와 잘 쓰고 있던 내용을 완전히 뒤집어엎어야 할 때……. 사실 저는 아직 이런 경험을 해 본 적이 없어요. 보통 작품 후반부에 접어들면 이미 제 안에는 세계관 자체가 확고하게 정립되어 있거든요. 이야기를 진행하면서 하루하루 상상해 온 무수히 많은 미래 중 가장 나은 미래라고 느껴진, 혹은 주인공들의 의지로 선택된 결과가 차곡차곡 쌓여 만들어진 내용이라서요. 물론 부족한 부분이 많은 글임은 알지만 이미 제가 가진 능력치에서 나올 수 있는 최대한이라, 부분 부분의 사소한 문장 수정이면 모를까 글 전체의 설정을 뒤엎는 건 초중반부에서 이미 몇 번이나 하고 넘어온 뒤예요. 초중반일 경우에는 문제가 생기면 뒤엎습니다. 여러 번 고쳐서 써요. 어떤 글은 아예 다른 장르가 어울리겠다 싶어서 새롭게 쓰기도 했었고요. 최근 작품에서도 캐릭터의 문제로 두 번인가 세 번을 수정하기도 했어요.

하지만 만에 하나라도 후반부에 다다른 상태에서 초중반 내용 수정이 필요한 상황과 마주치게 된다면, 저는 아무래도 현실적인 부분을 가장 먼저 고려할 것 같아요. 이를테면 역시 마감이죠. 만약 마감까지 시일이 많이 남아 있고, 출간 일정이 정해지지 않았을 경우에는 담당자님께 솔직하게 말씀을 드리고 수정할 수 있는 시간을 더 얻을 수 있는지 논의할 거예요. 혹은 이미 만들어진 틀 안에서 오류를 내지 않고 설정을 새로이 보완해 글을 완결 지을 수 있을지 다각도로 검토하고요. 아마 이 방향을 가장 우선으로 할 거예요. 담당자님이나 주위 믿을 만한 분께 조언을 구하기도 하고요. 글을 쓰는 당

사자인 작가는 아무래도 글이 진행되면서 하나의 시각에 매몰되기가 쉬운데, 그분들은 제삼의 관점에서 새로운 해결책을 제시해 주시기도 하거든요.

하지만 꼭 수정해야 하는 오류가 있고 미루지 못할 출간 일정까지 잡혀 있다면 당장은 일정에 맞추어 완결을 내는 것이 중요하다는 생각을 하겠죠. 출간 후 대대적으로 수정을 하는 한이 있더라도요. 몹시 고통스러운 마감이 되겠네요. 상상만으로도 무척 괴롭습니다. 이런 일은 가능하면 저에게도, 다른 분들에게도 생기지 않았으면 좋겠어요.

묵묵하게 차곡차곡
웹소설 작가로 살아남기

아무래도 가장 많은 분들이 궁금해하시는 게, 이렇게 많은 작가들이 있으면 그 작가들이 다 생활을 유지할 만큼의 수입을 얻느냐일 텐데요. 이건 정말 어려운 문제예요. 유명한 분들은 유명한 나름대로, 또 저처럼 어중간한 작가들은 어중간한 대로 고민이 많은 게 바로 이 지점이 아닐까요?

프리랜서가 정말 힘든 건 꾸준하고 규칙적인 생활이 보장되지 않는다는 거예요. 회사 생활이 아무리 괴롭다 해도, 회사는 문제가 생겨 그만두게 되면 제도적으로 실업 급여가 있으니 당장 숨이 확 막히는 기분은 덜하거든요.

그런데 작가는 말 그대로 수입이 갑자기 뚝 끊겨요. 당장 다음 달의 수입도 얼마인지 알 수가 없고요. 작품마다 편차도 극심해서 제 작품들끼리도 매출이 거의 열 배씩 차이가 나요. 쓰는 동안엔 전혀 모르겠어요. 다 쓰고 시장에 나와 봐야 알아요. 그렇다고 어떤 작품을 더 열심히 혹은 덜 열심히 쓴 것도 아니거든요. 쓰는 동안에는 모두 진심으로 썼는데 결과는 언제나 제각각이에요.

저는 목표 매출을 얼마로 잡아라, 혹은 매출이 얼마 이상이면 전업을 해도 된다, 이건 타인이 함부로 제안할 수 없다고 봐요. 사람마다 생활 방식과 생활에 필요한 소득이 다 천차만별이니까요. 그리고 그 소득이 일시적으로 충족됐다고 해서 지속적으로 이어지리란 법도 없고요. 전 작품이 그럭저럭 괜찮은 성적을 냈는데 다음 작품은 폭망하는 케이스도 저는 심심찮게 겪고 있습니다.

모든 작가에게 로또 같은 대표작이 있다면 참 좋겠지만, 그런 분들은 솔직히 극소수에 불과해요. 어느 직업이든 이름이 알려진 최상위권의 사람들은 그분 자체로 하나의 브랜드가 되죠. 하지만 사실 그 아래에 알려지지 않은 사람들이 훨씬 많아요.

작가도 똑같아요. 저는 상위권 작가가 아니기 때문에 안정적인 전업 작가로 가는 길에 대해 여전히 많은 고민과 걱정이 있습니다. 당장은 작가로 글을 쓰고 있어도 아직 배워 나가야 하는 게 정말 많기도 하고요. 혜성처럼 등장해서 첫 작부터 이름을 딱 알리는 작가님도 계시긴 하지만, 이런 분들은 몹시 드물잖아요.

홍유라

저는 복불복의 작품을 느릿느릿 한 종씩 뽑아내면서 종 수를 쌓아 오고 있는 작가고, 또 저와 같은 분들을 위해 이 입문서가 제작되고 있다고 생각하기 때문에 제 입장에서 말씀드리자면, 이 직업은 묵묵하게 쓰면서 완성된 작품들이 차곡차곡 쌓여 제 바탕을 받쳐 줄 때까지 버티는 수밖에 없다고 생각해요. 그리고 작품이 쌓이는 동안은 워낙 출간 스케줄에 따라 월의 편차가 크기 때문에, 매출이든 출간 목표든 월 단위로 설정하기보다는 한 해나 종 수 기준으로 설정하시는 편이 편할 거예요.

더불어 작품은, 당연한 얘기지만 누구나 가능하다면 힘이 닿는 대로 많이 내는 편이 유리하긴 합니다. 어떤 작품이 좋은 결과를 낼지 모르는 상황에서는요. 저도 속도가 워낙 느려서 그렇지 쓰기는 매일매일 아주 조금씩이라도 쓰려고 노력하고 있어요. 앞에서 말했듯이 하루 몇 시간, 몇 자라는 구체적인 목표 설정은 없어도 기본 베이스로 늘 원고를 보고 있다가 사이사이 다른 스케줄을 끼워 넣는 식으로요.

매년 연말이면 신년 희망 출간 목표를, 그리고 그 한 해 동안 집필한 분량을 정산해 보곤 하는데요. 대체로 평균을 내 보면 목표는 한해 2, 3종의 작품을 출간하려고 하는 편이고 70~80퍼센트 정도 성공하는 것 같아요.

이렇게 쓰니 마치 저의 하루 대부분이 글에 얽매여 있는 듯한 느낌이네요. 이게 틀린 말은 아니지만요. 사람이 어느 하나의 일에 너무 오랜 시간을 몰두해 있으면 지치거든요. 스트레스도 많이 받고요.

그래서 오랫동안 작가로서 글을 쓰려면 자신만의 스트레스 관리법을 가지고 있는 게 무척 중요하다고 생각합니다.

저는 많은 취미 생활을 거쳐 왔어요. 책과 향수 등의 물건 수집, 뮤지컬 회전문 관람, 여행 가서 혼자만의 시간 보내기, 일출과 일몰 보기, 운동하기, 공부하기(딱히 지식과 관련되지는 않아요. 보통 세상살이에 그다지 쓸모 있지 않은 것들을 공부합니다), 악기 배우기 등등이요. 이 중에선 진작 그만둔 것도 있고, 지금까지 계속하는 것도 있고, 새로 시작한 것도 있어요. 물건을 수집하는 건 가치관의 변화로 그만뒀지만, 그 외에도 무언가를 만든다거나 요리를 하는 등 생산성 있는 취미 생활의 종류는 무궁무진하니까요. 저는 취미 생활을 하시라고 꼭 권해 드리고 싶어요. 제 경우엔 매일 운동을 하고 악기를 배우고 있는데요. 오랫동안 글을 쓰다 보니까 글에서 완전히 벗어나 다른 분야에 집중하는 시간이 꼭 필요하다고 느꼈어요. 저희는 필연적으로 머릿속이 복작복작할 수밖에 없는 사람들이잖아요. 생각을 비우기가 쉽지 않은데, 이런 취미 생활을 갖게 되면 그걸 하는 동안은 취미에 집중하느라 몇 시간 동안 머릿속을 환기시킬 수 있거든요. 또 무엇이든 배워 두면 언젠간 다 쓸모가 있더라고요.

특히 운동은 정말로 필수 불가결한 요소라 생각합니다. 건강 관리의 측면에서라도요. 오래 앉아 있으면 손목이 나가고 허리가 나가고 목이 나갑니다. 저도 슬금슬금 나빠질 땐 잘 몰랐는데 어느 날 갑자기 확 악화되더라고요. 한 시간 앉아서 글을 쓰면 세 시간을 누워 있어야 할 정도로 아팠어요. 그래서 시작하게 된 운동이 어느새 햇수로 4년 되었습니다. 이때까지는 저도 제가 살기 위해서 운동을 챙겨 하는 날이 올 거라고는 상상도 못 했고요. 하도 움직이는 걸 싫어해서 숨이라도 쉬는 게 어디냐 싶었거든요.

글을 쓰려면 일단 건강해야 합니다. 건강하게 오래오래 해 먹어요, 우리.

로맨스 판타지 장르의 매력
무한한 자율성과 확장성

제가 장르 소설 안에서 습작으로 가장 먼저 쓴 작품은 판타지 소설이었어요. 한국인인 여자 주인공이 자신을 데리러 온 남자 주인공과 판타지 세상에 들어가 여행을 다니면서 점차 사랑에 빠지는 내용이었거든요. 당시에는 로맨스 판타지라는 장르로 분화되기 전이었는데, 만약 이 글이 지금 나온다면 로맨스 판타지로 분류되겠네요.

그땐 제가 어떠한 장르 소설을 쓰게 된다면 당연히 판타지가 될 거라고 여겼어요. 1세대 판타지 소설을 읽고 자란 세대이기도 하거니와, 제게는 글이 지루한 일상에서 벗어나 완전히 새로운 세계에서 숨 돌릴 수 있게 해 주는 도구여서요. 새벽부터 밤까지 학교에서만 보내다 보니 하루하루가 반복적이고 지겨워서 아예 비일상적인 소재에 매료됐었어요.

보통 현실적이지 않은 이야기를 접하면 사람들은 허무맹랑하다고 받아들이잖아요. 그런데 로맨스 판타지는 이야기를 풀어 나가는 데에 현실성이라는 제한 없이 말 그대로 작가가 하고 싶은 이야기를 무한정 풀어 나갈 수 있어요. 아무도 그 이야기에 대고 '이건 비현실적이다'를 논하지 않아요. 애초에 현실과 비현실을 구분하는 장르가 아니니까요. 주인공이 죽었다가 살아나도 아무런 문제가 없어요. 제가 첫손으로 꼽는 로맨스 판타지의 매력은 이 무한한 자율성과 확장성에 있습니다.

〈반지의 제왕〉을 쓴 톨킨은 전설, 신화를 집대성하여 판타지 소설의 기초를 세우고 작품 내 등장하는 종족들의 언어까지 직접 창작한 것으로 유명하잖아요. 독자의 관점에서 보면 대단한 천재구나 싶은데, 이렇게 모든 것을 작가가 원하는 대로 설정하고 창작하고 조율할 수 있는 점이 저는 판타지와 로맨스 판타지라는 장르가 가진 굉장한 장점이라 생각해요. 하나의 세계를 고작 손끝 하나로 태어나게도 하고 사라지게도 하니까요. 말하는 대로 이루어지는, 아니 쓰는 대로 이루어지는 장르가 바로 이곳입니다. 무엇을 상상해야 하지? 하고 고민할 필요가 없어요. 무엇이든 상상하셔도 돼요.

사람들을 행복하게 해 줄 이야기
로맨스와 판타지 둘 사이 어디쯤

상상력으로 태어난 장르에서 굳이 상상의 제한을 두고 싶지 않지만 서양, 동양, 현대 등 작중 배경에 따라 여러 장르로 세분화가 되어 있는 로맨스 판타지 내에서도 보편적으로 보다 폭넓게 사랑을 받는 장르가 정해져 있기는 합니다. 소재도 그렇고요. 비단 로맨스 판타지뿐만 아니라 다른 장르에서도 메인스트림은 존재하죠.

글을 오로지 자아실현의 도구로만 쓰기에 출간 후 어떤 결과가 나와도 초연할 수 있다거나, 혹은 타고난 취향이 대중의 기호에 부합하는 축복받은 분이시라면 이런 고민을 하실 필요가 없지만, 인기를 얻고 싶다거나 생활이 걸려 있다고 하면 이 문제는 좀 더 신중하게 접근해야 합니다.

이 장르는 더없이 상업적이거든요. 저는 대중성 때문에 정말 오랫동안 고민을 해 왔어요. 그리고 제 고민은 여전히 현재진행형입니다. 제가 배운 글과 제가 써야 하는 글이 다르다는 건 굉장히 혼란스러운 일이더라고요. 모두가 그런 것은 아니지만, 순문학을 공부한 분들이 아마 이 문제로 가장 고생하실 거예요. 글에 대한 자아가 몹시 강하거든요. 조언을 아무리 들어도 받아들이기가 쉽지 않고요.

전 다소간 남들이 가지 않는 길을 가는 스타일이었어요. 참신한 주제의 글을 쓰고 싶고 독특한 소재를 쓰고 싶었죠. 개성 있는 작가라는 평가를 듣고 싶었어요. 그래서 쉽게 선택되지 않는 전개와 결말을 선호한다고 주변 사람에게 이야기한 적도 있는데, 그분은 글과는 아무 상관 없고 그저 일일 드라마를 좋아하는 대중적 취향을 가진 사람이었거든요. 한데 그분이 제 이야기를 듣고선 "난 그래도 사람들이 행복해지는 이야기가 좋은데."라고 하시는 거예요. 주변 대다수의 사람들은 자신의 삶에 치여 하루가 벅차기 때문에 일종의 휴식을 얻을 겸 작품을 찾는 것일 텐데 굳이 그렇게 어려운 이야기를, 너무 무겁고 어두운 결말을 읽게 되면 그 여파를 감당하기가 힘들지 않겠어, 하셨어요.

그때 아…… 하고 뭔가 종이 땡 울리는 기분이었어요. 그렇구나, 나는 내가 쓰고자 하는 이야기에만 관심이 있었지 사람들이 원하는 이야기가 무엇인지를 이해하려고 하지 않았구나 하고요. 드라마 시간에 다큐멘터리를 튼 꼴이었던 거예요. 물론 다큐멘터리도 훌륭한 방송이지만, 직장에서 퇴근하고 돌아온 저녁 8시에는 다큐멘터리를 보고 싶어 하는 사람보다 드라마를 보고 싶어 하는 사람이 훨씬 많은 법이니까요.

이렇게 특정 주류가 생성되는 이유가 무얼까, 하고 이미 많은 분들은 본능적으로 아는 이유를 저는 따로 고민해야 했으니 많이 뒤늦었네요. 그런 거 같아요. 음식으로 비유해도 아는 맛이 맛있고, 아니까 먹고 싶은 거잖아요. 치킨은 맛있어서 언제든 먹고 싶지만 저 남아프리카 공화국의 전통음식은 뭔지 몰라서 궁금하지도 않은 것처럼요. 그래서 시중에 출간된 작품을 많이 읽어 보면서 보편적인 취향을 이해하는 과정이 몹시 중요하다는 사실을 배우게 되었어요. 치킨은 수십 개의 브랜드가 있지만 다 제각각 고유의 맛을 지니고 있잖아요. 같은 닭으로 하는 요리라도 내 개성이 어떻게 어우러지느냐에 따라 기존과 다른 맛이 나는, 맛있는 치킨이 될 수 있다고, 이런 결론에 도달하기까지 저는 정말 오래 걸렸어요.

또 아무래도 장르가 로맨스 판타지이다 보니까 확실히 감정선과 판타지적 요소, 설정, 사건의 비중 사이에서 고민하게 되는 경우가 많을 거라 짐작하는데요. 저는 딱히 요소 사이의 비중을 계산하면서 글을 쓰지 않지만 작품을 전개하면서 늘 염두에 두고 있는 건 있어요. 이 사건을 통해 저의 주인공은 자신이 사랑하는 사람에게 어떤 감정을 느낄까, 이 사건은 두 사람의 관계에 어떤 영향을 끼칠까, 혹은 주인공들의 이런 마음이 차후 어떤 사건을 야기할까 하는 것들이요. 사건을 통해 감정을 발전시키고, 감정을 통해 사건이 생겨나기를 바라면서 글을 쓰고 있거든요.

판타지는 주인공들이 살아가는 세상의 바탕이고, 로맨스는 주인공들의 사연이죠. 저는 두 요소가 유기적으로 얽혀서 진행되는 작품을 쓰고 싶어요. 어느 한쪽으로 기울기보다는요.

기억 속에 쾅 새겨지는
명장면을 만드는 방법은?

사랑에 빠지는 순간, 강렬하고 인상적인 장면을 만드는 건 정말 중요한데 어려워요. 영화나 드라마, 웹툰은 소리가 흐르고 명확한 인물의 생김새가 있고, 음악과 대사, 이미지가 있으니 시각과 청각을 동원해 명장면을 기억 속에 쾅 새겨 넣기에 좋거든요. 반면, 소설은 글자의 나열이니까요. 창작자가 인물과 대사, 소품 등 이해를 도울 수 있는 부분 부분들을 세심하게 계산해서 배치하여 직관적으로 딱 내놓을 수 있는 영상 장면과 달리 글은 독자님들의 상상력을 빌려야 하기에 조금씩 주관적인 해석이 들어가요. 그래서 같은 작품을 읽어도 독자님들마다 받아들이는 느낌이 전부 다르죠. 그래서 인상적인 장면을 쓰기 위해 늘 고민해도 언제나 어렵다고 느껴요.

강렬한 장면을 남길 때 우선 인물과 묘사와 대사, 이 삼박자가 딱 맞아떨어지면 금상첨화라고 생각해요. 특히 주인공이 사랑에 빠지는 장면이라면 로맨스 판타지 장르에선 가장 중요한 장면이잖아요. 일단 작품을 관통하는 주제가 사랑인걸요. 설레려고 읽는 작품인데, 감정을 사로잡지 못하면 걱정이죠. 저도 작가이기 전에 독자이기에 간혹 영화처럼 장면이 눈앞에 펼쳐지는 작품을 만나면 쾌감까지 느껴져요. 이분은 어떻게 이런 글을 쓰셨는지 신기하고 경이롭습니다.

하지만 모든 요소를 한 번에 완벽하게 갖추기는 쉬운 일이 아니더라고요. 그 안에서 어딘가 하나에 조금 더 비중을 둬야 할 때가 있죠. 저는 선택하라면 대사에 힘을 주는 쪽을 선택할 거예요. 대사는 단 한 마디로도 캐릭터의 성격을 드러내는 수단이 되고, 강렬한 인상을 남기기에 유용하거든요. 또 장르의 특성상 지문보다는 대사에 중점을 두어 읽는 독자님들도 많으시고요. 그러니 좋은 대사로 매력적인 주인공을 표현해, 독자님들의 감정을 뒤흔드는 것이 중요하다고 생각합니다.

이야기를 만드는 일은 늘 즐겁고 설렌다.
문체, 단어, 새로운 이름을 짓는 방법!

문체에 대한 이야기를 하자면, 장르보다는 출간되는 방식에 따라 차이가 있어요. 글이 종이책이나 리더기에서 읽을 수 있는 이북으로 출간될 때는 문장이 길든 짧든 크게 문제가 없어요. 이쪽은 기존 책과 다를 게 없어서 글에 몰입하는 데에 불편할 까닭이 없거든요. 글이 깊으면 깊을수록 몰입하기도 좋고요. 보통 이쪽은 독자님들도 처음부터 끝까지 글에 집중할 생각으로 책을 보시기 때문에 별반 제한이 없어요.

하지만 휴대 전화로 주로 읽는 연재 방식의 출간일 경우에는 상황이 다소 달라져요. 문장이 길고 문단 덩어리가 있는 종이책 문법의 글을 옮겨 놨을 때, 휴대 전화의 좁은 화면은 그 덩어리를 다 담지 못하거든요. 제 글이 전형적인 종이책 방식인데, 제 글을 별도의 편집 없이 연재본으로 옮겨 놓으면 화면이 거의 깜지가 돼요. 빈틈이 하나도 없어요. 이러면 글을 읽기 전부터 답답한 느낌을 풍기기 쉬워요. 또 이쪽은 출퇴근이나 여가 시간 짬짬이 넘기는 글이라 종이책만큼 집중해서 읽기 힘들죠.

그래서 연재 방식의 글에는 한눈에 내용을 딱 알아보기 쉬운 간결한 문체가 선호됩니다. 대사 비중도 올라가고요. 좋은 묘사, 차근차근한 전개로 빌드업을 해 나가다가 마지막에 팡 터뜨리는 종이책 방식보단, 편마다 기승전결을 담아 독자님들의 흥미를 유발하고 다

190

음 이야기로의 관심을 지속시키는 스킬도 필요해요.

좋고 나쁨을 논하기보다는 그저 양쪽에서 요구되는 능력치가 다른 거죠. 그렇기 때문에 스스로 어느 쪽에 강점이 있는 작가인지를 파악하는 것도 중요하다고 생각해요. 자신에게 유리한 방식으로 출간을 하는 거죠.

문체란 작가의 지문과도 같아서요. 작품의 연재처에 따라 카멜레온처럼 색을 바꾸는 능력을 가진 분도 계시겠지만, 저는 그게 잘 안 되더라고요. 제가 갖추지 못한 부분을 억지로 얻으려다가 제가 가진 장점마저 잃게 되는 건 아닌가 하는 두려움도 있었어요.

이런 문제를 보완하기 위해 흔히 사용되는 방법이, 애초에 글을 쓸 때 편집 용지 자체를 아예 연재처에 맞춰 작게 편집해 쓰는 경우가 있어요. 이러면 한 문장이 어느 정도의 공간을 차지하는지 눈으로 보고 조절할 수 있거든요.

그리고 차선책으로 문단을 없애는 방법이 있어요. 제가 주로 선택하는 방법은 이쪽이에요. 어차피 휴대 전화의 좁은 화면으로는 문단을 종이책처럼 담아내기 어렵기 때문에, 문단이 가지는 내용 전달 효과가 희석되거든요.

그래서 저는 원고를 쓸 때 처음부터 아예 두 버전으로 구분해서 저장을 해요. 종이책(또는 이북) 출간본과 연재본으로요. 종이책 출간본으로 제가 원래 쓰던 방식을 유지하고, 여기서 문단을 분해해 연재본으로 저장해요. 그리고 여기서 약간 더 손을 본다면, 어려운 단어를 쉬운 단어로 변경하는 정도로 작업하고요. 빠른 시간 안에 가볍게 읽는 독자님들이 많다 보니 내용을 명확하고 직관적으로 설명하는 단어들의 쓰임이 중요하더라고요.

작품을 쓰면서 구사해야 하는 단어는 너무 어렵지 않으면 괜찮다고 생각하고 있는데요. 정통 사극 장르를 쓴다면 아무래도 용어부터 새롭게 공부해야 하니 쉽지 않겠지만, 로맨스 판타지는 그에 비하면 단어나 문장의 사용에 얼마간의 관용이 존재하는 장르예요. 저희는 어릴 적부터 사극을 많이 보고 자랐잖아요. 영화나 드라마 등으로 접한 말투와 단어들이 무척 유용하더라고요.

그래도 꼭 신경을 써야 하는 부분은 있어요. 이를테면 서양의 배경인데 너무 동양적인 고사성어가 나온다거나, 거꾸로 동양풍 배경인데 외래어를 쓴다거나 하는 문제예요. 현실에서 일상적으로 우리가 전부 사용하는 단어들이기 때문에 무심코 저지를 수 있는 실수거든요. 조심하려고 늘 노력하고 있습니다.

마지막으로 작명에 대한 이야기를 하자면요. 작가란 아마 작명가를 제외하고 가장 이름을 많이 짓는 직업이 아닐까요? 저는 이름 짓는 게 재미있어요. 보통은 인물에 대해 상상하고 있다 보면, 아 이 친구는 이런 이름이 어울리겠는데…… 하고 툭 떠오를 때가 많아요. 그렇지만 모든 인물들이 그렇게 쉽게 이름을 얻게 된 것은 아니고요. 특히 로맨스 판타지는 완전히 새로운 배경이라 독특한 이름들을 사용해야 하잖아요. 적절한 이름이 떠오르지 않으면 주위의 흔한 단어들을 가져와 자음과 모음을 새롭게 조합해 봐요. 그럼 단어가 낯설어지면서 이름이 탄생하곤 합니다. 일례로, 이렇게 만들어진 이름

————웹소설의 모든 것

중 하나가 제 초기작의 여자 주인공인 아시하예요. 정말 단순하게 지었어요. 아시아에서 왔거든요. 저는 아시아 사람이니까, 아시아를 조금 변형해 봐야지 하다가 지은 이름이에요. 새로움과 평범함은 결국 종이 한 장 차이인 거 같아요.

처음에 웹소설 입문서가 나온다는 소식을 듣고, 저처럼 어리숙한 작가가 이 프로젝트에 참여해도 되는지 많은 고민을 했습니다.

그리고 제 부족한 방식대로 하나씩 답변을 채워 나가면서 오히려 더 많은 것을 얻어 가는 듯한 기분이 들었어요. 아 맞아, 이렇게 글을 썼었지. 아, 나는 작품에 대해 이런 마음을 가지고 있었구나, 하고 잘 알지 못했던 저 자신의 모습을 새롭게 깨닫기도 했고요.

덕분에 즐거운 느낌으로 질문지를 받아 들고 답변을 작성할 수 있었습니다. 글이 제게 어떤 의미인지 새삼 돌이켜 보는 계기가 되었어요. 이런 기회를 주셔서 감사합니다.

더불어 여기까지 읽어 주신 분들께도 감사하다는 인사를 드리고 싶어요. 다른 작가님들은 어떤 계기로 글을 쓰게 되셨는지, 또 어떤 시각을 가지고 글을 쓰시는지 궁금하기도 합니다.

마지막으로, 저희는 모두 글을 사랑해서 한자리에 모인 사람들이니까요. 언제나 즐거운 글 안에서 행복하게 살았으면 좋겠습니다.

홍유라

•

할머니가 되어서도 설레는 글을 쓰고 싶다.
내 심장을 뛰게 하는 장면부터
차근차근 쌓아 올려 보자.

이인혜

폭군의 비서관이 되었습니다, 시한부 대공자비의 꽃길 라이프 등

작가가 되는 것엔 정도가 없고
글을 쓰는 데는 답이 없어서

그럴싸한 성공 스토리는 없습니다만, 무수히 많은 실패를 '일단 쓰고 보자'라는 정신으로 이겨 내고 먹고살 만한 작가가 되었습니다. 그래서 실패에 대한 이야기로 시작해 보겠습니다.

한 작품이 세상에 나오기까지 작가에게는 많은 '실패의 기회'가 주어집니다. 반대로 말하면 성공의 기회일 수도 있으나, 성공보다는 실패의 확률이 높기 때문에 '실패의 기회'라고 말하겠습니다.

작품을 출간하기까지 얼마나 많은 실패를 경험할 수 있나 헤아려 봅니다. 시놉시스 반려, 투고 반려, 무료 연재 광탈, 프로모션 반려(연재 대장 3사에 프로모션별로 반려당하면, 8번 반려가 될 수도 있겠네요).

생각나는 건 대충 이 정도인데 이것만 해도 벌써 엄청나네요.

실패는 크든 작든, 작가에게 좌절감을 불러옵니다. 가장 서글픈 건 실패로 인해 그토록 쓰고 싶었던 글이 '쓰기 싫어진다'라는 점이죠. 실패는 글을 '포기'하고 싶게끔 합니다.

그런데 실패와 포기를 반복하면 어떻게 될까요? 작가가 될 수 없습니다. 그 과정을 이겨 내야 작가가 됩니다. 실패를 넘는 과정이 곧 작가의 삶입니다. 저는 그렇게 작가가 되었고 실패와 함께 살아가고 있습니다.

이어질 글이 '실패 후 포기하고 싶은' 혹은 '이제 시작'하는 작가님들에게 작은 도움이 되길 간절히 바라 봅니다. 그러니까 이건 5년 전 실패로 힘들어하던 저에게 보내는 위로일 수도 있겠네요.

작가가 되는 데 답은 없지만 루트는 있습니다. 무료 연재 사이트에서 연재 후 컨택, 그리고 출판사에 투고, 공모전이 대표적인 방법입니다. 저는 2017년 한 공모전으로 데뷔를 했습니다. 지금은 로맨스 판타지 작품을 주로 쓰지만 첫 작은 동양 로맨스 소설이었습니다.

글을 쓰게 된 계기는 아주 단순했습니다. 보고 싶은 장면이 있었는데 아무도 써 주질 않았거든요. 그래서 제가 썼습니다. 왜 하필 공모전이냐고 물으신다면 기한이 정해진 공모전이 저를 다그치는 수단이 될 거라 여겼기 때문입니다. 더군다나 그 공모전은 완결 시 가산점이 있었거든요.

이왕 하는 거 완결을 내 보자는 마음으로 매일 밤마다 글을 썼습니다. 그랬더니 덜컥 당선되더라고요. 당시 입상 상금이 백만 원이었는데, 작지만 소중한 그 돈이 통장에 찍힌 날을 잊을 수 없습니다.

이후로는 탄탄대로일 줄 알았습니다. 독자님들에게 사랑받고, 커뮤니티에서 언급도 되고, 드라마 계약도 하는 등등의 휘황찬란한 꿈을 꾸었죠. 하지만 저를 기다리고 있는 건 냉혹한 현실이었습니다. 실패, 실패, 실패를 거듭했죠. 실패의 경험은 끝나지 않고 지금까지 이어지고 있습니다. 얼마 전에도 플랫폼의 프로모션에 똑 떨어졌다는 연락을 받았습니다. 그래서 어떻게 했냐고요?

바로 다음 시놉시스를 준비해 출판사에 보냈습니다. 실패가 잦은 직업이니만큼 실패가 주는 감정에 오래 파묻혀 있는 건 낭비라고 생각했습니다.

매번 성공하는 방법? 안타깝게도 그런 건 없습니다. 실패를 거듭하다 보면 성공도 하는 것이지요.

혜성 같은 신인(처음 출판한 작품이 내자마자 대박작 대열에 오르는 경우)이 될 수도 있습니다. 그러나 매번 같은 수준의 성공을 이룬다고 장담하기는 어렵습니다. 설사 그렇게 보이는 작가님이라도 작품을 실제로 판매하기까지 몇 번이나 고치고, 또 뒤엎었을지 모릅니다. 저만 해도 차기작을 준비할 때 출판사에 시놉시스를 서너 개씩 보내고 반려되곤 하거든요.

제가 로맨스 판타지 작가가 된 것 또한 실패로부터 비롯되었습니다. 동양 로맨스 장르로 데뷔를 하고, 이어 쓴 현대 로맨스와 동양 로맨스 판타지 소설이 썩 잘되진 않았습니다. 그래서 장르를 바꿔 보기로 했죠. 그때, 로맨스 판타지 장르는 블루오션, 장르계의 블루칩 느낌이 강했습니다. 하지만 겁 없이 도전한 탓일까요? 아니면 준비가 부족했을까요. 장르를 바꾸고 나서 첫 작은 대차게 망했습니다.

첫 번째 로맨스 판타지 작품은 무료 연재 사이트에서 처참한 성적을 거두었고, 출판사의 출간 제안도 오지 않아 여러 군데 투고를 돌렸습니다. 그렇게 몇 번의 거절 끝에 출간을 했습니다.

이후로는 쭉 로맨스 판타지를 썼습니다. 로맨스 판타지가 가진 장르적 매력에 푹 빠졌기 때문이죠. 로맨스 판타지는 소설 내 세계관이 충돌하지만 않으면 무엇이든 써도 됐기에 제게 잘 맞는 옷처럼 느껴졌습니다.

한 우물만 팠기 때문인지 괄목할 만한 성적을 내기도 했습니다만, 이후로 탄탄대로였냐, 라고 물으신다면 조용히 하늘을 보게 됩니다.

저는 여전히 실패 속에 살고 있습니다. 출판사에서 시놉시스를 거절당하기도 하고, 플랫폼의 프로모션에 떨어지기도 하죠. 이런 말씀을 드리면 '기성 작가님이신데요?'라는 질문이 돌아오곤 합니다.

네, 그렇습니다. 기성 작가인데도 여전히 물먹는 게 일입니다. 웹소설의 세계에서는 '경력'만으로 일이 풀리는 경우는 거의 없더라고요.

중요한 건 '글'입니다. 독자들이 혹할 만한 소재, 다음 화를 클릭하게 하는 전개, 매력적인 캐릭터가 잘 버무려진 글이 있어야만 작가로서 계속 작품을 내며 살아갈 수 있습니다.

물론 '경력'이 전혀 도움 되지 않는다는 건 거짓말이죠. 과거가 쌓여 오늘의 저를 만드는 거잖아요. 분명히 제 과거의 작품들이 새로운 작품을 계약하고 현시하는 데 도움을 주기는 합니다만, 전부는 아니라는 말씀을 드리고 싶습니다.

그러니 작가가 할 수 있는 거라곤 글을 쓰는 것뿐입니다. 막막하다고 느껴져도 쓰고, 뭘 써야 할지 모를 때도 써야 합니다.

그렇게 실패를 이겨 내고 쓰다 보면 작가가 됩니다. 이때 필요한 것이 일단 쓰고 보는 정신입니다. 일단 쓰면 어떻게든 세상의 빛을 보게 되고, 작더라도 소중한 수입이 들어오며, 통장에 찍힌 숫자가 (아무리 적다 할지라도) 다음 작품을 쓰게 하는 원동력이 되거든요. 작가라는 호칭은 쓰다 보면 얻게 되더라고요.

글 쓰는 방법에 정답은 없다
나에게 맞는 옷을 입어라!

저는 출판사에서 상세 시놉시스를 써 달라고 할 때가 제일 막막합니다. 글 쓰는 스타일이 즉흥적이기 때문이죠.

저는 늘 쓰고 싶은 장면을 먼저 씁니다. 때로는 그게 대사일 때도 있고, 장면에 대한 묘사일 때도 있죠. 제 대표작이라 일컬어질 만한 〈폭군의 비서관이 되었습니다〉라는 작품도 그렇게 시작했습니다.

프롤로그 장면이 너무 쓰고 싶어서, "죽고 싶어, 로잘린?"이란 대사부터 써 놓고 시작했습니다. 그 대사를 써 놓고 나니 대사가 나오기까지의 과정이 필요해지더군요. 그렇게 소설이 시작되었고, 계약을 했으며, 제 대표작이 되었죠.

저는 몇 작품을 쓴 후에야 로맨스 판타지 장르에 대한 공부를 시작했습니다. 감으로만 쓰기에는 장르 시장이 너무 냉혹하더라고요.

제가 공부한 로맨스 판타지는 무엇이든 허용되는 세계이기 때문에 일관성 있는 세계관을 설정하는 것이 매우 중요했습니다. 마법은 허용되는 세계인지, 허용된다면 어느 정도까지 허용하는지, 갈등을 유발하는 단체는 뭐가 있으며, 공간적 배경은 해상도시인지, 대륙 북부인지, 아니면 풍요로운 남부인지, 작위는 어디까지 있고 여성에게 작위 상속권을 줄 것인지 말 것인지 등등. 챙기자면 끝도 없습니다.

그 많은 것을 시작할 때부터 챙기며 탄탄한 세계관을 만들어 가는 작가님들이 계십니다. 개인적으로 그런 작가님들을 무척이나 존경합니다. 한번은 그분들을 닮고 싶어서 작법서와 웹소설 강의를 보고 기승전결 및 구조 분석, 촘촘한 시놉시스 쓰기를 시도해 보기도 하였습니다.

하지만 저랑 맞지 않는 방법이었는지, 그리 쓴 글들은 출판사와 이야기하는 중에 직박구리 폴더로 직행하거나, 성적이 좋지 않았습니다. 제가 가장 잘하는 '일단 쓰고 보자!'가 안 되더라고요. 써지지 않았습니다. 그때 깨달았습니다. 좋은 방법이라고 꼭 내게 맞는다고는 할 수 없구나.

저는 제 심장을 뛰게 하는 장면, 독자님들이 설렘을 느낄 수 있는 장면부터 시작했을 때 글이 가장 잘 써집니다. 색채가 선명한 장면으로부터 생동감 있는 캐릭터가 만들어지며, 캐릭터의 생동감으로

———— 웹소설의 모든 것

말미암아 세계관이 창출됩니다.

제 작업 과정은 컴퓨터로 그림을 그릴 때 레이어를 올리는 과정과 비슷합니다. 이야기를 써 가며 그 위에 세계관의 특성을 부여하는 거죠. 1화에선 여주인공의 능력에 관한 세계관적 특징을, 2화에선 공간적 배경이 되는 나라에 대한 특징을, 3화에선 남주인공 가문의 특징을, 이런 식으로요.

제 작업방식은 단점이 되기도 하고 장점이 되기도 합니다. 유연하게 세계관을 확장할 수 있다는 것은 엄청난 장점이죠. 구성하느라 힘을 빼지 않기 때문에 쉽게 도전할 수 있는 것도 장점입니다. 단점은 퇴고를 여러 번 해야 한다는 점입니다. 아무래도 쓰면서 즉흥적으로 세계관을 쌓아 올리다 보니 설정 오류가 발생할 수 있거든요. 그런 부분은 퇴고를 통해 얼마든지 수정할 수 있어서, 단점이되 치명적이라고는 생각하지 않습니다.

작가가 되는 방법도 여러 가지이듯, 글을 쓰는 방법도 여러 가지입니다. 그러니 마음 가는 대로 글을 쓰시는 걸 추천합니다. 부족한 부분은 쓰고 나서 채우면 됩니다.

제 방법이 무조건 맞다는 말은 아닙니다. 제가 하고 싶은 말은 '100명의 작가님이 있다면 글 쓰는 방법도 100가지'라는 것입니다. 글을 잘 쓰는 왕도는 없습니다. 좋아하고 존경하는 작가님의 글쓰기 비법을 따라 해도 좋지만, 처음부터 나에게 맞는 방법을 찾아가는 것을 더 추천합니다. 여러분의 장점을 극대화하는 쪽으로요. 그래야 오래 쓸 수 있습니다.

작품을 출간할 때
첫 번째 산을 넘는 방법

작품을 출간하는 과정은 간단합니다. 첫 번째, 무료 연재 플랫폼에 연재한 뒤, 출판사의 컨택을 받아 계약합니다. 두 번째, 시놉시스와 초반부 원고를 준비한 뒤 출판사에 투고해 계약합니다.

두 방법의 시작은 다르지만, 준비물은 같습니다. 초반부 원고. 이 원고가 적게는 5회차 분량에서 많게는 20회차 분량이 됩니다. 글자 수로 따지자면 공백 포함(띄어쓰기 포함) 2만 5천 자~10만 자 정도 되겠네요.

가장 적은 투고 분량으로 기준을 잡아도 2만 5천 자. 결코 쉬운 양은 아닙니다. 2만 5천 자로 편집자와 무료 연재 사이트를 이용하는 독자들의 눈을 사로잡으려면 그만큼 매력 있어야 하거든요.

이야기를 시작하는 방법은 작가님들마다 다릅니다. 저는 앞서 말했듯 쓰고 싶은 장면이 떠오르면 글을 씁니다. 장면에서부터 시작해서 캐릭터를 만들고, 그 장면을 위한 개연성을 쌓다 보니 이야기가 만들어지는 셈입니다. 그렇게 탄생한 작품이 〈폭군의 비서관이 되었습니다〉와 〈어서 오세요, 화월당입니다〉입니다.

제목이 먼저 떠오르고 제목에 맞는 스토리가 떠오르는 경우가 있습니다. 그게 〈차여주는 여자〉와 〈잘 키운 계약 남편〉입니다.

키워드를 조합해서 이야기를 시작하기도 합니다. 〈시한부 대공자비의 꽃길 라이프〉의 경우 시한부, 북부대공 남주인공, 흑발 남주인공,

선결혼 후연애 키워드를 조합해 이야기가 탄생했습니다.

제목 혹은 장면, 때로는 대사 한 줄로 시작한 이야기를 완성하기 위해서는 성실한 노력이 필요합니다. 마음에 드는 장면, 제목만 덩그러니 놓고 웹소설을 썼다고는 말하기 어려울뿐더러 제목과 몇 바닥짜리 장면, 대사 한 줄로 출판사와 계약을 하기도 어렵습니다. 제목을 정하고, 소개글을 쓰고, 기승전결이 포함된 시놉시스를 쓰고, 주요 등장인물 소개를 쓰고, 초반부 원고까지 준비가 되어야 투고 준비가 된 것입니다. 무료 연재의 경우는 제목, 소개글, 초반부 원고 정도로 도전해 볼 수 있습니다. 어느 방법이든 작가가 되고 싶다면 제목, 소개글, 초반부 원고 준비는 필수입니다.

순서대로 쓸 필요는 없습니다. 저는 주로 쓰고 싶은 장면에 어울리는 제목을 정하고, 소개글을 쓰고, 초반부 원고를 쓴 뒤 시놉시스와 등장인물 소개를 씁니다. 하지만 초반부 원고에 따라 소개글을 고치고, 제목이 달라지기도 하니 가장 중요한 건 역시 초반부 원고라고 할 수 있네요.

초반부 원고를 작성할 때 중요하게 생각하는 장면은 남주인공과 여주인공의 첫 만남입니다. 주로 쓰는 장르가 로맨스 판타지이고, 다른 장르를 쓴다고 하더라도 로맨스가 베이스이기 때문에 남주인공과 여주인공이 만나는 장면에 공을 들입니다.

개인적으로 남주인공과 여주인공의 만남은 운명적이어야 한다고 생각합니다. 상황이 운명적이지 않다면 독자님들이 남주인공과 여주인공이 운명적인 짝이라고 느끼실 수 있는 서사를 만들어 둡니다.

예를 들면 〈시한부 대공자비의 꽃길 라이프〉에서 남자주인공이 여주인공을 만났을 때 애정을 느끼고 그녀의 행동에 서운해하는데, 그건 남주인공이 과거에 여주인공을 만났던 것을 기억하며 은인으로 여기기 때문입니다. (제가 말하는 첫 만남은 시간 순서상의 첫 만남이 아닌, 소설 속 첫 만남을 의미합니다.)

초반부 원고에서 두 번째로 공을 들이는 것은 여주인공의 목적을 분명히 드러내는 일입니다. 소설 전반을 통해 여주인공이 이루고자 하는 것은 무엇일까요? 복수인가, 아니면 불로장생인가, 내 최애 캐릭터의 행복인가, 그냥 평범한 삶인가. 이 부분이 한 문장으로 정리되지 않으면 나중에 작품을 전개할 때 많이 헤매게 되더라고요. 그래서 몇 번이고 다시 읽으며 가능하면 1~5화 내에 여주인공의 목적이 분명히 드러나도록 하는 편입니다. 〈폭군의 비서관이 되었습니다〉에서 로잘린은 평범한 삶을 꿈꿨고, 〈악녀에게 관심을 주지 마세요〉의 에렌시아는 가문의 몰락을 원했습니다. 또 초반부에는 적을 확실히 보여 주는 것도 좋습니다. 이는 여주인공의 목표를 분명히 하는 것과 관련이 있습니다. 적이 분명해야 여주인공의 목적도 분명해지는 경우가 많거든요.

앞서 말한 두 가지 포인트를 2만 5천 자 안에 넣기가 쉽지 않습니다. 하지만 공들여 쓴 원고가 여러분을 작가로 만들어 줄 겁니다. 그러니 번뜩이는 아이디어와 열정이 있을 때 초반부 원고를 쓰셨으면 좋겠네요.

저는 개인적으로 초반부 원고는 이틀 안에 쓰고 있습니다. (생각은 오래 하겠지만, 쓰는 건 이틀이면 충분합니다.) 초반부이니만큼 속도감 있는 전개가 중요한데, 저는 빨리 쓰면 속도감도 올라가더라고요. 시간을 적게 들여 쓰면 실패에도 덜 아픈 법이라서 제 본능이 빨리 쓰라 시키는 것일 수도 있겠네요.

아무튼 여러분, 초반부 원고를 쓰셨나요? 그렇다면 평소 봐 둔 출판사에 과감하게 투고를 하거나, 무료 연재에 도전해 보세요.

여주인공의 매력은 선명하되
남주인공의 존재는 흐려지지 않게

"초반부를 잘 써 놓으면 캐릭터들이 알아서 글을 쓴다."라는 말씀을 하시는 작가님들이 계십니다. 안타깝게도 저는 그런 작가는 아니라서 매번 소설 중반부를 쓰면서부터 머리를 쥐어뜯습니다.

제 고민은 주로 로맨스 판타지라는 장르적 특성에서 기인합니다. 로맨스 판타지는 여주인공과 남주인공의 연애가 주요 줄거리가 되는 '로맨스'와 여주인공의 성장과 활약이 주요 줄거리가 되는 '판타지'의 성격을 동시에 가진 장르입니다. 그리고 모든 장르 소설의 근본적인 목적인 독자들의 대리만족도 고려해야 하지요.

로맨스 판타지에서는 여주인공의 매력이 참 중요합니다. 그래서 여주인공의 매력을 어필하는 장면들을 넣다 보면 남주인공의 존재가 희미해질 때가 있습니다. 흔히 남주인공의 병풍 현상이라고 말하죠. 피지컬 좋고, 능력 좋고, 때로는 가문도 좋고, 재력도 좋아서 사회에 있다면 그저 빛인 남주인공이 소설에서는 희미해지고 맙니다.

희미하게 흔적이나마 있으면 다행이죠. 때로는 몇 회에 걸쳐 남주인공이 안 나오기도 합니다. 이러다 독자님들이 남주인공을 잊으면 어쩌나, 덜컥 겁이 나면서 증발한 남주인공을 작가도 애타게 찾습니다.

남주인공이 없어도 이야기를 몰입도 있게 쓸 수 있고, 재밌는 이야기로 만들 수 있지만 저는 되도록 남주인공이 3회 이상 나오지 않는 것을 지양합니다. 도저히 남주인공이 들어갈 틈이 없다면 남주인공이 여주인공을 그리워하거나, 여주인공을 위해 일을 하는 장면을 넣습니다. 남자 주인공을 놀게 두면 안 됩니다.

이쯤 되니 로맨스 판타지란 장르가 무척이나 어려워집니다. 로맨스가 먼저냐 사건이 먼저냐의 문제는 닭이 먼저냐 달걀이 먼저냐처럼 답이 없는 문제입니다. 전개 과정에 따라, 작품의 성격에 따라 우선순위가 달라집니다. '뭘 먼저 쓸까요?'라는 고민은 쓰는 과정에서 풀립니다.

그러니 작가님들, 고민하지 마시고 일단 쓰세요. 우리에게는 퇴고의 과정이 있고, 퇴고하면서 하나만 점검하시면 됩니다.

'나의 남주인공은 어디서 무엇을 하는가.'

전개가 막혔다
응급 처방이 필요해!

하얀색 바탕에(사실 저는 눈이 아파서 배경을 녹색이나 미색으로 설정해 둡니다만) 깜빡이는 커서는 여러 작품을 완결 낸 작가에게도 여전히 두려움입니다.

글을 쓰다가 다음 회차를 이어 나갈 수가 없는 경우, 어떻게 해야 할까요?

1~2회차 안에 끝나는 단순 에피소드의 경우는 장소를 바탕으로 생각하는 편입니다. 주인공들이 존재하고 있는 장소가 구체적이면 그곳에서부터 글이 풀리기도 하거든요.

예를 들어 볼게요. 연회장에 대해 구체적으로 상상을 합니다. 자료를 찾아보니 연회장으로 쓸 만한 건물에 계단이 있더란 말이죠. 계단에서 남주인공과 여주인공이 뭘 할 수 있을까요?

신데렐라는 계단에 구두를 놓고 왔죠. 제 여주인공은 가다가 계단에서 넘어집니다. 이때 근처에 남주인공이 있어야 합니다. 이제 그가 여주인공의 허리를 휘어잡고 중심을 잡아 줍니다. 그럼 한 장면이 만들어지는 거예요.

구체적인 배경을 설정하는 것만으로도 위기를 넘기는 데 도움이 됩니다. 꼭 장소일 필요는 없습니다. 음식, 춤, 드레스 등 무엇이든 구체적으로 상상하면 거기서부터 이야기가 파생될 수 있습니다.

잘 아는 만큼 막힘없이 쓸 수 있습니다. '~에 대해 서술하시오.'라는 시험 문제를 우리는 풀어 봤잖아요. '뭘 알고 있어야 쓰죠, 교수님.' 마음속으로 엉엉 울면서 한 글자도 못 쓴 경험도 다들 있으시잖아요. 웹소설도 마찬가지입니다.

로맨스 판타지는 과거 서구 세계의 문화를 바탕으로 쓰인 작품이 많습니다. 저 역시도 과거 서구 세계의 문화에 판타지적 요소를 더해서 쓰고 있습니다. 드레스, 연회, 음식, 건물, 작위 등 자세히 묘사하는 것만으로도 아이디어를 샘솟게 하므로 우리가 쓰고자 하는 서양 로맨스 판타지의 근간이 되는 문화를 많이 알고 있으면 좋습니다.

요새는 인터넷에 자료가 워낙 잘 올라와 있으니, 궁금한 게 있으면 검색을 하면 됩니다. 개인적으로는 컴퓨터 화면보다 종이로 된 자료를 선호하기에 관련 도서를 많이 사서 보는 편입니다. 애용하는 온라인 서점에 '서양 복식', '서양 문화', '서양 건축' 등으로 검색해 보세요. 관련 도서가 주르륵 나올 겁니다. 그중에서 목차를 보고 필요한 걸 주문하시면 됩니다.

저는 AK Trivia Book 출판사에서 나오는 시리즈를 가지고 있습니다. 〈영국 사교계 가이드〉, 〈영국 귀족의 생활〉 같은 책이요. 〈사생활의 역사〉라든가 〈아름다운 것들의 역사〉, 〈낯선 중세〉, 〈궁정사회〉라는 책도 즐겁게 읽었습니다.

이 책을 읽는다고 전개의 해답이 나온다거나 글이 드라마틱하게 좋아지지는 않습니다. 다만 제가 어떤 세계를 구상할 때 도움이 되겠죠. 그런 의미에서 폭넓은 독서를 권유합니다.

한때는 텀블벅에서 자료를 구매하기도 했습니다만, 요즘은 자중

하는 편입니다. 그리고 시각 자료가 필요한 경우에는 핀터레스트를 애용합니다.

때로는 딱딱한 설명체의 자료를 읽기 버거울 때가 있습니다. 앞서 말한 책들이 지나치게 전문적인 느낌이 들기도 하고요.

그때는 외국 드라마나 영화 시청하기, 고전 읽기를 제안합니다. 〈마리 앙투아네트〉 영화라든가, 〈폭풍의 언덕〉, 〈오만과 편견〉 같은 작품이요. 저는 〈마담 보바리〉와 〈어느 하녀의 일기〉도 재미있게 읽 었습니다. 위의 책들에서 귀족들의 대화법, 문화, 그들의 사상 등을 살펴볼 수 있습니다.

산 넘어 산이라고 브릿지 에피소드(주요 사건 라인이 아닌 곁가지 에 피소드를 저는 '브릿지 에피소드'라고 부릅니다.)를 무사히 넘기고 지나갔 더니, 이번에는 메인 사건 전개가 막혀 버렸습니다.

이럴 때는 여러분의 작품을 다시 읽어 보세요. 사건 전개가 막혔 다면 회차마다 사건 전개 위주로 요약을 해 보시고, 주인공들의 감 정 부분이 막혔다면 회차별로 주인공들의 감정 변화를 정리하는 것 을 추천합니다. 다시 읽다 보면 놓친 떡밥들이 보이기도 하고, 나아 갈 길이 보이기도 하거든요.

그래도 안 된다면 외부의 도움을 받아야 합니다. 주변에 SOS를 치는 겁니다. 주위에 믿을 만한 작가, 편집자, 친구, 가족, 누구에게든지요. 제 게는 제 고민을 귀찮아하지 않고 들어 주는 작가님 몇 분과 가족들이 있어, 그분들에게 도움을 받습니다. 막힌 전개는 작품에 대해 이야기하 는 과정에서 풀리기도 하고, 그분들의 조언을 듣고 해결되기도 합니다.

글쓰기를 처음 시작하시는 분들이라면 주변에 믿을 만한, 적절히 조언해 줄 만한 분들이 계시지 않을 수도 있습니다. 그럴 때는 주저하지 말고 편집자에게 리뷰를 요청해 보세요. 저는 지금껏 리뷰 요청을 거절당한 적이 없습니다.

또는 이러한 응급 처치 전에 머리를 쥐어뜯는 횟수를 최소한으로 줄이는 방법도 있습니다. 웹소설만이 가지고 있는 문법을 이해하는 것이죠. 쓰고 싶은 장르의 작품을 많이 읽어 보시길 권합니다. 작가님들이 쓰시고, 편집자가 교정하고, 독자들이 인정한, 시중에 유통되고 있는 많은 작품들이 여러분들의 교과서입니다.

꼭 웹소설만 읽어야 하는 건 아닙니다. 앞서 말씀드렸듯 무엇에서든 배울 수 있습니다. 하지만 웹소설만이 가지고 있는 전개는 웹소설을 읽어야만 알 수 있습니다. 다른 작가님들이 사건을 어떻게 해결해 나가는지, 큰 줄기 사건과 브릿지 사건의 분배는 어떻게 하는지 등을 읽다 보면 자연히 알게 될 거예요.

그렇다고 웹소설 하나를 생선 뼈와 살을 바르듯 분석하라는 게 아닙니다. 저는 가랑비에 옷 젖는다는 말을 참 좋아하는데요. 많은 이야기가 가랑비라고 생각합니다. 가랑비에 젖다 보면 여러분 안에 이야기가 쌓이고 쌓여, 각자의 독특한 이야기로 재창조되리라 믿습니다.

불안이 무기력을 만든다
무기력에서 벗어나는 방법!

내용이 생각나지 않아서 글을 쓰지 않는 것과 글을 쓰지 못하는 상태는 매우 다릅니다. 저는 후자를 무기력한 상태라고 생각합니다.

무기력한 상태가 되면 컴퓨터 앞에서 팽팽 돌아가던 머리가 돌처럼 굳고, 잠이 엄청 늘며, 앞서 강조한 인풋도 하기 싫어집니다. 그야말로 '글' 자체가 부담스러운 상황이 되는 거죠. 그뿐인가요? 내 글이 한없이 초라해지고, 나만 뒤처지는 것 같습니다. 마음이 우울에 잠식되고 색색의 세상이 무채색으로 뒤덮이는 것을 몸소 경험합니다.

이런 상태가 지속되면 마감이 펑크가 나고 그게 또 부메랑이 되어 저를 더 깊은 수렁으로 끌어당깁니다. 그러니 무기력증이 도졌다, 싶으면 잽싸게 빠져나갈 궁리를 해야 합니다.

저는 번아웃과 무기력 상태를 구분하고 싶습니다. 번아웃 상태면 빠져나갈 궁리도 못 한다고 합니다. 의욕이 아예 0에 수렴한다고요. 그런 상태라면 진지하게 전문가 상담을 권해 드립니다.

저는 써야 하고, 쓰고 싶은데 도저히 안 써지는 무기력증에 대해서 말씀드리도록 하겠습니다. 최소한 이겨 내고 싶은 의지가 있으며 실천력도 조금은 있다는 전제하에요.

저는 얼마 전까지 무기력증에 잠식되어 있었습니다. 뭘 써도 재미가 없고요, 제가 쓴 글에 자신도 없고요, 그래서 글을 안 쓰게 되는 상황이 반복되다 보니 마감도 미루게 되고요. 이렇게 가다가는 올해를 완전히 망치겠다 싶었습니다. 그래서 하루는 일기장을 펼쳐 놓고 왜 지금 글을 쓸 수 없는가에 관해 길게 써 보았습니다.

불안 때문이더라고요. 이 글을 내가 잘 쓸 수 있을까? 이 글이 독자님들의 사랑을 받을 수 있을까? 이 글로 내가 투자한 시간만큼 일정한 수익을 창출할 수 있을까?

곰곰이 들여다보니 제가 컨트롤할 수 없는 부분들, 그리고 아직 일어나지 않은 일에 대해 걱정하고 있었습니다. 특히, 독자의 반응과 수익 부분이요.

제가 점술가도 아니고, 예지자도 아닌데 미래의 일을 어찌 알겠습니까. 제가 신경 쓴다고 해결될 부분도 아니고요. 그쪽으로는 아예 생각도 하지 말자, 마음먹었습니다.

그런데 사람이 참 신기한 게 하지 말아야지 하면 더 생각이 납니다. 엄마가 사탕 먹지 말라 하면 더 먹고 싶은 것처럼요. 그래서 '생각하지 말자.'가 아니라 '마음껏 생각해 보자.'로 마음을 바꿨습니다. 불안이 차오를 때마다 일기를 쓰기로 했죠.

그랬더니 일기장을 너무 자주 꺼내더란 말이죠. 하루에 세 번, 많게는 다섯 번도 꺼냅니다. 덕분에 제 일기는 아주 우울합니다.

일기는 불안한 현재의 마음으로 시작해서, 비난·현실도피·합리화의 과정을 거쳐 체념으로 귀결되곤 합니다.

'내가 노력한다고 달라지는 부분이 아니야.'

맞습니다. 독자님들의 반응도, 상업 성적도 제가 어찌해 볼 수 없는 부분입니다. 제가 투자한 만큼 달라지는 부분은 글의 퀄리티뿐입니다. 그런데 글은 제가 쓰지 않으면 나아지질 않잖아요. 거기다 내 글이 못나 보이니 쓰기 싫고요.

그래서 불안을 극복하기 위해서는 글에 대한 확신이 필요합니다.

저는 첫 데뷔작부터 지금까지, 과분한 사랑을 받았으며 늘 분에 넘치는 기회를 얻었다고 생각하며 살았습니다. 좋은 말로 겸손이지만, 나쁘게 말하면 글 자존감이 떨어지는 거죠. 안타깝게도 작가로서 썩 좋은 자질이 아닙니다. 글에 대한 확신이 떨어지기 때문에 매번 망설이고, 그러다 보면 글이 흔들리거든요.

작가는 제 글이 흔들리는 걸 누구보다도 잘 압니다. 그 글을 읽으면서 자신감이 떨어지고, 불안해지고, 무기력증에 빠지는 악순환에 빠져들죠. 그러니 글 자존감을 높여야 합니다.

글 자존감을 올리는 방법 중 하나는 독자들의 '선플'을 보는 겁니다. 읽다 보면 독자들이 좋아하는 포인트도 찾을 수 있고요, 독자들의 칭찬이 많은 부분을 읽으면서 자존감을 높일 수도 있습니다.

아는 작가님께 자기 글의 장점이 뭔지 여쭤봐도 좋습니다. 스스로 찾을 수 없는 장점을 다른 작가님들께서 찾아 주신다면, (더군다나 내가 좋아하는 작가님이!) 그야말로 자신감 수직 상승을 경험하실 수 있습니다.

글이 안 써질 때 또 다른 극약처방으로 저는 신작 계약을 합니다. 제목과 시놉시스를 쓸 때는 엔도르핀이 돌거든요. 썼으면 이게 통하는지 확인을 받고 싶어져요. 그러면 출판사에 연락하죠. 계약으로 이어지면 행복해집니다. 비록 이게 나중에 저의 업보로 돌아오겠지마

이인혜

는, 그 행복감과 성취감이 당장 글을 쓰게 하는 원동력이 된답니다.

여러분도 글을 쓸 수 없는 상태라면 글을 쓰지 못하는 이유에 대해 진지하게 생각해 보세요. 답은 여러분 안에 있습니다.

전업 작가로 먹고살기 위한
자신만의 기준을 세워라

첫 작을 출간한 지 햇수로 5년 만에 전업 작가가 되었습니다.

전업 작가란 오로지 글만 써서 먹고사는 사람을 말합니다. 저는 좀 더 타이트한 잣대를 들이미는데, 제 기준으로 전업 작가는 오로지 웹소설을 써서 먹고사는 작가입니다.

전업 작가가 된 지 얼마 되지 않았습니다. 올해 2월까지만 해도 저는 회사 생활과 작가 생활을 병행했습니다. 회사 생활도 만족스러웠고 보람을 주었기에 한 가지 일을 선택하기가 어려웠습니다. 직장 일은 잘하는 일이었고, 글쓰기는 하고 싶은 일이었는데 둘 다 놓지 못했죠. 하지만 시간이 갈수록 두 일 다 버거워졌습니다. 몸이 힘드니 마음도 어두워지더라고요.

결단을 내릴 때가 되었습니다. 잘하는 일과 하고 싶은 일 중 하나를 선택해야 하는 기로에서 저는 하고 싶은 일을 하자고 결정했습니다.

그러나 쉽게 회사를 그만둘 수는 없었습니다. 안정적인 수입을 포기해야 하니까요. 불안한 미래에 베팅하기란 쉽지 않습니다. 제가 용기가 없어서일 수도 있지만, 프리랜서라는 직업의 특징 때문이기도 합니다.

하고 싶은 일을 하고 살겠노라 다짐하고 2년을 고민했습니다. "전업 작가 해도 될까요?"라고 누군가에게 묻고 싶었습니다. 하지만 터놓고 이야기할 사람도 없었고, 대신 답을 내려 주는 사람도 없었습니다.

그러다 찾은 유튜브에서 '회사 때 받는 연봉보다 3배는 받을 때 전업 작가 하세요.'라는 요지의 영상을 보게 되었습니다. 그분의 기준에 의하면 전 전업 작가를 할 수가 없는 사람이었습니다.

그러니 오기가 생기더군요. 그 정도 아니어도 전업 작가를 할 수 있다는 걸 입증하고 싶었습니다. 그 기저에는 오로지 글에만 집중하는 삶을 살고 싶은 마음이 있었죠.

그래서 전업 작가로 전향할 나만의 조건을 세웠습니다. 오랜 고민 끝에 제가 세운 첫 번째 기준은 '생활비보다 2배 이상 벌어서, 쓰는 만큼 저축할 수 있을 것.'이었습니다.

만약 생활비를 100만 원만 쓰면 월에 200만 원을 벌어도 전업 작가를 할 수 있는 거고, 씀씀이가 커서 달에 500만 원씩 쓰면 천만 원을 벌어야 전업 작가를 할 수 있는 것입니다.

저축은 만일의 사태를 대비한 최소한의 금액입니다. 작가는 수입이 평균적으로 얼마 들어온다는 개념이 없습니다. 작품을 출간한 다음 달 혹은 그다음 달(계약 내용에 따라 첫 정산일이 달라집니다.)에는 풍족하게 들어오고, 출간 후 시일이 지나면 수입이 줄어듭니다. 경우에 따라서는 수입 그래프가 절벽이 되기도 하고, 완만한 언덕이 되기도 합니다만, 줄어드는 건 똑같습니다.

종종 신작을 내지 않고 구작으로만 먹고산다는 작가님들도 계십니다. 초대작이 있으시거나, 아니면 다들 알 만한 대작을 여러 작가지고 있거나. 어쨌거나 특수한 경우입니다.

저도 신작 없이 몇 개월은 버틸 수 있습니다만, 일 년 내내 신작 없이, 혹은 계약 없이 기존의 수입을 유지하는 건 어렵습니다. 고로, 전업 작가는 꾸준히 쓸 수 있어야 합니다.

두 번째 기준은 웹툰입니다. 저는 '두 작품이 웹툰으로 출간되었을 때' 전업 작가가 되겠다는 기준을 세웠습니다. 이 기준을 왜 세웠는지 기억이 나질 않지만, 이 또한 안정적인 수입을 위한 기준이라고 생각했습니다.

마지막으로, 다음 작품의 계약 여부가 불투명했다면 저는 전업 작가를 하지 않았을 겁니다. 다행히 저는 사표를 낼 당시에 출간할 작품이 세 작품쯤 있었고, 일 년 치 일거리를 준비해 둔 상태였습니다.

그렇게 전업 작가가 되었습니다. 전업 작가의 생활은 슬프지만 즐겁고, 고되지만 재밌습니다.

70대 할머니가 돼서도 잊히지 않고 설레는 글을 쓰는 작가가 되고 싶습니다. 그렇게 되려면 계속 써야겠죠. 성실함과 끈기는 제가 가진 가장 큰 장점이니, 어쩌다 전업 작가가 되었듯이 어쩌다 목표를 달성할 수 있을지도 모르겠습니다.

프리랜서 하려다
평생 프리하게 살게 될지도 몰라

한때 프리랜서에 대한 환상이 있었습니다. 아침에 느지막이 일어나 운동을 하고, 몸에 좋은 것들을 우아하게 챙겨 먹고, 일은 하고 싶을 때 하면서 문화생활도 누리는 게 프리랜서라고 생각했죠. 하지만 그렇게 작가 생활을 하다간…… 백수가 되고 말 겁니다.

프리랜서지만 작가도 엄연히 직업입니다. 그렇기에 작가라면 개인의 생활을 프리하게 즐기기에 앞서 작가로서의 일을 해야만 합니다. 매일 꾸준히 글을 쓰는 것이죠. 1,000자가 됐든 500자가 됐든 새 글을 계속 써야 한다고 생각합니다.

그렇게 쌓인 글이 하나의 작품이 되고, 그 작품이 유통되어야 작가인 거지, 아직 계약작이 없고 생각날 때마다 조금씩 쓰는 상태라면 작가지망생이 아닐까요?

사람이 어떻게 일만 하고 삽니까. 사람답게 살기 위해서는 취미 생활도 하고, 운동도 하고, 집안일도 하고, 자기 계발도 해야 합니다. 하지만 작가에게 가장 우선시돼야 할 것은 '글 작업'입니다.

글을 안 쓰잖아요, 그럼 출간을 못 해요. 출간을 못 하면 통장이 가벼워져요. 프리랜서 하려다 자유롭기만 한 사람이 되는 건 한순간입니다.

그렇다고 하루 종일 앉아서 글을 쓰라는 말은 아닙니다. 저도 그건 못 해요. 저는 하루에 한 번은 꼭 외출해야 하는 사람이고, 재밌는 글도 읽어야 하고, 미드도 봐야 하고, 또 카톡으로 다른 작가님들과 수다도 떨어야만 하는 사람입니다.

하지만 꼭 지키는 게 있어요. '매일 쓴다.'

그게 쉽지 않습니다. 특히 집에서 작업하기 때문에 침대의 유혹은 너무 강력하고, 휴대 전화는 자꾸만 신경이 쓰여요.

유혹에 약한 저는 전업 작가가 된 첫 3월에는 작업량이 아주 바닥을 찍었습니다. 정신을 차린 건 4월 중순부터예요. '와, 이렇게 살다가 큰일 나겠다. 프리랜서 하려다 주머니가 가벼운 프리한 사람이 되겠구나.' 싶더군요. 그래서 몇 가지 루틴을 정했습니다.

첫째, 새벽에 일어나 죽이 되든 밥이 되든 씻고 외출복으로 갈아입고 책상에 앉는다.

둘째, 일기를 쓰고 어제 쓴 원고를 퇴고한다. 이게 정말 중요한데요. 저는 즉흥적으로 글을 쓰는 편이기 때문에(손가락이 글을 씁니다.) 저도 모르게 복선을 까는 경우가 많아요. 그런 부분들을 잘 정리해 두어야 나중에 글이 무너지지 않을 수 있습니다. 그리고 퇴고를 하면서 다음 전개를 생각합니다. '이야기의 답은 이야기 속에서 나온다.'라는 말을 매일 신뢰합니다.

셋째, 오늘의 할 일을 중요도와 난이도를 기준으로 구분하고, 쉽고 안 중요한 일부터 한다. 예를 들면 청소 같은 경우는, 난이도는 낮고 중요도는 중간이죠. 얼마 전에 차를 샀는데 차량 딜러와 연락하는 문제는 제게 아주 사소한 일이기에, 난이도도 낮고 중요도도 낮습니다. 이렇게 구분한 다음 쉬운 일부터 합니다. 이런 일들을 하는 데 그리

긴 시간이 걸리지 않아요. 고작 1시간에서 2시간 정도 됩니다.

보통은 중요한 일부터 하라고 하잖아요? 하지만 저는 쉽고 안 중요한 일부터 합니다. 쉬우니까 금방 끝나고, 해냈다는 성취감이 저를 고양시키고요. 글을 쓰면서 사소한 데 정신을 빼앗기지 않을 수 있습니다.

원고는 가장 집중할 수 있는 상태에서 씁니다. 물론 마감이 코앞일 때는 모든 과정을 생략하고 원고부터 씁니다. 위의 일과는 마감이 코앞에 닥쳐 부랴부랴 원고를 쓰지 않도록 하는 루틴이랄까요.

구슬이 서 말이라도 꿰어야 보배라고, 여러분 속의 끝내주는 이야기는 쓰지 않으면 사라지고 맙니다. 어떻게든 쓸 수 있는 환경을 만드시고, 쓰시고, 투고 분량이 되면 계약하시고, 그리고 완결을 냅시다.

웹소설 작가는 정말 매력적인 직업입니다. 하나부터 열까지 자신이 책임지고 세계를 창조한다는 건 엄청 멋진 일이죠.

하지만 세간에 떠도는 것처럼 '1억' 매출을 올리는 게 쉬운 직업은 아닙니다. 또 쓰기만 하면 출판이 되는 시절도 지났고요. 편한 직업도 아닙니다. 한 작품이 잘됐다고 다음 작품의 성공이 보장되는 것도 아닙니다. 쓰다 보니 웹소설의 절망 편을 보여 드리는 기분이네요. 그렇지만 웹소설을 사랑하고, 꾸준히 오래 글을 쓰실 수 있는 분들에게는 이 직업만큼 좋은 게 없습니다.

결론을 말하자면 웹소설 작가로 '먹고살 만'합니다. 많은 분들이 사랑하는 일을 하며 먹고살 수 있기를, 진심으로 기원합니다.

저의 부끄럽고 정제되지 못한 경험이 단 한 분에게라도 도움이 되길 바라며, 조심스럽게 풀어낸 이야기를 이쯤에서 마칩니다. 저는 흰머리 성성한 할머니가 되어서도 웹소설을 쓰려고 합니다. 여러분도 글을 놓지 않고 끝까지 쓰시길 응원합니다.

●

야한 이야기만큼 사람의 관심을 끌기 쉬운 글은 없다.
이성과 도덕을 벗어던지고
욕망과 호기심으로 이야기를 짜 보자.

작가도 고객이 만족할 상품을
만들어 팔아야 하는 생산자다

어느 직업이나 마찬가지겠지만, 작가도 여타 직업과 다를 바가 없습니다. 내가 그 직업에 관심이 있고, 해서 될 것 같으면 뛰어드는 거죠. 너무 어려워 보이면 시도하기도 전에 질려서 포기하니 어찌 보면 쉽게 보고 뛰어든다고 볼 수도 있겠네요. 실제로 쉽기도 하고요.

이야기를 만들 수 있고, 내가 쓴 글을 남에게 파는 데 거부감이 없다면 특별히 재능 같은 것이 없어도 작가로서 먹고사는 건 어렵지 않아요. 다만 꾸준히 이야기를 만들어 낼 만큼 아이디어가 많지 않거나, 내가 글을 쓰는 목적이 내 글에 일정 금액을 지불하고 읽는 독자에게 만족감을 주기 위해서가 아니라면 좀 다를지도 모르겠네요.

무형의 콘텐츠라는 점이 다를 뿐 독자에게 글을 파는 건 제품을 만들어서 파는 것과 다르지 않거든요. 무조건 멋지고 아름다운 물건이 팔리는 건 아니니까요.

저는 무엇을 써서 팔면 될지 확신이 섰고, 작가가 되어 그 확신을 실제 성과로 이루었습니다. 작가로서의 목표도 동일합니다. 앞으로도 계속 구매자가 원하는 제품을 만들어 파는 거죠. 고객층이 넓어지면 좋겠지만, 어차피 한 브랜드가 만드는 제품이 모든 고객을 끌어들이는 건 불가능하니까요. 현재 타깃으로 하는 고객층이 만족하는 작품을 만드는 게 목표입니다.

반전 없는 해피엔딩
상업 소설다운 시놉시스

장편 연재를 할 때는 전체 분량이 150화든 200화든 그 이상이든, 시놉시스 단계에서는 차이가 없습니다. 특히 장편연재는 쓰다 보면 늘어나는 게 일상이기도 하고요. 인기가 없으면 중요한 사건만 해결하고 조기완결을 내지만, 인기가 있거나 몇 화까지 써야 한다는 기준이 있다면 부가적인 사건을 해결하고 설정 오류를 보충하는 에피소드를 만들어 넣는 것으로 충분합니다.

가장 첫 화에 주인공이 어떤 인물이고 어떤 세계에서 살아가는지를 보여 주면서 앞으로 무슨 일을 해야 할지에 대한 기대감을 심어 주고, 그걸 빌드업해 나가면서 10화 내에 최종 목적을 보여 주는 것은 전체 분량이 100화가 되든 300화가 되든 변하지 않는 공식이지요. 현재까지 가장 많은 작가들이 사용하는 안정적인 공식이기도 하고요. 로맨스 장르에서는 남주가 등장해서 어떤 식의 러브라인이 될지 예고를 해야 한다는 점이 다르겠네요. 그래도 기본 틀은 주인공에게 위기가 닥치고, 그 위기를 기회로 뒤엎는 방식을 벗어나지 않습니다. 흔히 말하는 고구마-사이다 루틴입니다. 다만 매번 해결법이 똑같아서는 안 되겠죠.

조연을 얼마나 등장시킬지, 조연들의 이야기를 어디까지 써 내려갈지는 분량보다는 오히려 작품의 스타일에 좌우됩니다. 조연들의 이야기가 부가적으로 들어가야 재미있다면 다른 이야기를 함축하더라도 다양한 인간 군상을 그려 내는 데 공을 들이는 편이 좋고, 주인공의 이야기에 집중하는 게 좋다면 잔가지는 쳐 내는 것이 좋지요. 그리고 주인공들에게만 집중해도 의외로 분량을 길게 뽑는 것은 어렵지 않습니다. 한 사람의 인생만도 스펙터클한데 로맨스에서는 그게 둘이 되니까요.

권장하고 싶은 건 두 가지입니다. '반전을 넣지 말 것', '해피엔딩일 것'. 후자는 장르소설의 공식이니 그렇다 쳐도 전자는 동의하지 않는 분들이 계실 듯한데, 정확히는 '독자가 원하지 않는, 부정적인 반전을 넣지 말 것'입니다.

가령 주인공이 이제까지 열심히 해 왔던 일이 사실은 악역을 돕는 일이었다거나, 주인공이 이룩했던 것이 무너져 사라진다거나, 주인공이 믿었던 동료가 배신자였다거나 하는 반전은 피하는 게 좋습니다. 굳이 나와야 한다면 과거 회상으로 빠르게 처리하거나.

시놉시스는 전체 이야기를 한 번에 죽 적어 나가기 때문에 중간에 반전이 없으면 글이 심심하게 느껴질 수 있지만, 연재물에서는 반대거든요. 열심히 읽어 온 앞 내용을 휴지조각으로 만드는 건 가장 피해야 할 금기입니다.

다만 주인공에게 우호적인 반전, 위기 극복의 열쇠가 되는 반전은 괜찮습니다. 단순한 예를 들어 보자면, 주인공의 동료가 사실은 흑막이라 주인공을 이용하고 있었다는 반전은 안 되지만, 적인 줄 알았던 흑막이 사실은 주인공에게 우호적인 감정을 가지고 뒤로는 주인공을 돕고 있었다는 반전은 괜찮다는 거죠.

시놉시스는 단순히 작품의 줄거리가 아니라, 독자가 보고 싶어 하는 내용을 언제 보여 줄지 배치하는 것에 가깝습니다. 말하자면 세 시간짜리 프로그램에 인기 가수와 무명 가수를 어떤 순서로 배치해야 시청자가 중간에 채널을 돌리지 않고 끝까지 볼 것인가를 계산하는 거죠. 이야기의 완성도도 중요하지만, 상업 소설이라는 것을 잊어서는 안 되니까요.

이야기 속에서 개연성 있는
캐릭터와 세계관을 짜라

현대물이나 시대물이라면 조금 다르겠지만, 판타지물에서는 그다지 자료조사가 필요하지 않습니다. 현실 역사나 어떤 대세 작품의 설정을 따를 필요는 없어요. 자체적으로 설정하더라도 이야기 내에서 개연성이 있고 이해하는 데 무리가 없다면 OK.

현실 용어를 따올 거라면 그 용어의 정의는 공부해야겠죠. 판타지물을 기준으로 설명해 볼게요. 제국이라면 **황제―황후―황자·황녀**가 있고, 왕국이라면 **왕―왕후(왕비)―왕자·왕녀(공주)**가 있겠죠. 그 아래로는 오등작(공·후·백·자·남)이 있을 거고요.

세세한 설정은 저마다 다릅니다. 제후국이 아닌 독립된 왕국이라면 국왕에게 전하가 아니라 폐하라는 호칭을 써도 아무런 문제가 되지 않죠. 공작보다 백작의 실질적 권위가 더 강력할 수도 있고요. 한 사람이 여러 개의 작위를 가지고 있기도 하고, 아버지가 가진 작위를 장자에게 몰빵해서 물려주는 경우도 자식들에게 각각 나눠 주는 경우도 있습니다. 계승자가 여성인 경우도 있고요. 실제 역사에도 여러 사례가 있기에 반드시 이렇게 해야 한다는 규칙이 있는 건 아닙니다. 황비처럼 없는 개념을 만들어 내거나 황태자·황태녀를 구분하지 않고 둘 다 황태자로 쓸 수도 있겠죠. 요는 그런 설정이 작품의 배경에 어떻게 반영되는가 하는 겁니다.

가령 기사단이 있다면 단장과 부단장 아래 단원들이 있을 테지만,

그 기사들을 시험으로 선발하는지, 강제입대인지, 추천으로 구성되는지에 따라 기사단의 성격이 달라집니다. 기사단장도 전쟁에 나가 세운 공적으로 받았는지, 무투 대회에서 1등을 하여 되었는지, 당대 하나뿐인 소드 마스터임을 증명해서 된 건지, 기사들의 추천으로 자리에 올랐는지, 아니면 그냥 낙하산으로 단장이 되었는지에 따라 아래 기사들의 충성심도 다를 테고요.

먼저 만들고 싶은 이야기를 정하고, 그 이야기의 설정에 맞춰 배경을 만드는 게 좋습니다. 그런 뒤에 이해도를 높이기 위해 자료조사를 하는 거죠. 자료조사를 하면서 작품 진행에 도움이 되는 역사적 자료는 채용하고, 아닌 건 버리면 됩니다. 현실에 얽매일 필요 없다는 게 판타지 장르의 장점이니까요.

1화부터 10화까지 일단 써라
써진다면 당신이 쓸 수 있는 이야기

작품을 연재하기 전 구상 단계라면 한 시간에 5천 자를 기준으로 되는 데까지 쭉 적어 나갑니다. 막히는 부분은 건너뛰고 씁니다. 일주일 안에 5, 6만 자까지 써냈다면 성공입니다. 이게 대략 웹소설 10화까지의 분량이죠. 여기까지 써냈다면 그건 내가 쓸 수 있는 이야기라는 뜻입니다.

반대로 구상할 때는 매끄러웠는데 쓰다 보니 5천 자에서 막힙니

웹소설의 모든 것

다. 건너뛰고 뒤부터 썼는데도 또 몇천 자 쓰고 막힙니다. 건너뛰고 썼는데도 또 막히고, 해서 일주일간 집필한 분량이 5만 자가 한참 못 된다? 그건 내가 쓸 수 없는 글입니다. 버려야지요.

소재가 기발해서 버리기 아깝다면 그 소재만 살려서 다른 작품으로 만듭니다. 가령 배경을 근대 서양에서 아포칼립스로 바꾸거나, 게이트가 열린 현대 배경으로 바꾸거나, 아니면 신비로운 용이나 요정이 사는 완전한 판타지 세계로 바꾸거나. 혹은 주인공을 아예 전혀 다른 성격으로 바꾸거나, 다른 유행하는 소재와 섞어 짬뽕으로 만들 수도 있겠죠. 해당 소재로 글이 잘 써지지 않는다면, 처음 생각했던 전개가 아닐 때 오히려 소재가 더 잘 살아나는 경우도 있습니다.

이건 써도 되는 작품이다, 하는 생각이 들었다면 연재를 시작합니다. 장르에 따라 다르지만 로판이라면 무료연재처에 먼저 한 화씩 올려 보는 것을 추천해요. 특히 신인이라면 더. 작품을 등록했을 때 실시간으로 쌓이는 조회수와 댓글을 보는 것은 다음 편을 집필하는 원동력이 됩니다. 실제로 매일 연재에 익숙하지 않다면 이 독자 반응을 연료로 삼는 게 가장 효과가 좋으니까요.

매일 한 편. 한 편의 분량은 4~5천 자로 써 보는 것을 추천합니다. 1만 자를 우선 쓴 후 퇴고해서 5천 자로 깎아 내는 것도 좋지만, 퇴고하는 데 시간이 걸리는 편이라면 그냥 쭉 쓰는 게 낫습니다. 퇴고는 정식 연재에 들어갈 때 해도 되고, 연재 끝나고 단행본 낼 때 해도 됩니다. 중간에 멈추지 않고 쭉 써 나갔을 때의 속도감은 연재물에서 몹시 중요합니다. 퇴고를 안 해서 글이 어설픈 단점을 충분히 보완하고도 남을 정도로요. 그리고 이때 생긴 설정 오류는, 연재를 하다 보면 보완할 방법이 생기는 경우가 많습니다. 초반에 오류를 바로잡지 않고 후에 집필하면서 초반의 오류를 보완하면 훌륭한 복선이 되거든요. 이거야말로 위기를 기회로 바꾸는 거죠.

생각이 많아서 시작을 못 하는 사람이라면 우선 질러 보는 것을 추천합니다. 본인이 마감에 대한 압박감이 있어야 글을 쓸 수 있는 사람이라면 무턱대고 연참 공지부터 올리는 것도 좋은 방법입니다. 일단 일을 벌여 놓으면 수습하기 위해 정신없이 뛰게 되어 있거든요. 오히려 불필요한 생각을 줄여 주고 집필에만 집중할 수 있어 효과는 뛰어난 방법입니다. 다만 체력이 빠르게 고갈될 수 있어 장기적으로는 추천하지 않습니다.

웹소설 트렌드 파악은
웹소설로 하는 것이 최고

동일 장르의 인기작으로 인풋하는 것도 좋지만, 다른 장르의 작품으로 인풋하는 것도 도움이 됩니다. 저는 보통 내가 좋아하는 장르를 한 편, 그리고 내가 좋아하지는 않지만 대중적으로 인기가 있는 장르를 한 편, 번갈아 읽습니다. 좋아하는 장르를 읽으면서 기분전환을 하고, 대중적인 장르를 읽으면서 트렌드를 파악하는 거죠. 만약 활자를 너무 많이 읽어서 머리가 지친 상태라면 영화나 드라마를 보는 것도 좋습니다.

작품만 읽어서 대중이 열광하는 포인트를 파악하기 어렵다면 댓글이나 리뷰를 찾아봅니다. 어떤 포인트가 먹히는지 조사하고, 다시 읽어 보면 답이 보이는 경우가 많습니다. 거기서 찾아낸 포인트를 내 작품에 반영할 수 있다면 반영하고, 아니면 신작을 구상하는 거죠.

어느 날 갑자기 글이 안 써진다면
고쳐라, 버려라, 건너뛰어라

계약을 하지 않은 글이라면, 무료연재처에 올려 보는 것 이상의 방법이 없습니다. 반응이 오면 글은 쓰게 되어 있거든요. 반대로 반응이 없다면 글을 고쳐야 합니다. 고친 상태로도 답이 없다면 버려야죠. 적어도 내 능력으로는 쓸 수 없는 글이라는 뜻이니까요. 사실 여기까지는 문제가 없습니다.

문제는 계약해서 유료 연재를 시작한 이후에 글이 막힐 때죠. 플롯이 다 짜여 있는데도 막상 원고를 집필하면 내용이 전혀 안 이어질 때가 있습니다. 혹은 너무 작위적이거나. 시간적 여유가 있다면 비슷한 장르의 다른 작품을 여럿 보고 돌파구를 고안해 낼 수 있겠지만, 연재 중이라면 사실 이럴 여유가 없죠.

가장 좋은 해결법은 아니지만, 가장 효율적인 해결법은 있습니다. 급전개입니다. 막히는 부분을 통째로 건너뛰는 것이죠. 가령 주인공을 괴롭히던 흑막의 약점을 잡아 주인공이 흑막에게 복수하고 통쾌

한 사이다를 먹여야 하는데, 막상 쓰다 보니 복수 장면이 자연스럽게 나오지 않는다. 그러면 그냥 흑막을 없애 버리는 것도 한 방법입니다. 주인공이 복수를 하지도 않았는데 흑막이 먼저 죽어 버립니다. 그 이후에 사실은 배후가 있었다며 진짜 흑막을 등장시키는 거죠. 이야기를 환기시키면서 새로운 적의 등장으로 기대감을 한층 올려주고, 작가에게는 주인공이 복수해서 일을 해결하는 장면을 어떻게 넣을지 구상할 시간을 벌어 줍니다. 이걸 남발하면 진짜진짜 최종 마지막 리얼 파이널 흑막이 나오는 참사가 벌어지지만 한두 번 정도는 시간 벌기에 효과적인 방법입니다.

현실 연재는 계획한 대로 딱딱 맞춰 진행되는 경우가 더 드물기에, 이런 요행이나 편법도 때로는 필요합니다. 임기응변에 강한 타입이라면 이런 위기를 자연스럽게 넘기는 게 가능하죠. 다만 그만큼 연재는 더 길어지겠지만요.

작품 후반부에 다다른 당신
갑자기 앞부분을 수정하고 싶다면?
그대로 가거나, 더 큰 반전을 주거나!

어떤 방향으로 수정하느냐에 따라 다르지만, 보통 수정하지 않고 그대로 가는 게 최선입니다. 당장은 고치는 게 더 좋을 것 같아 보이지만, 그건 익숙한 것에 질린 자의 뇌가 일으키는 착각일 때가 많습니다. 게다가 한번 수정하기 시작하면 다른 부분도 손을 대지 않으면 안 되는 상황이 필연적으로 따라오거든요. 의자 다리를 하나 깎아 내면 나머지 세 개도 어쩔 수 없이 깎아 내야 높이가 맞는 것과 마찬가지죠.

그럼에도 불구하고 꼭 고치고 싶다. 그럴 때는 반전을 넣는 방법이 있습니다. 이제까지 이야기했던 설정·내용이 사실 거짓이고, 진짜는 이러하다는 반전. 다만 여기서 중요한 것은, 그 반전으로 인해 바뀐 내용이 이전의 이야기보다 확실하게 만족도를 올려 주는 이야기여야 한다는 겁니다.

가령 주인공을 학대하는 부모에게 사랑받기 위해 애쓰다가 결국 체념해서 버리는 이야기다, 그런데 여기서 저 부모가 사실 친부모가 아니었다는 걸로 설정을 바꾸고 싶다? 그러면 주인공에게 출생의 비밀을 부여하며 진짜 부모를 등장시키면 됩니다. 다만 여기서 진짜 부모가 등장할 거라면 진짜 부모는 가짜 부모와 달리 주인공에게 우호적이어야 하며, 실제로 막강한 부나 권력 등을 가지고 주인공을 확실하게 서포트해 줄 수 있어야겠죠. 주인공이 원했던 행복한 가족을 만들어 줘야 합니다. 이런 반전이라면 비록 뜬금없을지언정 만족도는 높아집니다. 진짜 부모가 나타났는데 더 질 나쁜 사람들이라 고구마를 먹이는 거에 비하면 말이죠.

롱런하는 작가의 바른 생활,
정석은 괜히 정석이 아니다

작가로서 건강하게 살아남는 방법, 사실 이렇다 할 팁은 없습니다. 여러 가지 시도를 해 봤지만 결국은 운동만 한 게 없었거든요. 규칙적인 생활, 인스턴트가 아닌 제대로 된 식사, 물을 많이 마시고, 적당한 강도의 운동을 할 것. 뻔한 이야기인가요? 하지만 이걸 매일 반복하는 생활을 유지하는 건 절대로 쉬운 일이 아닙니다. 그런데, 하면 확실히 달라져요. 일주일만 지속해도 집중력이 올라가는 게 느껴집니다. 정석이 괜히 정석이 아닌 거죠. 다른 편법을 찾아볼 시간에 정석대로 일주일만 살아 보는 게 훨씬 낫습니다.

전업 작가로서의 경제생활이라면, 사람마다 기준이 달라서 애매한데, 저는 스테디셀러를 기준으로 잡습니다. 연금작이라고도 하죠. 굳이 억대 히트작이 아니더라도, 다달이 2백만 원 이상의 수입을 꾸준히 가져다주는 히트작이 있다. 그러면 최저생계비가 보장된 셈이니 편하게 전업 작가로 전환이 가능하죠. 차기작이 망해도 고정 수입은 들어오니까요. 다만 고정 수입이 없는 상태에서라면 이야기가 달라집니다. 이때는 여유 비용까지 계산해야 하니까요. 장편이라 적어도 1년 치 선인세 혹은 기대 매출이 있는 상황이라면 다르겠지만, 그게 아니라서 무료 연재로 작품을 하나씩 던져 봐야 하는 상황이라면 최소 반년 치 생계비는 마련을 해 놓고 시작해야 하거든요.

부양해야 할 가족이 없다는 전제하에서라면 월수입 2백만 원 이상, 연수익 3천만 원 이상만 목표로 해도 한시름 놓을 수 있죠. 조금 여유를 갖고, 중간에 안식년도 가지면서 쉬고 싶다면 월 3백 이상, 연 5천 이상을 목표로 하는 게 좋고요. 연수익이 월수익의 합보다 높은 이유는 월수익을 최저로 잡았기 때문입니다. 작가라는 직업 특성상 달마다 들어오는 금액이 일정하지 않으니까요. 어떤 달에는 3백만 원, 어떤 달에는 천만 원…… 해서 연수익 5천을 목표로 잡는 겁니다. 자가가 있다면 그 정도로만 벌어도 불안하지는 않습니다. 여기서 연금작이 나오면 연수익이 1억 이상으로 껑충 띕니다. 그러면 상당히 여유로워지죠. 그런데 연금작은 본인이 내고 싶다고 해서 나오는 게 아니니 복권 당첨이라고 생각해야 속이 편합니다.

작가로 데뷔하고 나면 여기저기서 억대 수익을 올리기 때문에 조바심을 내기 쉽지만, 남의 기준에 맞추지 말고 자신에게 현재 필요한 것이 무엇인가를 알고 그걸 기준으로 집필해야 작가 생활을 계속할 수 있습니다. 적당히 하고 싶은 거 하고 사고 싶은 거 살 정도로 벌고 있다면 너무 욕심을 내는 것보다는, 현재 내 자리를 유지하는 데 충실하는 게 좋습니다. 무리하게 억대 수익을 목표로 달려들다가 미끄러졌을 때는 정말 걷잡을 수 없어지거든요. 제자리에서 노력하기만 해도 더 올라갈 기회는 분명히 옵니다. 오히려 조바심 나서 다 던져두고 달려갈 때보다 훨씬 빠르게.

이 정도 쓰면 누구나 전업 작가!
글쓰기는 재능이 아니라 방법의 영역

작품이 얼마나 히트하느냐에 따라 수익이 달라지므로 전업 작가로 살아남을 수 있는 평균 출간 종 수라는 건 존재하지 않지만, 하한선은 있습니다. 100화 기준 천만 원, 200화면 2천만 원. 즉 3~4개월 안에 50만 자를 쓰고 다음 작품 집필에 바로 들어갈 수 있다면 최저 연수익을 달성하는 데는 어려움이 없습니다.

만약 할당 분량을 썼는데도 최저 연수익을 달성하지 못했다면, 그건 본인의 재능이 부족하다기보다는 잘못된 방법을 택해서 그렇다고 생각해요. 방법을 바꾸는 게 좋습니다. 장르나 플랫폼을 바꾸는 것도 좋고, 글 스타일을 바꾸는 것도 한 방법입니다. 필명을 바꾸는 것도 의외로 효과가 좋고요. 특히 필명을 바꾸면, 내가 어떤 작가인지 정보를 모르는 상태에서 독자들이 글을 읽기 때문에 글 자체로 평가받을 수 있거든요. 참 아이러니하게도, 의외로 독자들은 애매한 기성작가보다 정보 없는 신인에게 평가가 후한 경향이 있습니다. 연재 반응도 우호적이고요. 한 예로 저는 익명으로 공모전에 참가했을 때 가장 폭발적인 반응을 받았고, 필명을 밝히고 난 후에야 그전에 없었던 저평가가 갑자기 쏟아지는 것을 보았습니다. 신인이라서 기대가 없는 상태로 읽었기에 좋게 평가했는데 기성이라는 것을 알고 나니 갑자기 엄격한 잣대가 들이대진 거죠. 만약 신인 필명으로 연재했고 반응이 좋다면, 기존 필명을 밝혀서 변수를 만들지 말고 새

필명으로 쭉 가는 것을 개인적으로는 권장합니다.

얼마나 히트했느냐에 따라 수익이 널뛰는 것이 작가라는 직종이지만, 그게 순전히 운만으로 결정되는 건 아닙니다. 노력이나 실력순으로 결정되는 것도 아니고요. 내가 잘 쓰는 글을 내 글이 취향에 맞는 독자들이 있는 곳에 판매하는 기반을 마련하고, 그 뒤에는 우직하게 써 내려가는 것이 최선이지 않을까 합니다.

오랜 옛날부터 이어진 인기 장르, 에로틱 로맨스 판타지의 매력

야한 이야기만큼 사람의 관심을 끌기 쉬운 글은 없습니다. 전쟁이 나서 피난을 가던 와중에도 팔리던 게 춘화집이고 야설이었으니까요. 인류가 멸망하는 날까지 에로틱 소설은 계속해서 인기가 있을 겁니다. 다만 시대 상황에 따라 사람들이 에로틱 로맨스로서 소비하고 싶어 하는 주제는 달라지겠죠.

에로틱 로맨스의 기본 전제는 '사랑'입니다. 다만 그게 꼭 정상적인 사랑일 필요는 없습니다. 오히려 비정상적인 집착이나 의존일 때가 더 많거든요. 그래서 에로틱 로맨스 소설에 등장하는 남주는 대체로 정상이 아닙니다. 정상처럼 보이지만 어딘가 돌아 있는 남자가 대다수죠. 혹은 본래는 정상인이었던 남주가 여주와 만나고부터 갑자기 돌아 버려서 집착하는 거죠.

로맨스 남주의 기본 소양이 '집착'이라면, 에로틱 로맨스에서는 여기에 '의존'이 더해집니다. 여주의 몸, 즉 여주와의 잠자리에 중독돼서 여주가 곁에 있지 않으면 안 되는 거죠. 쉽게 말해 마약 중독자가 된 상태와 비슷합니다.

　　그냥 평범하게 사랑하면 되지 왜 중독자로 만들어야 하는가? 불안해서 그렇습니다. 사람의 마음은 변할 수 있습니다. 사랑도 언젠가는 식죠. 죽을 때까지 변치 않는 세기의 사랑도 있다지만 그게 흔하지는 않으니까요. 그러니 남주를 중독자로 만들어서 안심하고 싶은 겁니다. 중독 상태를 벗어나지 않는 이상 평생 여주에게 의존할 수밖에 없고, 미쳐서 정상적인 사고가 불가능한 남주는 평생 여주를 사랑할 수밖에 없거든요. 그렇다고 해서 남주를 진짜 마약 중독자처럼 묘사해서는 안 됩니다. 어디까지나 머릿속에서 존재하는 설정인 거죠. 여주에게 집착하고, 여주가 안 보이면 불안해하고, 여주와의 잠자리에서는 이성을 잃고 달려들지만 일상생활은 멀쩡히 해야 하며 남들 앞에서는 의젓하고 근사해야 합니다. 다만 그 모습이 유지되는 건 여주가 곁에서 남주의 중독 증상을 잠자리로 치료해 줄 때뿐이기에, 여주가 도망치면 전부 무너져 버립니다. 그러니 모든 걸 다 내던지고 미쳐 날뛰며 여주를 찾아다니죠.

　　겉으로는 고독하고 마음의 상처가 있는 남주를 여주가 치유하고 구원해 주는 이야기지만, 실제로는 좀 쓸쓸해도 혼자서 멀쩡히 잘 살아가던 남주를 중독자로 만들어 불행의 늪으로 끌어들인 뒤 달아나지 못하도록 여주가 옭아매는 이야기인 셈입니다.

에로틱 로맨스의 경우, 해피엔딩과는 별개로 베이스는 파괴적인 감정인 편이 더욱 몰입도를 올려 줍니다. 그냥 걱정 없이 행복해지는 이야기는 별로 야하게 느껴지지 않거든요. 누군가 미치고 절규하고 폭주하는 불안한 이야기일 때 에로틱한 장면에도 긴장감이 더해집니다. 흔들다리 효과와 비슷하다고 볼 수 있겠네요.

　에로틱 로맨스에서 피폐물이 특히 인기가 좋은 이유가 이것입니다. 현실의 내가 체험하고 싶지는 않지만 남이 겪는 모습은 보고 싶거든요. 궁금하니까. 에로틱 로맨스를 쓸 때 가장 하기 쉬운 실수가 '나는 이런 일을 겪기 싫으니까'라는 이유로 소재를 제한하는 건데요, 소설은 현실이 아니라 단지 나의 취향이 반영되었을 뿐, 가상의 세계라는 사실을 잊지 말아야 합니다. 좀비 소굴에서 탈출하는 소설을 쓴다고 해서 내가 실제로 좀비에게 쫓기고 싶은 건 아니니까요. 에로틱 로맨스도 마찬가지입니다.

　내가 경험할 생각은 없지만, 누군가를 그 상황 속에 던져 넣고 나는 안전한 곳에서 구경하고 싶은 것. 그런 소재를 잡아야 글을 즐겁게 쓸 수 있고, 독자 입장에서 어떻게 보일지도 판단하기 쉽습니다. 가령 남자만 있는 섬에 여주를 던져 넣는다거나, 다가오는 사람을 닥치는 대로 찢어 죽이는 미치광이 괴물 공작의 성에 여주를 밀어 넣는다거나, 자정이 되기 전까지 남자와 관계를 맺지 않으면 죽어 버리는 약을 여주에게 먹인 뒤 남주와 한방에 가둬 버린다거나. 가상의 세계, 가상의 인물들이니 무엇이든 시도할 수 있지요. 이성과 도덕과 합리를 벗어 버리고 욕망과 호기심만으로 이야기를 짜 본다면 분명 굉장한 결과물이 나올 거예요.

이야기의 강약이 중요하듯
에로틱의 수위 조절도 중요

이야기에는 강약이 중요합니다. 에로틱 로맨스의 수위 장면도 마찬가지죠. 가장 쉬운 방법은 이야기의 첫머리에 수위 장면을 배치하는 겁니다. 소설을 막 읽기 시작하는 독자 입장에서는 처음부터 모르는 사람들의 뜨겁고 축축한 장면으로 시작하니 몹시 당황스럽겠으나, 야한 장면만큼 사람의 이목을 끌기 쉬운 장면도 없지요. 매력적인 도입부를 쓸 자신이 없을 때 차선으로 내거는 고전적인 방법이지만, 여전히 유효합니다.

그러지 않고 이야기를 시작했다면 남녀 주인공의 첫 관계는 가급적 뒤로 미루는 것이 좋습니다. 참았다가 터뜨릴수록 강렬한 법이니까요. 다만 흥미진진한 사건 없이 무작정 뒤로 미루는 건 독자를 지루하게 할 가능성이 높으므로, 중간에 환기를 해 줘야 합니다. 가장 쉬운 방법은 불발입니다. 하다가 도중에 그만두는 것이죠. 그건 본인들의 의사일 수도 있고, 방해꾼의 등장 같은 외부 요인 때문일 수도 있습니다. 중요한 건 두 주인공이 처음으로 상대를 육체적으로 욕망하고 있음을 자각하는 거니까요. 한 번 불발이 된 이후에는 같은 접촉이라도 괜히 더 자극적으로 느껴지는 법이니, 제대로 첫 관계를 맺기까지 텐션 유지에 도움이 됩니다.

또 다른 방법은 목격입니다. 혹은 관음일 수도 있고요. 가볍게는 탈의하거나 목욕 중 알몸을 목격하거나, 깊게는 수음 장면을 엿보는

웹소설의 모든 것

것이 있겠네요. 상대를 이성으로 의식하지 않다가 이 장면에서 처음으로 성적 충동을 느끼는 거죠. 예전에는 여주가 탈의나 목욕, 수음 장면을 남주에게 들키는 경우가 많았는데 최근으로 올수록 반대 경우가 늘어나고 있습니다. 아무래도 전자는 공감성 수치를 불러일으켜서 그런 모양이에요.

혹은 육체관계를 맺었지만 그걸 무로 되돌리는 방법도 있습니다. 꿈 혹은 기억상실이 그 대표적인 예입니다. 꿈이라면 깨고 나서도 여전히 꿈속 장면을 기억하기에 상대를 만날 때마다 의식하면서 긴장감이 발생하겠죠. 반대로 기억상실이라면 상대와 육체관계를 맺었지만 그때의 기억이 휘발되어 전혀 모를 겁니다. 다만 몸은 상대를 기억하고 있으니 이상하게 끌릴 수 있죠. 둘 중 한쪽만 기억하는 경우라면 더 심할 거고요.

마지막 방법은 그냥 하는 겁니다. 다만 양쪽의 동의하에 이루어지는 행위가 아니라 한쪽의 강압에 의해 이루어지는 행위가 되겠죠. 소위 말하는 강제적 관계입니다. 주도하는 쪽의 행동이 정말로 강제적인 행위인가, 아니면 두 사람 모두 마음은 있는데 타이밍을 맞추지 못했을 뿐인가에 따라 당하는 쪽의 감정이 끝까지 '안 돼'인지, '안 돼 → 돼'로 변하는지가 갈립니다. 피폐물이라면 전자, 로코라면 후자가 되겠죠. 그리고 이 장면 이후에 어떻게 갈등을 해결하느냐로 둘의 마음이 통해 제대로 된 첫 관계를 맺을 수 있는가, 여전히 강압적 관계로 가느냐가 갈립니다.

그런 우여곡절 끝에 바야흐로 첫 관계를 맺습니다. 사전에 어떤 전개를 따라갔느냐에 따라 어쩌면 처음이 아닐 수도 있으나 서로 마음이 통하는 장면으로서는 처음이지요. 이 부분은 감정에 집중하는 편이 좋습니다. 혹은 서로의 육체를 보며 무슨 생각을 하는지 보여주는 것도 좋고요. 소리, 온도, 맛, 색과 같은 감각적인 묘사를 잔뜩 활용해도 좋고, 움직임을 묘사하는 것도 좋습니다. 수위 장면에서 육체와 감정의 묘사는 구체적이라서 나쁠 것은 없으므로 최대한 공을 들이는 것이 좋습니다. 행위의 끝은 처음인 만큼 어설픈 마무리라서 아쉬움을 남겨도 좋고, 꿈만 같은 행복한 경험을 처음이자 마지막으로 남겨도 좋습니다.

이후로 나오는 수위 장면부터는 처음과 달라지는 게 중요합니다. 같은 패턴의 반복은 지루하니까요. 상황을 바꾸거나, 장소를 바꾸거나, 혹은 남녀 주인공의 감정적 우위나 행위의 주도권을 역전시키거나. 다양한 방법을 활용하는 것이 좋습니다. 역할극도 좋고, 판타지라면 마법이나 약물을 활용할 수도 있지요.

남녀가 불타는 그 장면
제대로 로맨틱하게 쓰려면

여기 닳고 닳은 고인물이 있습니다. 쉽게 말해 그 분야의 1인자, 챔피언인 셈이죠. 그리고 챔피언 앞에 초보자가 나타납니다. 둘은 대결을 해야 하는 상황에 놓입니다.

챔피언 vs. 초보자의 대결. 승자는 누구일까요? 챔피언이 이기는 결과는 너무 뻔합니다. 여기서는 초보자가 이겨야 재미있어지죠. 더 이상 상대할 적이 없는 챔피언은 자신과 대결할 상대로 아무것도 모르는 초보자가 나서는 걸 보고 기막혀합니다. 초보자에게 전력을 다할 수는 없고, 적당히 봐주면서 슬슬 가지고 놀다가 지겨워지면 시합을 끝낼 생각으로 다가서죠. 초보자를 툭툭 건드리면서 반응을 보고, 져 줄 듯 약 올려 보기도 하고, 슬슬 때려눕힐까 하는 생각을 하던 찰나. 초보자의 일격을 맞고 챔피언은 쓰러지고 맙니다. 아무것도 할 줄 모르는 초보자가 챔피언을 쓰러뜨렸습니다. 있을 수 없는 일이 일어났죠. 어안이 벙벙한 건 챔피언도 마찬가지입니다.

'내가 왜 쓰러졌지? 내가 어떻게 초보자한테 질 수가 있지? 이건 말도 안 돼.' 챔피언은 자신의 패배를 납득할 수 없습니다. 그래서 승리의 기쁨에 얼떨떨해져 있는 초보자에게 다가가 제안합니다. 다시 한번 겨뤄 보자고.

초보자는 자신도 어떻게 챔피언을 때려눕힐 수 있었는지 모릅니다. 요행이었던 것도 같고, 우연이었던 것도 같고. 다시 대결하면 분명 자신이 질 테니 거절하려 하죠. 하지만 챔피언은 계속해서 초보자를 설득합니다. 급기야는 매달립니다. 제발 한 번만 더 겨루게 해 달라고.

얼떨결에 승낙한 초보자는 다시 챔피언과 겨룹니다. 이번에는 챔피언도 방심하지 않습니다. 신중하게 탐색을 하고, 빈틈을 발견해 파고들려던 찰나. 챔피언은 다시 초보자의 일격에 뻗어 버립니다. 우연이 아니었다는 걸 챔피언은 이때 깨닫지요. '아, 저 초보자가 나보다 강하구나. 그냥 뉴비가 아니라 만렙 뉴비였구나.' 하고 말입니다. 반면에 초보자는 아직도 자신이 어떻게 챔피언을 때려눕힐 수 있었는지 모릅니다. 여전히 우연인 것 같은데, 챔피언은 우연이 아니라고 말합니다. '내가 정말 챔피언을 이겼나? 나에게 정말 재능이 있나?' 아직 확신은 없지만, 승리하면 기쁜 법이죠. 초보자는 챔피언과의 대결에 재미를 붙입니다. 여전히 마음 한구석에서는 자신이 질지도 모른다는 생각에 정면 대결은 피하고 싶다는 불안감을 안고 있지만, 챔피언과의 대결을 포기하기엔 승리의 맛은 너무도 달콤했죠. 그래서 초보자는 다시 챔피언과의 대결에 나섭니다.

에로틱 로맨스에서 남녀 주인공의 관계는 이와 같습니다. 섹스에 통달한 절륜한 남자 주인공과 아무것도 모르는 순진한 여자 주인공. 절륜한 남주가 순진한 여주를 꼬셔 잡아먹을 셈이었는데, 웬걸. 두 사람의 초야에 정신을 못 차리고 빠져드는 건 남주 쪽입니다. 순진한 줄 알았던 여주 쪽에 천부적인 재능이 있었던 거죠. 이미 수많은 여자를 만나 보았기에 연애에도 섹스에도 시큰둥했던 남주는 만렙 뉴비인 여주를 만나 큰 충격을 받습니다. '아, 이제까지 내가 해 왔던 섹스는 진짜 섹스가 아니었구나. 나는 여주가 아니면 안 돼. 제발 내 옆에 있어 줘.' 그러면서 매달리는 겁니다.

반대로 뒤집으면 수많은 남자를 경험하고 절륜한 여주인공이 순진한 동정남인 남주인공을 꼬시려다가 신세계를 맛보는 내용이 되겠지요. 이제까지 어떤 남자에게도 만족할 수 없었던 여주. 하룻밤

가지고 놀 생각으로 순진한 동정남주를 건드렸는데……. 신선한 자극에 정신을 못 차리고 빠져들게 되지요. 아 이러다가 큰일 나겠다 싶어서 발을 빼려던 순간, 남주가 여주를 보낼 수 없다며 붙잡습니다. 여주와의 경험을 통해 이미 천국을 맛본 남주는 지상에 떨어지기를 거부하죠. '나를 버리지 마세요. 뭐든지 할 테니까 함께 있게 해 주세요.' 이러면서 매달리는 겁니다.

그렇다면 남녀 주인공이 모두 절륜한 경우에는 어떻게 될까요? 그건 고수들의 대결입니다. 치고, 받고, 뺏어 돌리는 화려한 기술은 보기만 해도 즐겁고, 치열한 공방전이 주는 긴장감은 손에 땀을 쥐게 합니다.

반대로 두 사람 모두 초보자인 경우에는? 처음 시작하는 초보자 둘이 파티를 맺어 하나씩 체험하고 공략해 가는 모습은 훈훈한 감동을 안겨 주죠. 파티에 고인물이 없기 때문에 발생하는 사건 사고는 지켜보는 입장에서는 아무것도 아니지만, 초보자 입장에서는 재난과도 같습니다. 열심히 뻘뻘 땀을 흘리며 문제를 해결한 초보자가 성장하는 모습을 지켜보는 것도 은근히 흥미진진합니다.

고인물과 초보자, 초보자와 고인물, 두 고인물, 또는 두 초보자. 남녀 주인공이 각각 어느 포지션을 맡는가에 따라 두 사람의 관계도 달라집니다. 다만 한 가지 공통점은 있습니다. 처음은 누가 주도권을 쥐고 있었든지 간에, 마지막에는 주도권이 여주에게로 넘어온다는 것이죠.

．

여성들의 유대와 관계, 사랑을 그려 내는 GL.
지금보다 더 다양한 욕망과 서사를 담은
이야기가 많아지길.

황홀한 나락, S와 S의 관계, 욕망을 입은 꽃 등

사소하게 시작된 변화
조각글에서 데뷔작으로

어쩌면 인생의 큰 변화는 가장 사소한 일에서 시작될지도 모르죠. 제게는 2014년부터 네이버 카페에서 조각글을 쓰기 시작한 일이 그랬어요. 어려서부터 꾸준히 글을 써 왔던 저는 성인이 된 후에도 소설 쓰기가 유일한 취미였어요. 그렇게 시작한 조각글은 제가 평소 보고 싶었던 이야기를 끄적거린 것으로, 흔히 펨돔Femdom이라고 불리는 가학성애자인 S가 자신이 싫어하는 J와의 술 내기에 패하며 한 달간 그녀의 소유가 되는 이야기를 담고 있습니다. 클리셰적이고 말초신경을 자극하는 이 이야기가 생각보다 높은 반응을 얻게 되자 신이 난 저는 그 조각글을 기반으로 조아라에 〈S와 S의 관계〉라는 소설을 연재하기 시작했어요.

GL소설 시장이 불모지와 다름없던 때라(연재 제안이 와도 GL을 BL로 바꿔서 출간하자는 조건이 달리던 때였죠.) 성인 하드코어 장르로는 시초인 작품이었고 자극적인 데다 섬세한 감정묘사를 담고 있어, 전반적으로 좋은 반응을 불러왔습니다. 그 뒤로 레진코믹스에서 정식 연재 제안이 들어왔고 당시 휴학생이던 저는 그 제안을 받아들여 웹소설 작가로 데뷔했어요. 재학 중에도 꾸준히 작품을 연재해, 소설로는 판타지 장르인 〈솔라 이클립스〉, 현대 로맨스인 〈욕망을 입은 꽃〉, 〈랩소디 인 파리〉와 같은 작품을 이어 갔고 최근에는 오메가버스 시대물인 〈황홀한 나락〉으로 감사하게도 리디북스 로맨스 부문 실시간 랭킹 1위를 차지했습니다. 웹툰으로는 2017년에 〈릴리트〉를 오픈해 며칠 전, 완결 원고를 넘겼어요.

2016년 데뷔 이후, 꾸준히 작품 활동을 해 온 제게 작가로서의 목표를 묻는다면 제일 먼저 튀어나오는 건 '나 하나 먹고살 돈을 버는 것!'이라고 말할 수 있겠네요. 작가로서 목표로 삼는 비전을 말하라면 여러 가지를 꼽을 수 있겠지만 '전업' 작가로 삼는 목표에는 아무래도 수익을 뺄 수 없다고 생각해요. 업이라는 건 생계를 유지하는 일이니까.

두 번째로 꼽는 목표를 말하자면 '읽는 사람이 즐거운 글을 쓸 것'입니다. 그동안 많은 작가 지망생분들이 멋지고 위대한 작품을 쓰겠다는 생각에 자기 세계 안에 갇히는 모습을 많이 봐 왔어요. 물론 독창성도 중요하지만 독자들은 교훈이나 의미보다 즐거움을 위해 웹소설을 찾으니까요. 상업 작가로 살아남기 위해서는 자신이 생각하는 독자층을 겨냥하고 그 독자들의 니즈에 맞춰서 글을 쓸 줄 알아야 해요. 아무래도 작가도 사람인지라 자신의 취향과는 완전히 다른 작품을 쓰라고 권할 순 없지만, 자신의 취향과 대중의 취향의 교집합이 되는 작품을 쓰는 것이 가장 좋아요. 작가인 자신의 취향이 대중적인 취향과 크게 겹친다면 '축하합니다! 웹소설 작가로서 가장 큰 축복을 손에 넣으셨습니다!'라고 크게 박수 쳐 주고 싶네요.

마지막으로 헤아려 본 목표는 '술술 잘 읽히는 글을 쓸 것'입니다. 저는 정통 판타지로 장르소설에 발을 들인 세대였는데, 그 시절에는 간결체보다는 만연체가 유행했고 저도 그런 문체를 동경했어요. 하지만 요즘 독자들은 책이 아닌 손바닥만 한 스마트폰으로 웹소설을 읽습니다. 문장이 긴 글은 상황을 꾸미기에는 적합하지만 호흡이 벅차죠. 거기다 조금만 길어져도 한 문장이 휴대폰 화면의 절반 이상을 차지합니다. 그렇다고 긴 문장을 무조건 쓰지 말라는 뜻은 아니에요. 긴 문장도 읽는 사람의 호흡에 맞춰서 쉼표와 문장을 잘 구성해서 쓴다면 쉽게 읽힐 수 있으니까요. 다만 이런 문장은 오랫동안 글을 쓴 경험과 테크닉을 필요로 하다 보니, 초심자에 가깝다면 단문으로 글을 쓸 것을 추천해요. 그리고 한 문단이 너무 크다 보면 화면을 가득 채우게 되니, 읽기 편하도록 문단을 잘게 쪼개는 것도 팁이라고 말씀드릴 수 있을 것 같아요

지금까지 그리고 앞으로 이어질 말은 어디까지나 데뷔 이후 지난 5년간 글을 써 온 제 경험에 의거해서 말하는 것임을 알아주셨으면

좋겠어요. 제 생각에 공감하실 수도 있고 고개를 저을 수도 있어요. 그러니 부디 자신에게 잘 맞는 방법으로 잘 살펴 참고하셨으면 하는 바람입니다.

당신이 쓰고 싶은 소설
단 한 줄로 요약할 수 있나요

"있잖아, 소설을 쓰려고 할 때 제일 먼저 뭘 하면 될까?"

최근, 나의 20대를 함께했던 친구에게서 한 가지 질문을 받은 적이 있어요. 그 말을 들은 저는 잠시 생각하다가 입을 열었어요. 물론 하고 싶은 말은 많았지만 제가 가장 먼저 말한 건 한 문장이었죠.

"우선 그 이야기의 로그라인을 써."

대개 많은 창작자들은 '아, 이런 이야기가 쓰고 싶은데……' 하는 가벼운 발상에서 시작해요. 로그라인은 그 이야기가 어디서부터 시작되어 어떻게 끝나는지를 담은 한 문장입니다. 단 한 줄로 요약되는 줄거리는 그 이야기의 핵심이자 뼈대가 되죠. 거창한 이야기가 아니에요. 제가 쓴 소설 중 〈랩소디 인 파리〉의 로그라인을 예로 들어 볼게요. '슬럼프에 빠진 피아니스트가 부상당한 음악대학 교수와 파리에서 만나 성장해 나가는 이야기'라고 말할 수 있겠죠. 이 로그라인에서 우리는 네 가지를 알아낼 수 있어요.

1. 이야기 속 인물 정보
   '슬럼프에 빠진' 피아니스트와 '부상당한' 음악대학 교수

2. 사건의 배경
   파리

3. 주된 갈등
   슬럼프

4. 이야기의 결말
   피아니스트의 성장

이렇게 로그라인에는 이야기의 시작과 갈등, 그리고 주인공의 목적이자 결말이 담겨 있어요. 추상적이고 명확하지 않은 아이디어에서 보다 명확한 길을 제시하는 이정표이기 때문에, 집필 시작 전에 뚜렷한 로그라인을 잡고 시작하라고 권하고 싶어요. 이 부분은 시중에 나와 있는 시나리오 작법서에 상세하게 설명되어 있으니 그런 책들을 참고하셔도 좋을 것 같아요.

고개를 끄덕이는 친구에게 두 번째로 당부했습니다.

"소설에는 네가 생각하는 스케일에 맞는 사건이 들어가야 해. 단편이면 단편 분량의 사건이, 중편, 장편에는 각각 그 분량에 맞는 사건과 장애물이 말이야. 스케일에 비해 너무 많은 사건을 넣으면 분량이 늘어나거나 네가 말하고자 하는 걸 제대로 소화하지 못할 수 있어."

이 말대로 단편에는 단편에 알맞은 사건의 양이, 장편에는 그에 적합한 사건의 양이 있어요. 짧은 분량의 이야기를 쓸 건데 대서사시

로 시작하는 것은 옳지 않고, 긴 장편의 이야기를 쓰려는데 너무 적은 양의 갈등을 넣는다면 지루해지겠죠. 당신이 웹소설 한 권 분량을 쓴다면 사건은 그리 많지 않은 것이 좋아요. 한 권에 들어가는 이야기의 양은 생각보다 적어서, 기승전결을 잡아서 글을 쓰다 보면 인물의 등장과 갈등으로 가기까지의 빌드업, 그리고 절정의 상황과 그 후의 이야기를 쓰는 것만으로 한 권을 훌쩍 넘길 수도 있어요. 그러니 자신이 생각하는 분량과 비슷한 소설을 읽어 보고 어느 정도의 사건이 들어가야 하는지 참고한 뒤, 이야기의 구성과 사건의 양을 다시 한번 점검해 보는 것이 가장 좋은 방법이라고 생각해요.

직장인처럼 일주일 시공간 분리!
삼색펜, 스케줄러, 2010 전법

저는 평일에는 일하고 주말에는 쉬는 직장인들과 같은 패턴으로 일주일 계획을 짜고 있어요. 처음에는 저도 주말과 평일 구분 없이 일을 했지만 주어진 패턴이 없으니 아침에 일어나기가 싫어지더라고요. 점점 침대에 무기력하게 누워 있는 날들이 많아지면서 루틴을 정할 필요가 있다고 느꼈어요. 그 뒤로 평일에는 일하고 주말에는 쉬는 패턴대로 생활을 하니 월요일에는 "오늘은 일하는 날이야, 안 돼…… 일어나야 해." 하고 몸을 일으키게 되고, 금요일에는 "오늘을 불태우고 토, 일 쉰다!" 하는 마인드로 더 일에 매진하게 되더라고요. 주말에도 "오늘은 쉬어야 하는 날이야. 맘껏 놀아야지." 하고 다른 걱정 없이 쉴 수도 있고요. 아무래도 사람이니만큼 이 루틴대로 완벽하게 생활할 수는 없겠죠. 융통성을 발휘해 평일에 약속이 있다면 주말 하루는 밀린 일을 하기도 하고, 마감 기한이 넉넉하다면 여유로운 시간을 가지기도 해요. 하지만 일하는 고통만큼 휴식이 달콤해진다는 걸 잊어서는 안 됩니다. 프리랜서로 살아남기 위해서는 일정을 유연하게 조절해 가면서 자신에게 맞는 워크와 라이프의 밸런스를 생각해 보고, 자신만의 루틴을 만들어 가는 것이 중요해요.

　스케줄을 조정하는 또 다른 방법은 일주일을 주기로 리스트 업을 하는 거예요. 일주일의 시작인 월요일이 오기 전날 밤, 침대에 배를 깔고 누워 이번 주에 했던 일을 토대로 다음 주에 할 일을 체크해요. 그리고 검정색 펜으로 평소 작업에 걸렸던 시간을 생각해서 5일간의 스케줄을 써 내려가요.

11월 15일 (월)

- 〈황홀한 나락〉 39화 집필
- 〈황홀한 나락〉 40화 집필

11월 16일 (화)

- 〈릴리트2〉 70화 글 콘티 작업
- 〈릴리트2〉 70화 그림 콘티 작업

　이렇게 쓴 스케줄을 토대로, 월요일의 일과를 모두 마쳤다면 끝낸 건 빨간색 펜으로, 끝내지 못한 건 파란색 펜으로 위에 줄을 긋습니다. 작은 성취감을 채우는 일이죠. 작품 연재는 오랜 시간 계속되는 자신과의 싸움이에요. 길게는 일 년간, 짧게는 삼사 개월 넘게 작품을 준비해야 하죠. 물론 연재를 하고 나서 단행본으로 나오는 것과, 바로 단행본을 준비하는 것은 많은 차이가 있지만 그래도 하나의 이야기를 끌고 가는 것에는 오랜 노력이 필요합니다. 작품을 꾸준히 써 내려가기 위해서는 이 조그마한 성취감이 중요해요. 우리가 매일매일을 치열하게 살아가고 있다는 증거가 되니까요. 그러기 위해서 귀찮아도 하루의 일과를 체크리스트로 만들어 한눈에 확인할 필요가 있어요.

끝내지 못한 것은 다음 날 스케줄로 옮겨 써요. 파란색으로 체크되어 있다고 너무 우울해하지 마세요. 스케줄러에 쓰여 있다는 것만으로 내가 어떤 걸 해야 하고 또 어떤 걸 시도했는지, 한눈에 들어오니까요. 오늘 못 하면 내일 하면 되고, 내일 못 하면 모레 하면 되고요.

지금까지 시간에 대한 이야기를 했으니 이제부터는 공간에 대한 이야기를 해 볼게요. 제가 작가로서 조금씩 돈을 모으며 목표한 금액에 이르렀을 때, 가장 먼저 한 일은 이사를 하는 거였어요. 그 전에는 원룸에서 살고 있었거든요. 일과 생활의 공간이 분리가 되지 않음에서 오는 스트레스는 생각보다 커요. 그런 이유로 1.5룸으로 이사해 거실은 작업실로, 침실은 오롯이 휴식을 하는 공간으로 꾸몄어요. 하지만 이것저것 해야 할 일이 눈에 밟히는 집에서는 일에 집중하는 것이 어려울 때가 많아, 카페에서 일을 하는 날도 많아요. 아침에 일어나 씻고 밥 먹고 나니 나른해져서 눈앞에 보이는 침대에 '눕고 싶다, 쉬고 싶다……' 하는 생각이 든다면 한시라도 빨리 노트북을 챙겨서 집에서 탈출해야 해요! 바깥에 나오는 것 자체만으로 기분이 환기되기도 하고, 오늘 목표 분량을 다 해야 집에 간다는 생각에 절로 집중을 하게 되니까요.

하루치 목표 분량은 작가들마다 다르겠지만 저는 한 편 반 분량인 7,500자를 기준으로 잡아요. 컨디션이 좋으면 2만 자를 훌쩍 넘기기도 하고, 쓰기 싫으면 5,500자를 겨우 쓰기도 하죠. 저는 와르르 쏟아 내듯이 글을 쓰고 시간을 들여 퇴고하는 스타일이라 7,500자가 글의 일정한 퀄리티를 유지하면서 쓸 수 있는 적정 분량이라고 생각했어요.

집중이 안 되는 날에는 억지로라도 쓰기 위해 '2010 방법'을 주로 쓰는 편이에요. 정각에 시작해 20분은 무조건 쓰고 10분을 쉬고, 다시 20분 동안 일하고 10분 쉬는 걸 반복해서 한 시간을 채우는 방법이죠. 이때 무조건 지켜야 할 건 20분 동안은 카톡 알림이 깜빡거려도, 전화가 와도 무시하고 쓰는 일에만 집중할 것. 그렇게 4타임을 반복하면 한 편 분량이 조금 넘게 나와요. 대략 1,500자에 20분 내외가 걸리는 셈이죠.

가끔 어떻게 글 쓰는 속도를 높일 수 있는지 질문이 들어오곤 하는데, 교과서적인 대답이지만 이건 많이 읽고 많이 써 보는 것 말고는 방법이 없어요. 평소 자주 쓰는 단어들을 토대로, 머릿속에서 상황을 서술하는 문장이 구성되고 이를 쏟아 내는 훈련이 되어야 글속도가 붙는 식이라서, 어렸을 때부터 그런 훈련에 익숙해진 사람들이 웹소설 작가가 되는 경우가 많은 것 같아요. 그러니 문장의 구성을 익히기 위해 좋아하는 작품을 필사하거나 입 속으로 중얼거리며 타이핑을 해 보는 것도 추천드려요.

물론 빨리 많은 양을 써낼 수 없다고 해서 웹소설 작가가 되지 못하는 것은 아니에요. 작가마다의 스타일과 방식, 그리고 독자들에게 와닿는 매력이 있고 그런 고유한 부분은 글 쓰는 속도와는 별개의 능력이니까요. 다만 주 5일 이상 연재되는 작품이 쏟아져 나오는 웹소설 시장의 특성상, 손이 빠른 것은 충분히 유리한 무기로 작용할 수 있습니다.

글 쓸 에너지가 떨어지면?
에너지를 채우거나 그냥 쓰세요!

종종 SNS에서 그런 질문을 받곤 해요.

"슬럼프에 빠지면 어떻게 하세요? 글이 막힐 때는 어떻게 하시나요? 글을 쓰는 데 확신이 서지 않아요. 어떡하죠?"

그럴 때 제가 쓰는 방법은 둘 중 하나입니다. 첫 번째는 다 미뤄 두고 쉬는 거죠. 창작 일이라는 건 정해진 에너지가 있어서, 그 에너지를 모두 소진하고 나면 텅 비어 버린 느낌이 들곤 해요. 그럴 때는 무언가를 만들어 내는 일을 하기보다는 인풋으로 다시 채워 줘야 해요. 원재료를 넣어야 윙윙 돌아가며 생산품을 내놓는 기계처럼, 많은 것을 보고 읽고 느끼고 생각하는 거예요. 친구를 만나서 맛있는 음식을 먹을 수도 있고, 카페에서 한적한 시간을 보내며 지나가는 사람들을 구경할 수도 있고, 요즘 유행하는 영화나 드라마를 정주행할 수도 있겠죠. 그렇게 무언가를 채운다면 반드시 또 다른 무언가를 쓰고 싶어질 거예요.

그러나 시간은 유한하고 마감은 정해져 있는 법. 그럴 여유가 없다면? 그럴 때는 두 번째 방법이 있죠. 그냥 쓰세요! 글을 쓰다 보면 자주 갈팡질팡해요. 슬럼프에 빠지기도 하고 지금 내가 제대로 쓰고 있는 건지, 이렇게 하는 게 맞긴 한 건지, 내가 잘못하고 있는 건 아닌지 헷갈리기도 하고요.

대개 사람은 자신이 처한 상황과 감정에 대해 그 당시에는 잘 인식하지 못해요. 시간이 지나고 나서야 '아, 내가 그 애를 좋아했구나.' 하고 깨닫는 것처럼 지금 쓰고 있는 작품도 마찬가지죠. 시간이 지나야 비로소 알 수 있어요. 저는 작품을 쓸 때의 기분과 작품에 대한 평가는 다르다고 말하고 싶어요. 글을 쓴 날, "너무 이상해. 못 썼어. 이건 내 글이 아니야." 싶다가도 다음 날 다시 그 글을 읽으면 "괜찮네?" 싶기도 하죠. 그러니 그때의 컨디션과 기분에 사로잡히지 말고 지금까지 글을 써 온 자신을 믿고 쓰세요. 한 단락이라도, 한 문장이라도, 한 단어라도요. 힘들어도 쓰고, 죽을 것 같아도 쓰고, 기뻐도 쓰고, 슬퍼도 쓰세요. 무조건 쓰세요. 당시의 기분은 사라지지만 당신이 쓴 글은 사라지지 않으니까.

작가가 심신 건강을 챙기는 법
외적·내적 마인드 컨트롤

막 데뷔했을 무렵에는 밤에 글을 썼어요. 새벽은 필력이 좋은 시간이고 그때가 아니면 최고의 컨디션이 아니라는 고집이 뚜렷했기 때문에요. 거기다 밤이라는 시간대는 '에이, 밤새워서 하면 되지!'라는 생각에 시간적으로 여유로운 것 같은 착각마저 들더라고요. 하지만 그런 생활이 지속될수록 정신적인 피로감이 짙어졌어요. 해가 중천에 뜨다 못해 서산으로 넘어가기 전에야 일어나서 일과를 시작했고, 그럴 때마다 하루를 허투루 썼다는 죄의식이 밀려들더라고요. 이대로는 안 되겠다는 생각에 낮에는 일을 하고 밤에 잠을 자는 스케줄로 고정했어요.

아침잠이 많은 제가 이를 해결하려고 시작한 것은 아침 수영이에요. 아침 10시 반 수업에 맞춰서 9시에 일어나 준비를 하고 자전거를 타고 수영장으로 갑니다. 10시 반부터 한 시간 동안 수업을 받고 점심을 먹어요. 그리고 근처 카페에 가서 일을 하는 식입니다.

출퇴근이 없는 프리랜서의 특성상 활동량이 줄어드는 건 당연합니다. 그리고 저 하나가 기획, 마케팅, 생산, 일정 관리 등 모든 것을 책임지고 끌어가는 기업인 셈이니 쉴 때와 일할 때의 구분도 제대로 되지 않아요. 그런 프리랜서들에게 운동이란 살기 위한 필수요소 같은 것이죠. 하지만 일로 하루를 시작하다 보면 도통 언제 끝날지 기약이 없고, 제때 끝난다고 해도 체력이 방전돼서 움직이기 싫어지더라고요. 그러니 하루의 시작을 운동으로 잡으면 활동량도 채울 수 있고, 다녀와서 제때 일을 할 수 있는 데다 어지러운 머리를 환기시키고 새로운 아이디어를 생각해 낼 수 있으니 일석삼조인 셈이에요. 그러니 모든 작가분들께 아침 운동을 추천합니다!

스트레스에는 몸을 움직이는 것이 제일이지만 마인드 컨트롤도 무시할 수 없죠. 프리랜서라면 한 번쯤 불확실한 미래에 대한 걱정에 밤을 지새운 적이 있을 거예요. 분명 일은 잘 풀리고 있고, 오늘은 맛있는 것도 먹었고 운동도 했는데 평온한 지금이 너무나도 불안한 거예요. 지금이야 이렇게 돈을 벌지만 앞으로는 어떻게 해야 할까, 작품의 인기가 오래가지 않으면 어떡하지 혹은 계약한 회사의 문제로 내 생계가 위험해지면 어떡하지 하는 걱정까지. 꼬리에 꼬리를 무는 불안에 한참을 뒤척인 밤이 얼마나 되던가요. 지난겨울부터 올여름까지 예술인 재단에서 지원하는 심리 상담을 받은 적이 있어요. 그때 상담사 선생님께 "앞으로의 걱정 때문에 불안하고 무서워요. 제가 어떻게 하면 행복해질 수 있을지 모르겠어요."라고 물어보았죠. 그때 선생님께서 해 주신 말씀이 제게는 큰 위로가 되었어요.

"불안은 어쩔 수 없는 거예요. 그보다 어떻게 내 안에 초점을 맞추느냐가 중요해요. 시점을 현재에 두세요. 바꿀 수 없는 과거나 아직 오지 않은 미래에 두지 마세요. 현재의 마음에 집중하세요."

단순한 방법이지만 많이들 잊고 있는 말이죠. 어린아이였을 때 누구나 그랬을 거예요. 오늘이 오는 것이 즐겁고, 친구랑 노는 지금이 마냥 재미있었던 때가 있었죠. 언제부터 눈앞의 것을 보기보다 그

외의 많은 것들을 생각하게 됐는지 아득해요.

　그저 과거를 곱씹지 않고, 아직 오지 않은 미래를 앞서 걱정하지 않는 것. 오직 현재에 초점을 맞추고 오늘은 단순히 밥도 잘 먹었고, 잠도 잘 잤고 맛있는 커피도 한잔 마셨음을 떠올리는 것. 저는 그렇게 해 보기로 노력했어요. 그러면 분명 행복해질 수 있을 테니까. 마음을 편하게 먹는 것은 프리랜서 생활에도 큰 도움이 됐어요. 제가 오랜 시간 이 일을 하면서 프리랜서의 덕목 중 가장 중요하다고 느낀 것은 낙관성이에요. 언뜻 예술가와는 상당히 거리가 있어 보이는 덕목이죠. 하지만 감수성이 예민한 것과 앞으로를 밝고 희망적으로 보는 것은 다른 것이라고 생각해요. 잠시 불안이 고개를 들더라도 "뭐…… 어떻게든 되겠지." 하고 되뇌어 보세요. 여태껏 잘해 온 자신이 정말 어떻게든 할 테니까요!

　이제까지 내부의 스트레스에 대해 이야기를 했으니 지금부터는 외부의 스트레스를 다스리는 법에 대해 이야기를 해 봅시다. 웹소설 작가가 가장 크게 스트레스를 받는 요소, 그건 아마 흥행이겠죠. 쉽게 말하자면 독자들의 반응이요. 이 부분에서 가장 먼저 말씀드릴 것은 작품과 자신을 동일시하지 말라는 거예요. 작품이 잘되었다고 자신이 대단한 걸까요. 작품이 망했다고 자신도 망한 걸까요. 그건 아니에요. 전업 작가에게 작품은 각각의 목적에 따라 쓰인 글이자 수익을 벌어 오는 상품이에요.

　한 구두 기술자가 겨울에 신는 부츠를 신상으로 내놓았다고 생각해 봅시다. 일부 트집 잡는 사람들은 대뜸 여름에 신기에는 두껍다는 평을 할 수도 있어요. 겨울용으로 만들어진 것인데도요. 디자인은 매력적이지만 오래 걷기에는 조금 불편하다고 말하는 사람들도 있을 거예요. 하지만 다소 불편하더라도 그 디자인이 매력적이라고 생각한 사람들은 그 제품을 구입할 거예요. 그 뒤로 기술자는 이런 피드백을 참고해서 다른 제품을 내놓을 수도 있습니다. 이번에는 여름에 맞는 샌들을 내놓거나, 사람들이 이런 디자인을 좋아하니 유사한 제품을 내놓는 식으로요. 이때 기술자는 자신과 부츠를 같다고 생각할까요?

아마 공을 들인 제품이라고는 생각할 수 있지만 자신 그 자체라고 생각하지는 않겠죠. 그러니 누군가 작품을 비판했다고 자신이 부정당한 것처럼 상처받지 마세요. 의미 없는 비난은 흘려듣고, 자신이 듣기에 인정할 만한 비판만 수용하세요. 언제나 모든 독자들을 만족시킬 수 없다는 걸 생각하세요. 세상에는 누군가가 노력한 일을 쉽게 재단하고 평가하려는 사람들이 많아요. 내 작품의 의도를 받아들여 주고 좋아해 주고 응원해 주는 사람들을 소중히 여기는 것이 중요해요.

지금 당장은 잘 안되더라도 걱정하지 마세요. 자신과 작품을 동일시하는 경향은 출간작이 늘어날수록 옅어지기 마련이에요. 작품을 작품으로만 바라보게 되니까요. 그러니 작품에 대한 반응에 너무 휘둘리지 마세요. 물론 누군가 자식 같은 작품을 평가하는 것이 괴로울 수 있겠죠. 작품을 비판하는 것에 그치지 않고 선을 넘어 작가를 공격하는 말들도 많으니까요. 심적으로 힘드신 분이라면 댓글이나 반응을 찾아보지 않는 것도 좋아요.

그럼 어떻게 이 작품의 흥행을 판단하나구요? 그때는 통장에 찍히는 수익을 보세요. 그리고 그 수익으로 판단하세요. 특히 수위 있는 작품일수록 다른 사람에게 보이는 리뷰나 댓글보다 매출이 더 정확하니까요. 매출 이야기가 나와서 말인데, 가끔 한 달에 얼마를 벌어야 전업할 수 있나요? 라는 질문을 받곤 해요. 전업 작가로서 목표로 삼아야 하는 매출은 사람마다 편차가 커요. 부모님과 함께 사는지 아니면 독립을 했는지, 독립을 했다면 그중에서도 집이 월세인지 전세인지에 따라서 달라질 수 있으니까요. 사람마다 필요한 금액이 다른 법이니 제가 말하는 수익이 무조건 맞다고 말할 수 없을 것 같아요. 그리고 작가라는 직업의 특성상, 작품을 오픈한 달에는 수익이 높게 나오지만 시간이 지나면 점점 수익이 줄어들기 때문에 월매출은 크게 의미가 없기도 해요. 따라서 연매출을 기준으로 말씀드릴게요.

데뷔 초에 목표로 삼았던 연매출은 2,400만 원이에요. 월 200만 원 정도? 월세에 생활비, 공과금, 휴대폰 비용 등등을 내려면 필수적으로 손에 쥐어야 했던 금액이죠. 작품 수가 쌓이면서는 목표 금액도 조금씩 높게 잡기 시작했어요. 물론 목표 연매출을 달성할 때도 있었고 거기에 살짝 미치지 못할 때도 있었어요. 올해는 연매출 4,000만 원을 목표로 삼고 있어요. 이 정도의 매출을 내려면 총 몇 종을 내야 하는지, 일 년에 몇 권을 내야 하는지 궁금하신 분들도 있을 거예요. 하지만 그건 작가가 신인인지 기성인지, 그 작품이 대박인지 쪽박인지에 따라서 천차만별이에요. 거기다 저는 소설 외에 웹툰을 겸하고 있기도 하고요.

데뷔를 앞두고 있는 상황이라면 우선 권당 첫 달 수익 50만 원을 목표로 잡고 시작하라고 말씀드리고 싶어요. 어느 장르냐에 따라 다르겠지만 종 수가 쌓일수록 대략의 수익이 예상될 것이고, 필명이 알려지는 만큼 수익도 점점 높아질 테니까요.

GL에서만 볼 수 있는 매력
무궁무진한 GL의 가능성

GL이 상업화되기 시작한 때부터 작품을 연재한 저의 시선에서 말씀을 드리자면, GL만의 매력은 여성이 메인인 서사라는 점이에요. 다른 장르에서는 남자 주인공을 메인으로 한 작품이 많죠. 작가들 사이에서는 메인이 남자 주인공일 때 더 팔린다는 이야기가 있을 정도니까요. BL 외의 장르에서도 브로맨스라는 이름으로 남성끼리의 유대와 관계가 많이 노출되고 있는 것에 비해, 여성들의 유대와 관계, 그리고 사랑에 대해서는 미디어에서 보기 드물었어요. 그렇게 희소한 여성들의 관계성을 그려 낸다는 부분이 GL만의 강점이자 차별화된 부분이라고 말씀드릴 수 있을 것 같아요.

아무래도 GL소설은 여성을 좋아하는 2030 독자층이 두텁기에 그들의 환경과 맞닿아 있는 오피스물, 캠퍼스물과 같은 현대 로맨스가 많이 소비되는 것 같아요. 그렇기에 저는 로맨스가 주류가 되는 작품 이외에 큰 사건의 줄기를 두고 캐릭터 간의 케미가 돋보이는 사건물 이나 땀 흘리는 모습이 멋지고 당당한 여자 운동선수 캐릭터들이 메인이 되는 스포츠물, 서로의 애증을 기반으로 벌어지는 어두운 시대물이나 느와르 등 여자 캐릭터들이 사랑에 그치지 않고 다양한 감정과 관계를 쌓아 가는 이야기들이 많이 나왔으면 좋겠어요.

또한 악하고 자신의 욕망에 충실한 여자들이 나오는 이야기도 보고 싶어요. 사람들이 여성 캐릭터들에게 더 엄격한 도덕적 잣대를 들이미는 경우가 많다 보니 작가가 스스로 검열을 하게 되는 경우가 많습니다. 지금보다 다양한 욕망을 지닌 여성 캐릭터들이 등장해 줬으면 하는 바람이에요. 어쨌든 GL소설이 뭐라도 많이 나왔으면 좋겠다는 마음이죠. 하하.

GL 장르에 도전하고 싶으시다면 우선 여러 작품을 많이 접하고 GL소설들만이 가지는 분위기와 문법을 익히세요. GL 내에서도 아직 시도되지 않았지만 자신이 좋아하고 잘할 수 있는 세부 장르를 찾아서 도전하는 것도 추천드려요. 자신이 쓰고 싶은 것과 대중적인 취향의 교집합을 잘 찾아보세요.

이 장르를 처음 접하시는 독자분이라면 소프트하고 간질간질한 감정선을 따라가는 작품들이 많으니, SNS에서 추천하는 입문작 위주로 찾아보시는 걸 추천합니다. 앞으로 GL소설 많이 사랑해 주세요!

・

남성 캐릭터의 개성과 서사에 온전히 몰두할 수 있는 BL.
단 한 명의 독자를 위해서라도 꾸준히 글을 쓰고 싶다.

평범한 학생도 꾸준히 글을 쓰면
작가가 될 수 있다

막연히 글 쓰는 사람이 되고 싶다고 생각하게 된 계기가 여러 번 있었는데, 그중 또렷하게 떠오르는 일화가 있습니다. 중학생 때 중간고사가 끝나고 성적표를 받은 날이었어요. 점수가 시험 직후 가채점했던 것보다 낮더라고요. 당시에 저는 학원도 다니고 있었고 과외도 받았는데 부모님과 선생님이 기대한 것에 한참 못 미치는 점수를 받은 거죠. 하필이면 친한 친구들은 다 저보다 성적이 좋아 보여서 위축이 됐어요.

지금에 와서는 중학교 중간고사 성적이 별거 아닌 것 같지만, 당시에는 하교할 때까지 기분이 안 풀릴 만큼 우울했어요. 집에 갔더니 가족이 아직 아무도 돌아오지 않아 게임을 할 겸 컴퓨터를 켰어요. 그러다가 자주 접속하는 웹사이트에 로그인을 했는데, 알림이 하나 뜨는 거예요. 모르는 사람이 보낸 메시지였습니다. 열어 보니 제가 몇 주 전 인터넷에 습작처럼 올려놨던 소설 1편을 보고 재밌다고 누군가 감상을 보냈더라고요.

다음 편이 기다려진다는 내용의 짧은 문장을 읽자마자 그날 느꼈던 우울한 감정을 전부 잊어버렸어요. 저녁에 형편없는 성적표를 부모님한테 보여 줘야 한다는 것도 잊고 들뜬 마음으로 다음 편을 썼던 기억이 납니다. 낮에는 평범한 학생이지만 밤에는 날 기다리는 독자가 있고, 비밀스러운 작가로서 이중생활을 하는 묘한 기분. 물론 그 소설은 끝내 미완으로 남았지만, 처음으로 글을 꼭 완결 짓고 싶다고 생각하게 된 계기였습니다.

그때와 마찬가지로 지금도 독자의 반응이 저에게는 가장 큰 동기부여가 됩니다. 동시에 이제는 저라는 사람을 표현하는 수단이 된 것 같아요. 스스로를 표출하는 방법에도 여러 종류가 있잖아요. 누군가는 SNS에 자신이 직접 찍은 사진을 올리고, 그림을 그릴 수도 있고, 디자인을 하고, 악기 연주를 한다거나 직접 사람들 앞에 나서서 이야기를 하죠. 자신이 누구인지 표현할 수 있는 방법은 여러 갈래가 있는데, 저는 그중 제가 가장 좋아하는 글쓰기를 선택했습니다. 뛰어난 실력이 있었다기보다는 당시에 다른 분야에 비하면 아주 약간이나마 재능을 가지고 있었던 게 글쓰기였어요. 의지를 가지고 백일장에 참가해도 수상하지 못하거나 운 좋게 장려상을 타는 정도였지만요.

그래도 멈추지 않고 꾸준히 썼습니다. 어쩌다 장려상을 받은 것도 제게는 기쁜 일이라 다음 백일장에 참여하는 충분한 원동력이 됐거든요. 그러다가 점차 인터넷에 더 많은 글을 올려 보게 되고, 인기가 없더라도 봐 주는 독자가 한 분만 있어도 열심히 다음 편을 올렸어요. 그걸 다년간 반복하다 보니 어느새 작가가 되어 있었습니다. 그게 글을 쓰기 시작한 계기고 아직도 제가 글을 쓰는 이유이기도 합니다.

작가란 남들과는 다르게 특별한 목표를 가지고 글을 쓴다고 기대할 수도 있겠지만, 저는 아직 그런 확고한 뜻이 없어요. 아직도 새로운 소설을 쓸 때마다 문장에 확신이 서지 않아 여기서 어떻게 조금 더 매끄럽게 표현할지를 두고 고전합니다. 그럼에도 작가로서의 목표를 하나 꼽아 보라면 글쓰기를 이렇게 쭉 제 인생의 어려운 과제로 남겨 두고 싶습니다. 그간의 경험상, 익숙함을 빌려 글쓰기를 안일하게 예단해 버리면 결국은 후회하게 되더라고요. '최고의 글쓰기는 고쳐쓰기다'라는 말이 있잖아요. 요행 없이 글을 다듬어 과거의 저보다 조금이라도 더 나은 글을 쓰는 작가가 되고 싶습니다.

집필의 바다에서
길을 잃지 않기 위한 등대, 시놉시스

신작을 쓰기 전에 시놉시스를 먼저 차근차근 작성해요. 제게 시놉시스는 글을 쓸 때 방향을 잃지 않기 위해 표시해 두는 가이드북 같은 개념입니다. 아무리 기발한 아이디어를 떠올려도 처음에는 분명 자신 있었는데 집필을 하다 보면 점점 초반부에 쓴 이야기가 버거워져 그다음을 써 나가기가 어려워질 때가 있어요. 그러면 원래 쓰려던 장면들도 필요가 없어 보이고 확신이 서지 않게 됩니다. 그럴 때 처음 짜 두었던 시놉시스를 꺼내 보면서 나아갈 방향을 되짚고 도움을 받습니다.

누구나 그렇듯 소설을 쓰기 전 가장 먼저 '어떤 소설을 쓸 것인가'를 고민하죠. 저는 첫 번째로 주인공과 주인수의 성격 키워드를 설정하고 시놉시스를 짜기 시작해요. 그다음으로 소설의 배경, 주인공과 주인수의 직업, 세부적인 성격, 환경 등을 떠오르는 대로 간단하게 적어 봅니다. 그중 마음에 드는 건 취하고 필요 없어 보이는 건 빼는 작업을 해요. 캐릭터에 확신이 섰다면 이러한 키워드를 가진 두 사람이 이어질 만한 계기가 무엇이 있는지를 고민해서 연결점을 만들어 보는 거죠. 어떤 사건이 들어가야 재밌어질까 구상해 보면서 소설의 중점이 되는 사건을 정하고 끼워 넣습니다. 그다음 등장인물들이 자라 온 환경, 가족 관계를 구상해요. 이는 앞으로 캐릭터가 하게 될 행동에 당위성을 확보하기 위한 중요한 장치이기에 되도록 시놉시스 단계에서 설정을 합니다. 여기까지 작성했다면 소설의 대략적인 분위기와 키워드가 잡히게 돼요.

마지막으로 독자가 이 소설에서 보고 싶어 할 것 같은 장면과 작가 본인이 소설에서 쓰고 싶은 장면을 세 가지씩 추려 봅니다. 생소한 작업일 수도 있지만, 웹소설은 무엇보다 재미있는 이야기 자체를 추구하는 장르이기 때문에 독자가 어떤 키워드에 어떤 포인트를 기대하는지를 파악하는 것도 중요한 작업이에요.

좀 더 구체적인 예시를 들어 각 단계별로 위의 방법을 설명해 볼게요.

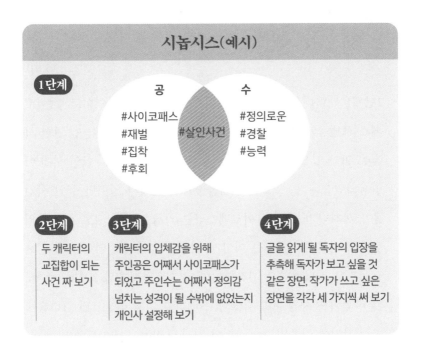

시놉시스(예시)

1단계

공

#사이코패스
#재벌
#집착
#후회

#살인사건

수

#정의로운
#경찰
#능력

2단계

두 캐릭터의 교집합이 되는 사건 짜 보기

3단계

캐릭터의 입체감을 위해 주인공은 어째서 사이코패스가 되었고 주인수는 어째서 정의감 넘치는 성격이 될 수밖에 없었는지 개인사 설정해 보기

4단계

글을 읽게 될 독자의 입장을 추측해 독자가 보고 싶을 것 같은 장면, 작가가 쓰고 싶은 장면을 각각 세 가지씩 써 보기

1단계: 어떤 캐릭터가 나와야 소설이 재밌어질까. 언제나 이 질문을 1순위로 두고 시놉시스를 시작해요. 개인적인 취향이지만 저는 두 주인공이 서로에게 결핍된 무언가를 충족할 만한 요소가 내재된 동시에, 극단적으로 대립하는 관계가 무척 매력적이라고 생각합니다. 캐릭터끼리 반목하는 상황에서 나오는 긴장감에 집중하다 보면 다음 전개가 궁금해지잖아요. 예시로 작성해 보는 시놉시스에 당장 이 점을 반영해 '사이코패스공'과 '정의로운수'라는 캐릭터를 설정해 볼게요. 상반되는 둘의 키워드와 성격에 어울리는 직업으로는 무엇이 있을까요. 저는 곧바로 '재벌공'과 '경찰수'가 떠오르네요. 여기서 추가로 #배틀연애, #금단관계 #후회공, #사이코패스공, #정의로운수, #능력수, #굴림수 등을 중심 키워드로 잡아 보겠습니다.

2단계: 캐릭터를 결정했다면 이제 스토리를 만들어야죠. 사이코패스 재벌공과 정의로운 경찰수. 이 두 사람의 접점이 될 만한 사건이 뭐가 있을까요. 저는 키워드를 결정한 동시에 '살인 사건'이 연상되었습니다. 경찰수가 재벌공의 주변에서 일어난 살인 사건을 조사하다가, 그가 사이코패스라는 의심을 하게 되고 점점 공의 심리와 진실에 다가가는 이야기. 상극인 캐릭터를 얽히게 할 만한 접점으로 적당하다고 생각합니다. 참고로 1단계와 2단계는 순서가 바뀌어도 괜찮아요. 특정한 스토리가 먼저 떠오르면 그다음에 중심 사건에 어울리는 캐릭터와 직업을 만들어 내기도 합니다.

3단계: 매력적인 캐릭터를 만들었다면 독자가 캐릭터에 공감할 수 있게 어째서 그런 성격이 되었는지 배경을 구상하는 게 좋습니다. 뿐만 아니라 앞서 말했다시피 3단계는 캐릭터가 앞으로 하게 될 행동에 당위를 부여하는 중요한 장치이기도 합니다. 저는 예시로 아래와 같이 배경을 짜 보도록 하겠습니다.

- **재벌공:** 그는 선천적으로 소시오패스적 성향이 있었지만, 어릴 때부터 마땅한 윤리와 인의를 배우지 못하고 오로지 재벌가 후계자로서 기능적으로 적합한지에 대한 평가를 받고 자랐다. 친모는 그가 기억하지도 못할 만큼 어릴 때 재벌인 친부에게 거액을 받고 떠나 버렸고, 친부는 그 후로도 수많은 여성과 염문을 뿌리며 아들에게는 무관심했다. 친부가 그에게 관심을 줄 때는 오로지 학업 성적, 경영과 관련해 두각을 나타내는 순간일 뿐, 그 외에는 전부 불필요하다 여기고 기대에 미치지 못하는 어린 그를 학대해 왔다. 덕분에 그는 경영인으로서는 손색이 없지만 타인의 감정에 공감하지 못한다.

- **경찰수:** 그는 어릴 적 친부가 동업자에게 누명을 쓰는 바람에 갑작스럽게 형편이 어려워지지만, 국선 변호사의 도움으로 누명을 벗고 다시 원래의 평화로운 생활을 되찾는다. 자신의 가족을 적극적으로 변호해 준 국선 변호사를 보며 이타심을 키운 그는 정의로운 사람이 되기 위해 경찰이 됐다.

위와 같이 인물들의 환경을 구체적으로 구상해 두고 전개에 녹이면 두 사람 사이에 갈등이 유발될 수밖에 없는 상황이 보다 자연스럽게 설명됩니다.

4단계:

독자가 보고 싶은 것

1. 사이코패스였던 공이 수에게 사랑을 느끼는 순간
2. 한 사건에 얽히며 서로 팽팽하게 대립하는 심리전
3. 범죄자일지도 모르는 공에게 끌리는 걸로도 모자라 점점 사랑을 느끼게 되는 수의 심리적 갈등

작가가 쓰고 싶은 것

1. 수에게 아낌없이 돈을 쓰는 공의 재력
2. 공의 잔인함에 두려움을 느끼고 좌절하지만 끝까지 공에게 맞서길 시도하는 수의 담대함
3. 서로를 경계하며 간을 보는 와중에 하게 되는 아슬아슬한 데이트

이처럼 소설의 에피소드를 세세하게 짜 놓지는 않더라도 앞으로 반드시 나와야 하는 장면, 강조되어야 하는 인물의 특징, 세계관의 큰 뼈대를 만들어 두면 집필 과정이 훨씬 수월해집니다. 그 사이에 얼마나 살을 붙이고 덜어 내느냐는 개인마다 차이가 있으니 아직 시놉시

스를 만들어 본 적이 없다면 간단하게라도 작성해 보길 권합니다.

불확실성을 견뎌 내는 힘,
결과가 아닌 과정에 집중하기

한 소설을 첫 편부터 완결편까지 써 나가는 건 여러 장편 소설을 완결 낸 제게도 아직 어려운 일입니다. 스토리가 흥미로운지, 등장인물이 충분히 매력적인지, 독자가 재밌게 읽을지 등등 신경 쓸 게 무한하기 때문이죠. 중간에 출간 일정이 함께 겹치면 더 여유가 없어져요. 예전에는 글만 잘 쓰면 되는 직업이 작가인 줄 알았는데 막상 웹소설 작가가 되어 보니 글 외에도 직접 관여해야 할 게 너무 많아요. 연재, 계약, 표지, 출간일까지 전부 염두에 두고 계획을 세워야 합니다.

거기서 더 나아가 작가에게 집필이 힘든 가장 큰 이유는 결과가 어떻게 될지 모른다는 불확실성 때문입니다. 3권짜리 장편 단행본을 기준으로, 소설의 시놉시스를 쓰기 시작해 완결까지 집필한 뒤 편집을 거쳐 출간하는 데까지 짧게는 4개월에서 길면 1년이 넘는 시간이 걸립니다. 긴 시간에 걸쳐 아무리 열심히 썼다고 해도 독자가 알아봐 준다는 보장도 없어요. 연재 기간 내내 불투명한 출간 결과를 알지 못하고 소설을 완성해야 하는 건 누구에게나 부담스러운 일입니다. 더군다나 내공이 없는 신인 작가라면 불안감이 가중되겠죠.

작가마다 이 불안감을 이겨 내고 완고를 만드는 방법은 다양하겠지만, 저는 결과가 아닌 과정 자체에 집중합니다. 완결까지 쓰려면 몇 달이 걸릴까? 이 에피소드 다음에는 무슨 사건이 일어나야 할까? 계약은 언제쯤 하면 되지? 출간일은 어떻게 결정하고? 만약 컨택이 하나도 안 오면? 후반부 반전이 부실한 것 같은데 반응이 안 좋으면 어떡해? 완결까지 몇 명이나 내 소설을 볼까? 지금 순위를 유지할 수 있겠어?

소설 하나를 쓸 때는 수많은 미래의 계획과 불확실한 의문이 뒤따라옵니다. 저 질문에 하나하나 답하고 계산을 하다 보면 원고를 시작도 하기 전에 지쳐서 한 글자도 타이핑하지 못하고 중단하게 되는 날이 무척 많아요. 저 역시 아직도 저런 의문에 휘둘리고는 합니다. 하지만 이미 떠오른 생각을 전부 제거할 순 없으니, 최대한 그 범위를 좁혀 '이번 편, 다음 편은 어떻게 쓰지?'만 궁리하는 거죠. 과정에 집중하는 것에 성공한 날이 많아질수록 빠르게 다음 편을 이어 쓸 수 있습니다. 의문을 제거하는 일에 익숙해지면 불쑥 치고 오는 앞날에 대한 걱정도 금방 밀어낼 수 있게 돼요.

계약 조건, 표지, 완결, 출간일, 프로모션 전부 중요한 사항이지만 작가에게 제일 중요한 건 언제나 이 순간 써야 할 문장입니다. 저는 '좋지 않은 글은 언제라도 수정할 수 있지만, 빈 원고는 수정조차도 할 수 없다'라고 말한 조디 피코의 말에 전적으로 동의합니다.

꾸준히 글을 써 나가는 비결은 너무 먼 미래의 계획을 세우는 것이 아니라, 제가 열어 놓은 한글 파일의 다음 편, 다음 문장을 고민하는 것입니다.

그 외에도 본인만의 루틴을 설계하면 글을 꾸준히 쓰는 데 도움이 돼요. 저 같은 경우는 하루의 일과가 항상 일관적이진 않아도 글쓰기 전 루틴이 있어요. 일단 일곱 시간 이상 자야 하고, 면 요리를 제외한 간단한 식사를 챙겨 먹고, 운동을 하고, 공복인 상태로 커피를 마시며 그날 쓸 시놉시스와 트리트먼트를 다듬은 뒤에 집필을 시작합니다.

이 과정에서 하나라도 틀어지면 글이 잘 안 써지기 때문에 집필을 계획한 며칠간은 약속도 잘 잡지 않아요. 그리고 전날부터 언제 자야 하는지, 다음 날 뭘 먹고 운동을 가야 할지, 집필할 때 필요한 자료가 있을지, 그 전에 해결해야 하는 다른 일정이 있는지 미리 확인해요.

작가가 본인에 대해 잘 알면 효율적으로 컨디션을 조절하며 마감 스케줄을 짤 수 있어요. 저는 해가 쨍쨍한 날 집중이 더 잘되고, 기상한 지 여섯 시간 정도가 지난 직후에, 따뜻한 음료보다 아이스 음료를 마실 때, 아침보다는 오후에, 집에 홀로 있는 시간에 글을 더 편하게 씁니다. 해가 안 보일 정도로 날이 흐리거나 비가 오면 컨디션이 좋지 않아 아예 쉬거나 시놉시스만 확인합니다. 그리고 작품과 관련 없는 다른 일들을 처리해요. 가족, 친구와 시간을 보내기도 하고 밀린 취미 활동을 합니다.

하지만 나만의 루틴이 있다고 해도 그것과 관계없이 글이 술술 나와 쉽게 만 자를 채우는 날도 있고, 또 다른 날은 글을 쓸 수 있는 모든 조건을 갖췄음에도 백 자조차 못 채우고 한글창만 띄워 두다가 하루가 지나가기도 해요. 전자 같은 날만 있으면 좋겠지만 사실 그렇지 않은 날이 제게는 더 많습니다. 그래서 저는 집필 분량을 하루 단위로 촘촘하게 세지 않고 월 단위, 더 넓게는 분기 단위로 봅니다. 매일 집필하지 못했다고 죄책감을 가지기보단 한 달 동안 '단 며칠이라도 글을 썼는가'에 초점을 두려고 해요. 저는 주로 장편을 쓰는 작가여서 느리더라도 완결까지 전개를 균형 있게 쓰는 것에 중점을 둡니다. 매일 일정한 분량을 집필하는 게 물론 제일 모범적인 작가의 생활이지만, 저처럼 변덕이 심한 성격은 목표를 지나치게 엄격하게 잡았을 때 금방 지쳐 버려요. 혹시 이 책을 읽는 독자 중 저와 비슷한 분이 있다면 하루를 단위로 보기보단 꾸준히 집필하는 기간을 넓게 잡아 총량에 집중해 보세요.

글이 막혔을 땐
일단 무엇이든 해 보자

잘 쓰고 있던 글에 예고도 없이 제동이 걸리는 건 흔한 현상이죠. 이유도 그때마다 다릅니다. 단순히 쓰기 싫어서, 재미가 없는 것 같아서, 다음 스토리가 생각나지 않아서, 내가 붙잡고 있던 이 소설이 돌연 지겹고 버거워져서, 설정이 잘못돼서 등등. 가만히 기다리다 보면 운 좋게 새로운 아이디어가 떠오른다거나 글을 쓸 마음이 생기기도 하지만 경험상 그런 행운은 극히 드물게 찾아옵니다. 특히 마감일이 코앞이라면 글이 막히는 현상을 가능한 한 즉각적으로 해결해야 합니다.

저는 당장 할 수 있는 모든 방법을 적용해 보는 편입니다. 아무것도 안 하는 것보다 일단 뭐라도 하는 게 나을 때가 많거든요. 오히려 원래 계획했던 시놉시스보다 나은 방향으로 수정되기도 합니다. 글이 안 써질 때 제게 도움이 됐던 방법은 다음과 같습니다.

글이 막혔을 때 해 볼 수 있는 시도

1. 시놉시스 혹은 앞에 써 둔 원고를 처음부터 다시 꼼꼼하게 훑어보기
글이 막히게 되면 작가도 자신이 쓴 소설의 전체를 보지 못하고 교착된 채 헤매는 경우가 많아요. 이럴 때 전체 시놉시스를 읽다 보면 수정해야 할 부분이나 누락된 요소를 발견하게 돼요. 거기에 살을 붙이는 과정에서 불현듯 이다음에 쓰려던 전개가 떠올라 구제를 받을 수 있어요.

2. 지인에게 스토리를 처음부터 끝까지 설명해 주기
직접 타인에게 소설과 캐릭터를 설명하는 과정에서 사전에 미처 생각하지 못했던 새로운 아이디어를 발견할 수도 있습니다.

3. 지인에게 내 글의 장점, 단점을 꼽아 달라고 부탁하기

글에 자신이 없다면 다른 사람의 의견을 빌리는 것도 방법입니다. 단순히 원고를 보여 주고 감상을 말해 달라고 하는 것보다 정확하게 장단점을 하나씩 알려 달라고 하는 게 요점을 파악하는 데 보탬이 됩니다.

4. 객관적으로 내 글을 읽고 장단점을 직접 짤막하게 정리해 보기

스스로 글의 강점과 문제를 파악해 보는 것에도 연습이 필요합니다.

5. 시놉시스와 앞서 써 둔 분량에서 치명적인 결함을 찾지 못했다면 의심을 중단하기

이야기 전체를 갈아엎어야 하는 정도의 명확한 오류가 아닐 경우에는 불안함과 내 글에 대한 의심을 지우고 다음 편 집필에만 몰두하는 게 건설적일 수도 있습니다.

6. 집필에 영감을 주는 플레이 리스트, 이미지 등을 찾아 정리해 보기

글이 써지지 않을 때마다 지금 쓰고 있는 글에 어울리는 음악, 이미지를 찾다 보면 그 과정에서 글을 쓰고 싶다는 욕구가 들기도 하고 기발한 영감이 떠오르기도 합니다.

7. 딱 한 문장만 써 보기

시놉시스도 있고 써야 할 내용이 뭔지도 알고 있는데 이유 없이 다음 편이 안 써진다면, 그런 날은 목표를 딱 한 문장으로 정하세요. 아무리 글을 쓸 기분이 아니라도 그 정도는 짜낼 수 있잖아요. 경험상 정말 억지로 한 문장을 완성하고 나면 거기서 멈추는 날보다 그 이상을 쓰는 날이 훨씬 많습니다. 물론 거기서 더는 죽어도 안 써진다면 한글 창을 닫고 그날은 쉬면 됩니다.

8. 핸드폰 전원을 꺼 두고 소설 집필해 보기

이게 집필과 무슨 연관이 있냐고 생각할 수도 있지만 핸드폰은 켜져 있는 것만으로도 신경을 분산시킵니다. 핸드폰을 사용하지 않더라도 SNS, 채팅 어플, 지인의 전화, 스팸 문자와 같은 다양한 자극을 불시에 받을 가능성이 산재하죠. 전원이 켜져 있는 한 우리는 외부 세계와 연결돼 있고 본인이 원하든 원치 않든 언제든지 랜덤의 정보를 제공받을 수 있다는 무의식이 머릿속에 자리잡혀요. 때문에 핸드폰은 눈앞에 있는 것만으로도 상당한 피로를 유발합니다. 하루에 단 삼십 분이라도 외부 자극을 완전히 차단한 상태로 소설에 집중해 보기를 권합니다.

9. 글이 잘 안 써지는 걸 큰 문제라고 받아들이지 않기

글이 잘 안 써지는 건 사실 당연한 일입니다. 지나치게 심각하게 받아들이는 대신 인정하고 여유를 가져 보는 것도 슬럼프를 방지하는 데 도움이 됩니다.

10. 스토리와 세계관 전체를 아우르는 작가 입장이 아니라, 소설 속 등장인물의 상황에 이입해 나라면 앞으로 어떤 행동을 할지 고민해 보기

클리셰는 있을지언정 작가가 창조한 캐릭터 중에 똑같은 캐릭터는 없습니다. 흔한 설정과 세계관이라도 작가 본인이 만들어 낸 캐릭터를 깊이 이해하고 캐릭터의 입장에서 스토리를 바라보면 그가 어떻게 생각하고 말하고 행동해야 할지에 대한 답이 나옵니다.

11. 연상되는 단어를 무작위로 적어 보기

대학생인 주인공과 주인수가 싸운 뒤 화해해야 하는 부분에서 글이 막혔다고 가정해 봅시다. 그러면 종이에 소설과 관련된 장소, 인물, 사건, 날짜 등을 떠오르는 대로 쭉 적어 보세요. 휴강, 축제, 동아리, 강의실, 교양, 과대, 조교, 팀플, 술자리 등등. 무엇이든지요. 적어 놓은 단어를 보며 캐릭터들을 어떻게 흥미롭게 엮을 수 있을지, 어떤 사건을 만들 수 있을지를 연결 짓다 보면 새로운 아이디어가 떠오르기도 합니다.

12. 위의 걸 다 시도해 봤음에도 소용이 없다면 잠시 글과 멀어지기

새로운 아이디어를 받아들이려면 이미 꽉 차 있는 머리를 비우는 과정도 필요하죠. 글과 관련 없는 취미에 몰두하면서 휴식을 취하길 추천합니다.

글이 막혔을 때 해 볼 수 있는 시도

1 시놉시스 혹은 앞에 써 둔 원고를 처음부터 다시 꼼꼼하게 훑어보기

2 지인에게 스토리를 처음부터 끝까지 설명해 주기

3 지인에게 내 글의 장점, 단점을 꼽아 달라고 부탁하기

4 객관적으로 내 글을 읽고 장단점을 직접 짤막하게 정리해 보기

5 시놉시스와 앞서 써 둔 분량에서 치명적인 결함을 찾지 못했다면 의심을
　중단하기

6 집필에 영감을 주는 플레이 리스트, 이미지 등을 찾아 정리해 보기

7 딱 한 문장만 써 보기

8 핸드폰 전원을 꺼 두고 소설 집필해 보기

9 글이 잘 안 써지는 걸 큰 문제라고 받아들이지 않기

10 스토리와 세계관 전체를 아우르는 작가 입장이 아니라, 소설 속 등장인물
　의 상황에 이입해 나라면 앞으로 어떤 행동을 할지 고민해 보기

11 연상되는 단어를 무작위로 적어 보기

12 위의 걸 다 시도해 봤음에도 소용이 없다면 잠시 글과 멀어지기

'꾸준한 글쓰기'를 위한
4가지 방법

작가에게 가장 필요한 재능은 '꾸준한 글쓰기'입니다. 아무리 재미있는 이야기와 특별한 지성이 있어도 글로 표현하지 못한다면 결국 세상에 존재하지 않는 이야기일 뿐입니다. 누군가 나를 알아봐 주길 원한다면 시간이 오래 걸리고 괴로운 과정일지라도 글을 써야 합니다. 빠르든 느리든 머릿속에 있는 전개를 원고로 꺼낼 수만 있다면 작가가 될 수 있고, 작가로 살 수 있어요. 자신이 없더라도 일단 계속 시도해 봐야 본인의 장단점도 점점 구체적으로 알 수 있습니다.

하지만 마음을 먹는다고 해서 글을 지속적으로 쓰기란 쉽지 않습니다. 작가라고 집필 과정을 즐기는 건 아니니까요. 싫은 걸 참고 억지로라도 해내려면 일단 체력이 가장 중요해요. 그래서 꾸준한 글쓰기를 위해 제가 실천하고 있는 첫 번째 방법은 운동입니다. 작가는 출퇴근과 작업 공간이 자유로운 만큼 활동량이 적은 직업 중 하나입니다. 남보다 덜 움직이는 만큼 의식적으로 노력하지 않으면 체력이 급격하게 떨어지기 쉽고 그만큼 원고에 집중할 수 있는 시간도 줄어들어요. 운동은 건강에도 좋지만 집필에 필요한 두뇌 활동에도 유기적으로 얽혀 있습니다. 존 메디나 박사는 저서 〈브레인 룰스〉에서 운동이 장기기억, 추론, 주의력, 문제해결 능력, 유동적 지능향상에 영향을 끼친다고 했습니다. 건강뿐 아니라 인지능력도 향상된다는데 안 하는 게 손해 아닌가 하는 마음으로 저는 주기적으로 운동을 하고 있습니다. 비단 현재만을 위해서가 아니라 미래의 집필을 위해서라도 필수라고 생각해요.

　두 번째 실천법은 지나치게 자신의 결점에 집중하지 않는 것입니다. 앞서 언급했다시피 집필을 하고 피드백을 받다 보면 자연스럽게 자신이 쓴 글의 장단점이 보이기 시작합니다. 결함은 빨리 보완하는 게 좋다고 생각할 수도 있지만, 웹소설은 구성이 어딘가 엉성하다거나 문장이 산만하더라도 이야기만 재미있다면 독자들이 읽어 주는 장르거든요. 물론 오타나 치명적인 설정 오류는 즉각 수정을 해야겠지만 그 외의 자잘한 결점에만 몰두하게 되면 작가만의 고유 강점이 퇴색될 수도 있다고 생각해요. 둘 중 순서를 고르자면 웹소설이라는 장르에서는 장점을 먼저 벼린 뒤 결점을 보완하는 게 맞다고 봅니다.

　세 번째는 모든 독자를 만족시킬 수 없다는 걸 인정하는 것입니다. 작가라면 누구나 한 번쯤 독자가 소설에서 의도한 것과 다르게 전개를 이해하거나, 캐릭터의 감정선을 따라오지 못하는 현상을 경험해 봤을 겁니다. 나는 분명 복선을 충분히 깔아 놓았다고 자신했는데 너무 갑작스럽다는 피드백을 받는 거죠. 이렇게 작가와 독자 간의 작품 이해도에서 괴리가 커질수록 창작자 입장에서는 어쩔 수 없이 스트레스를 받게 돼요. 편집자와 다수의 독자가 지적했다면 당연히 개선을 해야겠지만 그런 게 아니라면 저 독자의 감상은 그렇구나, 하고 넘기는 담담함과 천연함도 때로는 필요합니다. 대문호 셰익스피어를 신랄하게 비판하는 에세이도 나오는 마당에 내가 독자를 전부 만족시키는 건 원래부터 어림없다고 생각하면 마음이 한결 가벼워집니다.

네 번째는 글 외에도 한 가지 이상의 활동에 주기적으로 참여하는 것입니다. 운동, 전시회 방문, 그림 그리기, 공예, 영화, 동호회, 언어 배우기 등 그 무엇이든지요. 다양한 고충은 직군을 막론하고 존재하지만 작가의 가장 큰 단점은 외로움인 것 같습니다. 내가 만든 이야기를 쓰는 게 주 업무이다 보니 대부분의 문제를 혼자 해결해야 합니다. 시놉시스 작성부터 초고, 퇴고, 스토리 보완까지. 길면 일 년이 걸리기도 하는 긴 작업 과정이 전부 작가의 책임이죠. 이런 환경 탓에 외부와의 연결이 단절되기 쉬운 직업이기도 합니다. 글에 너무 전념한 나머지 정신을 차려 보면 주변에 글 말고는 남은 게 없을 수도 있어요. 피난처처럼 글과 완전히 분리될 수 있는 취미를 가지는 게 장기적 집필 활동을 위해 필요하다고 생각합니다.

BL 작가가 말하는 BL
잘생김 × 잘생김은
잘생김이 두 배!

어떤 장르든 글을 쓰기 전, '나를 비롯한 대다수의 독자는 왜 이 장르를 좋아할까?'라는 질문에 나름대로 답을 내려 보는 것도 집필에 도움이 됩니다. 나만의 방식으로 장르를 이해할 수 있으니까요.

BL을 읽는 독자의 대다수가 여성이라고 가정했을 때, 남자 등장인물들을 객관화할 수 있다는 점이 가장 큰 매력이죠. 소설을 읽다 보면 자연스럽게 등장인물에 감정 이입이 되고는 하잖아요. BL은 독자와 성별이 다른 남자와 남자의 이야기가 중점이다 보니 감정적인 피로도가 적은 상태로 캐릭터의 개성과 전개에 몰두할 수 있다고 생각합니다. 게다가 여성향 장르에서는 남자 캐릭터의 개성이 특히 중요한 요소로 꼽히잖아요. BL의 최대 강점은 역시 잘생긴 남자가 두 명이나 나와 메인 서사를 차지한다는 점이죠. 그만큼 캐릭터를 어떻게 차별화하느냐가 관건이기도 합니다.

한 명에게 몰아주거나
두 명을 비등하게 만들거나

웹소설에서 가장 공을 들이게 되는 것 중 하나가 바로 캐릭터입니다. 매력적인 캐릭터는 소설의 전체적인 스토리만큼, 때로는 그 이상으로 중요한 비중을 차지하게 됩니다. 그러다 보니 이러한 캐릭터들이 가진 키워드의 조화와 균형을 완벽하게 맞추는 건 어려운 작업이 되곤 합니다. 작가라면 시놉시스를 앞에 두고 어느 쪽에 더 개성을 실어야 할지, 한 캐릭터에게만 너무 깊은 서사를 줘서 균형이 깨지는 게 아닐지를 두고 고민하게 되죠. 이건 스토리, 키워드, 배경, 인물의 상황과 성격에 따라 고려해야 할 방향이 무궁무진합니다.

물론 작가의 능력과 소설의 세계관에 따라 우열을 가리기 힘들 만큼 둘 다 멋진 캐릭터를 만들 수도 있겠으나, 반드시 키워드로만 균형을 맞춰야 하는 건 아닙니다.

무수한 경우의 수를 하나하나 파고들어 설명하기는 어렵겠지만, 보통은 아래와 같이 크게 두 가지의 경우에서 어떤 식으로 균형을 맞춰야 할지를 고민하게 되는 것 같습니다. 그리고 이런 상황에서 제가 시도하는 해결 방법을 설명하겠습니다.

1. 능력, 매력, 신분 등의 이유로 한쪽이 지나치게 우월할 경우

(1) A와 B의 균형을 포기하고 B의 매력이 부족한 채로 놔둡니다. 한 캐릭터가 너무 특출나 버리면 다른 캐릭터가 상대적으로 덜 매력적으로 보이는 단점이 있습니다. 하지만 서사와 매력을 최대한 공평하게 분배하면 오히려 둘 다 이도 저도 아닌 아쉬운 캐릭터가 되어 버리죠. 주인공과 주인수의 서사와 매력을 자로 잰 듯 꼭 5:5로 맞춰야 한다고 생각하지는 않아요. 스토리와 배경에 따라 반드시 어느 한쪽이 독보적이어야만 하는 경우가 있습니다. 그렇다면 B의 매력을 채우는 것보단 A라는 캐릭터가 독자에게 더 매력적으로 읽힐 수 있게끔 서포트해 주는 역할로 이용해도 괜찮다고 생각합니다. 대신 A라는 캐릭터가 그만큼 활약해 줘야겠죠.

(2) 다른 방법으로는 A가 돌파해야만 하는 막중한 난제를 가지도록 하고, B만이 그걸 풀 수 있는 해답과 능력을 갖추도록 설정해요.

그 난제가 물질적인 것이든 감정적인 것이든 상관없어요. 두 캐릭터가 꼭 서로여야만 하는 필연적 징표 역할을 하기만 하면 됩니다. 이런 구도가 되면 독자의 시선을 사로잡을 만큼 흥미진진한 키워드가 A에게 치우쳐 있다고 해도, A가 근본적으로 갈망하는 것 자체가 B이므로 소설에서 두 캐릭터의 비중을 대등하게 다룰 수 있습니다.

2. A와 B가 대적하는 애증 관계이거나 성격, 직업, 능력 등이 비등한 경우

동등한 관계에서 반목하는 사이라면 키워드의 균형에는 문제가 없으나, 상대적으로 두 캐릭터의 개성이 부족해 보일 수 있어요. 가령 A와 B의 직업이 변호사이고 같은 회사, 유수의 학벌, 유능한 인재인 라이벌 구도라고 생각해 보세요. 둘 다 능력이 좋은 건 문제가 아니지만, 비슷한 점이 많을수록 캐릭터의 독창성이 반감한다는 단점이 있죠. 이럴 때 저는 두 인물의 개성을 살리는 방법으로 갈등을 이용합니다. 두 사람의 대외적 조건들은 비슷하지만, 어떤 문제에 직면했을 때 그 문제를 바라보는 관점, 해석, 해결 과정에서 A, B 각자의 특성이 두드러지도록 하는 거죠.

위에서 들었던 예시를 그대로 가져와, A와 B가 소송을 맡았다고 가정해 봅시다. A는 승소를 위해서라면 수단과 방법을 가리지 않는 반면, 원칙주의자 B는 번거롭고 시간이 오래 걸리더라도 합법적인 절차대로만 소송에 임해요. 같은 문제를 대하는 자세에서 두 사람이 가진 가치관 차이가 드러남과 동시에, 갈등을 풀어 나가는 과정 자체가 A와 B의 고유한 기질을 부각시키는 장치인 셈입니다. 독자는 여기서 A와 B만의 차별점을 정확히 인식하게 되는 거죠.

작품에 개성을 담고 싶다면
캐릭터를 변형하고 키워드를 섞어라

시놉시스와 캐릭터 다음으로 소설의 재미를 좌우하는 건 소설의 개성입니다. 오랜 시간 글을 쓰다 보면 어느 순간부터 작가 고유의 문체와 차별점이 자연스럽게 글 안에 녹아들기 시작하는데요. 어쩌면 꾸준히 글을 쓰면서 착실한 시간을 쌓는 것이 소설의 개성을 살리는 가장 이상적인 방법이라 하겠습니다. 다만 이 방법은 시간이 너무 오래 걸리고 무엇보다 당장 적용해서 성과를 내기에는 무리가 있죠.

사실 저 역시도 아직 그 경지에는 도달하지 못했기에 다른 수단을 시도하는 편입니다. 이미 모두가 알고 있는 커다란 클리셰란 틀에서 개성을 부여하려면 캐릭터를 변형시키는 게 빠르고 효과적입니다. 오메가버스를 예로 들자면, 약속처럼 정해진 알파, 오메가, 베타라는 사회 구조에서 완전히 새로운 배경의 느낌을 주기란 쉽지 않아요. 그래서 독자가 가장 많이 관찰하게 되는 캐릭터가 돋보일 수 있도록 특별한 설정을 부여하는 쪽이 소설의 개성을 살리는 데 수월합니다. 외모, 성격, 환경, 말투, 직업, 그 외 캐릭터를 나타내는 특징적인 모든 것 말이에요. '아, 이 등장인물 어딘가 좀 다르다'라고 말할 수 있을 만한 것이면 무엇이든 괜찮습니다.

보통 오메가버스 세계관에서 오메가는 형편이 궁핍한 경우가 압도적으로 많잖아요. 그런데 주인수가 부자라면? 혹은 아예 오메가가 아닌 알파라면? 직업이 주변에서 흔히 볼 수 없는 사설탐정이라면? 여러 가지 가정을 해 보며 자신이 쓰려는 스토리와 세계관에 어울리는 동시에 독자의 흥미를 유발할 만한 요소를 끼워 넣어 보는 거죠.

오메가버스, 가이드버스는 아니지만 제가 집필한 〈소돔성〉에는 위의 방법이 그대로 적용되어 있습니다. 〈소돔성〉은 재벌공과 가난한 미인수가 메인 키워드인 소설로 무척 흔한 현대물이거든요. 대략적인 줄거리는 이렇습니다. 주인공과 주인수가 잘 사귀던 중, 수는 돌연 공의 정략결혼 소식을 접하고 마음에 상처를 받아 공과 헤어지려고 마음을 먹게 됩니다. 수는 도망가고 싶어 하고, 공은 그런 수를 놔주지 않으려 나쁜 짓을 하다가 절절하게 후회하게 되는 아주 전형적인 신파물이죠. 제가 설정하긴 했지만 저 역시 쓰기 전부터 너무 흔한 소재라 '이거 어떡하지'라는 생각이 가장 먼저 들었습니다. 그런데 소재가 흔하다고 해서 쓰면 안 되는 건 아니잖아요.

고민 끝에 저는 수를 속물적이고 까칠한 성격으로 설정했습니다. 항상 그런 건 아니지만 보통 재벌공에게 휘둘리는 가난수는 성격이 순하고 물욕이 별로 없잖아요. 하지만 〈소돔성〉에서는 수가 입에 욕을 달고 살고, 물욕이 넘치다 못해 가출할 때 돈이 될 만한 공의 귀중품들을 모조리 훔쳐 가 버립니다. 반면에 공은 수를 향한 사랑을 한 번에 깨닫지 못하는 피도 눈물도 없는 재벌이 아니라, 언제나 수에게 먼저 사랑한다고 고백하고 애정을 구걸하죠.

기존 틀에서 약간 틀어진 공수의 성격을 제외하면 〈소돔성〉의 스토리는 신파물의 정석이었어요. 도입부에서부터 다음 전개가 예상이 간다는 얘기를 들을 정도로요. 그런데도 '익숙한 이야기지만 캐릭터가 독특해서 기억에 남는다'는 의견을 많이 들었습니다. 저는 그게 캐릭터의 변형 덕분이라고 생각해요. 흔한 설정과 전개로 소설을 쓰고 싶은데 개성을 잃을까 염려하고 계시다면 캐릭터에 약간의 의외성을 더해 보는 걸 추천드립니다.

캐릭터 변형 외에도 소설에 개성을 부여하기 위해 키워드 섞기를 활용해 볼 수 있습니다. 하나씩 떼어 놓고 보면 무난한 두 개의 키워드를 합쳐서 스펙트럼을 무한대로 늘리는 거죠. '기존에 존재하는 것을 섞는다'는 개념은 〈창조하는 뇌〉의 저자인 데이비드 이글먼, 앤서니 브란트도 강조한 창조의 한 방법입니다. 책에서는 예술뿐 아니라 과학과 건축과 같은 모든 분야에서도 이 '섞기'를 적용할 수 있다고 설명하는데, 저는 이 방법을 항상 집필에 활용하고 있어요.

예컨대 현대물과 오컬트라는 단어를 개별적으로 보면 특별하게 느껴지지 않겠지만 둘을 한 소설에 합쳐 놓는다면 확실히 유니크해지죠. 오메가버스+SF라든가, 네임버스+할리킹 등, 어느 키워드를 결합하느냐에 따라 독자에게 친숙하면서도 한편으로는 독특한 세계관이 나올 수 있어요.

설정 자체가 클리셰라면 이미 익숙한 전개를 기대하고 보는 독자도 물론 있지만, 그로 인해 참신함이 결여된 뻔한 글이라는 감상을 받게 될 수도 있죠. 그럴 때 위에서 제시한 캐릭터 변형과 키워드 섞기를 적용해 본다면 너무 낯설지 않으면서도 개성이 있는 세계관을 꾸미는 데 유용합니다.

특별부록　　>>>>>>>>>>>>>>>

앞에서 여러 작가님이 공유한 시놉시스와 캐릭터를 만드는 방법을 바탕으로
독자분들께 도움이 될 만한 표와 그림을 모아 보았습니다.

작품 정보 및 시놉시스 정리해 보기 ※79쪽의 내용을 참고하여 작성해 보세요.

작품 특징

- 제목:
- 필명:
- 장르:
- 세부장르:
- 키워드:
- 독자 연령:

시놉시스

줄거리

상세 줄거리	
1화 프롤로그	
2화	
3화	
4화	
5화	

에피소드 꾸려 보기 ※150쪽의 내용을 참고하여 작성해 보세요.

첫 번째 목표	
첫 번째 갈등	
해결 방법	

⇩

두 번째 목표 제시	
두 번째 갈등	
해결 방법	

⇩

세 번째 목표 제시	
세 번째 갈등	
해결 방법	

⇩

네 번째 목표 제시	
네 번째 갈등	
해결 방법	

캐릭터를 바탕으로 시놉시스 짜 보기 ※271쪽의 내용을 참고하여 작성해 보세요.

1단계 캐릭터 설정 — 키워드 잡아 보기

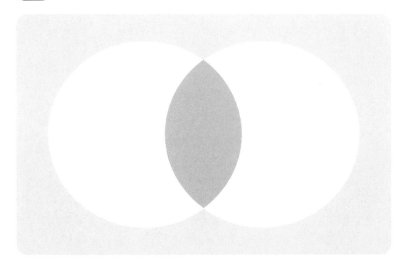

2단계 두 캐릭터의 교집합이 되는 사건 짜 보기

3단계 캐릭터의 입체감을 위해 주인공의 개인사 설정해 보기

4단계 독자가 보고 싶을 것 같은 장면, 작가가 쓰고 싶은 장면을 각각 세 가지씩 써 보기

집필 일정 관리

일정표

작품명

집필목표

- ☐ ....
- ☐ ....
- ☐ ....
- ☐ ....
- ☐ ....
- ☐ ....
- ☐ ....

메모

M

T

W

T

F

S

S

NOTE

웹소설의 모든 것

작가, PD, MD가 말하는 웹소설 불변의 진리

초판 1쇄 인쇄 2022년 12월 23일
초판 1쇄 발행 2023년 1월 27일

지 은 이 설봉, 해경, be인기작가, 박기태(아이박슨), 월운, 백산, 김지호, 홍유라,
이인혜, 금은하, SIRIUS, Dips

엮 은 이 연필 편집부

표 지 디 자 인 곰곰사무소
본 문 디 자 인 곰곰사무소

펴   낸   곳 데이원
출 판 등 록 2017년 8월 31일 제2021-000322호
편집부(투고) 070-7566-7406, dayone@bookhb.com
영업부(출고) 070-8623-0620, bookhb@bookhb.com
팩   스 0303-3444-7406

ISBN 979-11-6847-340-9 (03800)